ॐ

जीवनफल-दर्पण

[मेषादि बारह राशियों के आधार पर पुरुषों एवं महिलाओं के लिए जन्म से मृत्युपर्यन्त प्रत्येक संभावित शुभाशुभ घटनाओं पर एक सामान्य अध्ययन]

लेखक
कैलाशनाथ उपाध्याय

मोतीलाल बनारसीदास
दिल्ली, मुम्बई, चेन्नई, कोलकाता, बंगलौर,
वाराणसी, पुणे, पटना

पुनर्मुद्रण : दिल्ली, २०००, २००५
संशोधित एवं परिवर्धित संस्करण : वाराणसी, १९९३

ISBN: 81-208-2574-8

मोतीलाल बनारसीदास

४१ यू०ए० बंगलो रोड, जवाहर नगर, दिल्ली ११० ००७
८ महालक्ष्मी चैम्बर, २२ भुलाभाई देसाई रोड, मुम्बई ४०० ०२६
२३६ नाइंथ मेन III ब्लाक, जयनगर, बंगलौर ५६० ०११
सनाज प्लाजा, १३०२ बाजीराव रोड, पुणे ४११ ००२
२०३ रायपेट्टा हाई रोड, मैलापुर, चेन्नई ६०० ००४
८ केमेक स्ट्रीट, कोलकाता ७०० ०१७
अशोक राजपथ, पटना ८०० ००४
चौक, वाराणसी २२१ ००१

नरेन्द्रप्रकाश जैन, मोतीलाल बनारसीदास, बंगलो रोड, दिल्ली ११० ००७
द्वारा प्रकाशित तथा जैनेन्द्रप्रकाश जैन, श्री जैनेन्द्र प्रेस,
ए-४५ नारायणा, फेज-१, नई दिल्ली ११० ०२८ द्वारा मुद्रित

शाश्वत आराध्य पादारविन्द श्रीकेशर महादेव
के स्वरूप में गोलोकवासी माता-पिता
को बचपना प्रयास सादर
समर्पित

—कैलाशनाथ उपाध्याय

विषय-सूची

विषय	पृष्ठ संख्या
नित्य प्रार्थना से वाक्सिद्धि	vii
अपनी बात	ix
जीवनफल देखने की शास्त्रीय विधि	xv
१. मेष राशि का जीवनफल	१
२. वृष राशि का जीवनफल	१०
३. मिथुन राशि का जीवनफल	२०
४. कर्क राशि का जीवनफल	३१
५. सिंह राशि का जीवनफल	४२
६. कन्या राशि का जीवनफल	५४
७. तुला राशि का जीवनफल	६६
८. वृश्चिक राशि का जीवनफल	७७
९. धनु राशि का जीवनफल	८९
१०. मकर राशि का जीवनफल	१०१
११. कुम्भ राशि का जीवनफल	११३
१२. मीन राशि का जीवनफल	१२६
१३. प्रश्न-शास्त्र के कुछ अनुभूत योग	१३८
१४. मुहूर्त्त ज्योतिष की आवश्यक जानकारी	१४३
१५. लाटरी के टिकट कब खरीदें	१५२
१६. नित्य स्वप्नविचार-फल	१५४
१७. आवश्यक धर्मशास्त्रीय विचार	१६४

* नित्य प्रार्थना से वाक्सिद्धि *

ॐ अपमृत्युव्याधिपीड़ा दुःखानामपनुत्तये । सौख्यधान्यधनारोग्यं पुत्रपौत्रादिवृद्धये ॥ महिषघ्नीं महादेवीं कुमारीं सिंहवाहिनीम् । दानवांस्तर्जयन्तीञ्च सर्वकामदुघां शिवाम् ॥ ध्यायामि मनसा दुर्गां नाभिमध्ये व्यवस्थिताम् । आगच्छ वरदे ! देवि !! दैत्यदर्पनिपातिनि !!! अलिमण्डलमण्डितगण्डतलं तिलकीकृतकोमलचन्द्रकलम् । करघातविदारितवैरिबलं प्रणमामि गणाधिपतिं जटिलम् ॥ नमः सवित्रे जगदेकचक्षुषे जगत्प्रसूतिस्थितिनाशहेतवे । त्रीयमयाय त्रिगुणात्मधारिणे विरिञ्चिनारायण शङ्करात्मने ॥ नमो नमस्ते जगदेकसाक्षिणे भूतादिमन्त्रैर्विनियोगहेतवे । सरोजसम्भूतसरोजशङ्खभृत्पिनाक भृत्पूजित पङ्कजाय ते ॥ यस्योदयेनेह जगत्प्रबुध्यते प्रवर्तते चाखिल कर्मसिद्धये । ब्रह्मेन्द्रनारायणरुद्रवन्दितः स नः सदा यच्छतु मङ्गलं रविः ॥ नमोस्तु सूर्याय सहस्ररश्मये सहस्रशाखान्वित सम्भवात्मने । सहस्रयोगोद्भवभूतिभागिने सहस्रसंख्यायुगधारिणे नमः ॥ यन्मण्डलं दीप्तिकरं विशालं रत्नप्रभं तीव्रमनादि रूपम् । दारिद्र्यदुःखक्षयकारणं च पुनातु मां तत्सवितुर्वरेण्यम् ॥ यन्मण्डलदेवगणैः सुपूजितं ब्रह्मर्षिदेवर्षिनृपर्षिभाषितम् । तम्देवदेवं प्रणमामिसूर्यं पुनातु मां तत्सवितुर्वरेण्यम् ॥ यन्मण्डलं ज्ञानघनं त्वगम्यं त्रैलोक्यपूज्यं त्रिगुणात्मरूपम् । समस्ततेजोमयदिव्यरूपं पुनातु मां तत्सवितुर्वरेण्यम् । यन्मण्डलं मूढ़मतिप्रबोधं धर्मस्य वृद्धिं कुरुते जनानाम् । यत्सर्वपापक्षयकारणं च पुनातु मां तत्सवितुर्वरेण्यम् ॥ यन्मण्डलं व्याधिविनाशदक्षं यदृग्यजुःसामसुसंप्रगीतम् । प्रकाशितं येन च भूर्भुवःस्वः पुनातुमां तत्सवितुर्वरेण्यम् ॥

टकटकपुर–तकिया, —कैलाशनाथ उपाध्याय

पो०–शिवपुर, वाराणसी-२

अपनी बात

तू जिन्दा है तो जिन्दगी की जीत में यकीन कर,
अगर कहीं है स्वर्ग तो उतार ला जमीन पर। (शैलेन्द्र)

प्रस्तुत है मेरा बचपना प्रयास "जीवनफल-दर्पण"। यही पुस्तक सर्वप्रथम सन् १९७१ ई० में ३६ पृष्ठ की प्रकाशित हुई थी। पुनः सन् १९७२ ई० में ५२ पृष्ठ का द्वितीय संस्करण प्रकाशित होते ही हाथोहाथ समाप्त हो गई। सन् १९७५ ई० में तृतीय संस्करण का परिवर्धित स्वरूप १०० पृष्ठ का प्रकाशित होते ही स्नेहीजनों ने सहृदयता पूर्वक स्वागत किया। सन् १९८३ ई० में १०४ पृष्ठों में "जीवन फल-दर्पण" का चतुर्थ संस्करण प्रकाशित हुआ, जिसे परमसनेही हृदयग्राही पाठकों ने दिलचस्पी से अपनाया। खुद अपनी ही रचनाओं से असम्यक् मन पुनः विशेष संशोधन और परिवर्तन की आवश्यकता समझते हुए जीवनफल-दर्पण के प्रकाशन हेतु बेताब हो उठा, फलस्वरूप यह अपनी कुछ अलग विशेषताओं के साथ आपके हाथ में सुशोभित हो रही है। सन् १९८३ ई० में प्रकाशित चतुर्थ संस्करण के बाद से तो इसे पंचम संस्करण ही कहूँगा, जो ईश्वर कृपा से ही प्रकाशित हो सकी है। इसमें बारह राशियों पर एकदम अलग विशेष अध्ययन और अनुभव प्रस्तुत किया गया है। इन प्रकाशनों के साथ आपके समक्ष मेरी अन्य पुस्तकों में महाभारत दर्शन, श्री सत्यनारायण-लीला, जीवन-भविष्य-दर्पण, उपासना-ज्योति, ओंकार-ज्योति, जन्मांग-फल-विचार, श्री शक्ति पाठ, बारह राशि का जीवन चरित्र, ज्योतिषीय आकाशवाणी एवं शनि व्रत कथा का प्रकाशन भी "अनुष्ठान कुटीर, वाराणसी" द्वारा हुआ था, जो कि विद्यार्थी, विद्वान, आबाल-वृद्ध, गृहस्थ स्त्री-पुरुषों के लिए नित्योपयोगी पठनीय एवं परम सुख शान्तिप्रद सिद्ध हुआ।

श्री काशी विश्वनाथ की नगरी में अवस्थित उपाध्याय-वंश की आठ पीढ़ी व्यतीत हो चुकी है। गुरुकुल परम्परा की तरह आठ पीढ़ी तक ज्योतिष के

पठन-पाठन का **क्रम इस** परिवार में चलता रहा है। भगवती महोग्रतारा की उपासना में अनुरक्त अपने समय के स्वनामधन्य तपोमूर्ति प्रपितामह **श्री पं० चिन्तामणि जी उपाध्याय** एवं पितामह **श्री पं० रघुनाथ जी उपाध्याय** ने ज्योतिष तथा उपासना मार्ग को निःसन्देह एक सशक्त नवीन दिशा प्रदान किया है। पूज्य पितृपाद **श्री पं० महादेव जी उपाध्याय**, चाचाजी **श्री पं० संकठा प्रसाद उपाध्याय** एवं **श्री पं० बच्चन जी उपाध्याय** ने भी अपने-अपने दीर्घकालिक जीवनकाल में ज्योतिष के शिक्षण प्रशिक्षण का क्रम क्रमशः काशी, मथुरा, एवं जौनपुर में रहते हुए जारी रक्खा। मेरे नौ वर्ष की आयु में पिता का स्वर्गवास हो गया, विद्वान चाचा लोग दूर-दूर रहते थे, छः भाई और दो बहनों में मैं ही कनिष्ठ था। बड़े भाइयों ने भी ज्योतिष, कर्मकाण्ड को ही अपना कार्यक्षेत्र बनाया। पितृवियोग के पश्चात् कठिन संग्रहणी से रुग्ण एवं क्षीणकाय रहने के कारण मैं नियमित शिक्षा से वंचित तथा सर्वत्र उपेक्षित सा बना रहा। मेरे जीवन से निराश एवं हतप्रभ होकर भी मेरी प्रातःस्मणीया विदुषी एवं तपस्विनी (बिधवा) माता जी (श्रीमती केसरा देवी) ने मुझे स्वयं ही अपने योग्यतानुसार ज्योतिष एवं कर्मकाण्ड की शिक्षा देना प्रारम्भ किया। माँ का यह प्रयास देखकर स्वर्गीय पिता के निकटतम मित्र **श्री पं० गणपति देव-वापूदेव शास्त्री जी** एवं त्रिस्कन्ध ज्योतिषाचार्य **श्री पं० सीताराम झा जी** ने अपने-अपने पास बुलाकर मुझे पढ़ाना शुरू कर दिया। इन्हीं गुरुद्वय की महती अनुकम्पा से चिन्ताहरण जन्त्री के प्रवर्तक रमलसम्राट **श्री पं० बचान प्रसाद जी त्रिपाठी** के कसमण्डा-सीतापुर स्थित आश्रम में कई वर्ष तक नियमित रहकर शिष्यत्व पाने का सौभाग्य मिला। साथ-साथ चिन्ताहरण जन्त्री के सम्पादक (ज्योतिष रहस्य प्रथम भाग तथा द्वितोय भाग एवं दशाफल विचार के विद्वान लेखक) **श्रीयुत बाबू जगजीवन दास जी गुप्त** से गणित और फलित ज्योतिष का प्रायोगिक व व्यवहारिक ज्ञान प्राप्त हुआ। परमादरणीय अग्रजस्वरूप **श्री गुप्त जी** ने सन् १९६१ से ही चिन्ताहरण जन्त्री के सम्पादन विभाग में मुझे नियमित सहयोगी बनाकर मेरे रोजी-रोटी की समस्या हल कर दिया।

सुरखुरू होता है इन्सान, ठोकरें खाने के बाद।
चमक लाती है हिना, पत्थर पै घिस जाने के बाद ॥

वंशपरम्परागत ज्योतिष के क्षेत्र में प्रवेश एवं विद्यार्जन हेतु सचमुच कठोर संघर्ष और परिश्रम करने पर भी आज तक अपनी उपलब्धि से सन्तुष्ट नहीं हूँ। इस अथाह सागर में निरन्तर डुबकियाँ लगाने की चाह बनी हुई है। जब-जब डुबकी लगाया तो कुछ नयी चीज पाया, अत बार-बार डुबकी लगाने का लोभ संवरण नहीं कर पा रहा हूँ। जब जो कुछ पाया है, बिना छिपाये बाँट दिया है। आगे भी जो मिलेगा, बाँटते रहने का वादा करता हूँ।

हमारा सम्पूर्ण ज्योतिष-साहित्य संस्कृत के श्लोकों में सूत्रबद्ध है। श्लोकों का अन्वय, व्याख्या, भाषानुवाद, भावार्थ, तत्वार्थ और गूढ़ार्थ वर्तमान काल में हर किसी के लिए सहज ही साध्य नहीं है। अनेकों श्लोक और सूत्र ऐसे भी हैं, जो विद्वानों के लिए माथामारी का विषय बना हुआ है। आज के समय में संस्कृत के पठन-पाठन की रूचि भी अत्यन्त संकीर्ण बनती जा रही है। इसी कारण वैदिक भाषानुशीलन, वैदिक साहित्य, खासतौर से ज्योतिष और कर्मकाण्ड का विषय मानव जीवन के लिए दुरुह बनता जा रहा है। विश्वविद्यालयों में पढ़ाये जाने वाले पाठ्यक्रम भी अत्यन्त क्लिष्ट होने के कारण ज्योतिष और कर्मकाण्ड के विद्यार्थी बहुत कम ही तैयार हो पाते हैं, फलस्वरूप इन विषयों के मूलस्वरूप पर अगणित धूलकणों की एक मोटी परत जमती जा रही है। इसी कारण नीम-हकीम, अधकचरे (जानकार) लोगों द्वारा मनमाने ढंग से व्यावसायिकता और ठगी को बढ़ावा मिलने लगा। सुविख्यात नामधारी विद्वानों और पंचांगों के परस्पर मतभेद निरन्तर बढ़ने जाने से हमारी धार्मिक आस्तिकता पर इस तरह आघात पड़ने लगा कि विवश होकर हम अपने हिन्दू पर्वों को एक दिन के बजाय दो-दो, तीन-तीन दिन स्वीकार करने लगे। पंचांगों के मतभेद से शुद्ध जन्मकुण्डली का निर्माण दुर्लभ हो गया। ज्योतिषियों के फलानुमान और भविष्यवाणियों में जमीन-आसमान का भारी अन्तर पड़ने लगा। आखिर ऐसी विलक्षणता और विडम्बना क्यों ? क्या इस क्यों का कोई समाधान नहीं है ?

समाधान स्वतः होगा। आवश्यकता और समय की माँग यह है कि इन विषयों का व्यावहारिक और प्रायोगिक प्रशिक्षण देने के लिए निष्कपट और निःस्वार्थ भाव से बोलचाल की भाषा में हम अधिकाधिक विद्यार्थी तैयार करें। जाति, धर्म और आयु का भेदभाव रक्खें बिना, महिलाओं एवं पुरुषों को ज्योतिष, कर्मकाण्ड-उपासना एवं वैदिक साहित्य का खुला प्रशिक्षण देने के लिए विद्यार्थियों के प्रति हमें अपनी विद्वता समर्पित करनी होगी, स्थान-स्थान पर एक लघु गुरुकुल की स्थापना करनी होगी। बोलचाल की भाषा में सम्पूर्ण प्राचीन साहित्य को प्रस्तुत करना, सम्बन्धित दुर्लभ पुस्तकों को प्रकाशित कराना, हिन्दी माध्यम से शास्त्रों का मूलस्वरूप समझाना व पढ़ाना अनिवार्य प्रतीत हो रहा है। अभ्यर्थी महिलाओं को भी खुलकर सामने आना चाहिये। महिला विद्वानों से शास्त्रीय गरिमा के संरक्षण, प्रचार-प्रसार एवं अनुसन्धान की विशेष आशा की जा सकती है।

समयोचित प्रयत्नों में **डा० बी० बी० रमन, डा० के० एन० राव, डा० गोपेश कुमार ओझा, डा० जगन्नाथ भसीन, पं० चन्द्र दत्त पन्त, पं० केदार दत्त जोशी** इत्यादि (स्तरीय) विद्वानों का सहयोग चिरस्मरणीय है। विद्वानों की कष्टोपार्जित विद्वता को प्रकाशित करने में "**मोतीलाल बनारसीदास**" की दीर्घकालीन अखण्ड सेवाओं से आज का हर विद्यार्थी विद्वान और जनसाधारण सुपरिचित है। मेरी लिखी अप्राप्य पुस्तकों को पुनः प्रकाशित करने का दायित्व **मोतीलाल बनारसी दास** ने स्वीकार करके आगे बहुत कुछ लिखने के लिए मेरा उत्साह बढ़ाया है। तदर्थ मैं इस संस्थान का सदैव आभारी रहूँगा।

मेरी अवरूद्ध एवं शिथिल लेखनी को विद्वत्वरेण्य श्री पं० जनार्दन शास्त्री पाण्डेय जी, पंचगंगा घाट वाराणसी ने अपने प्रत्येक सहयोग से एक सशक्त आधार प्रदान किया है, उनकी विद्वता के प्रति मैं सदैव सादर श्रद्धावनत हूँ। उत्तराधिकारी एकमेव पुत्र चि० विशाल उपाध्याय से यही आशा करता हूँ कि जिन गुरुजनों, विद्वानों एवं प्रकाशकों के अविस्मरणीय स्नेह से मुझे शक्ति प्राप्त है, उन्हीं श्रेष्ठजनों की छत्रछाया में वह भी चौगुनी शक्ति अर्जित करें।

अब मेरा एक विचार यह भी है कि बहुत समय पूर्व जो मेरी लिखी हुई छोट-मोटी पुस्तकें प्रकाशित हुई थी, वे स्वल्पकाल में ही समाप्त भी हो गई थीं, उन पुस्तकों में से जनसाधारण के उपयोगितार्थं "नवग्रहवार व्रतविधि" का तृतीय संस्करण छप चुका है। "प्रश्नावली शतक", "भाग्यफल प्रकाशिका", "हस्तरेखा फल निर्देशक", "आश्चर्यजनक प्रश्नावली", "आश्चर्य यंत्र संग्रह" और "रमलसार प्रश्नावली का द्वितीय संस्करण कुछ परिवर्धित और परिवर्तित करके प्रकाशित कर दी जाय, तदर्थं स्नेहीजनों के सुझाव सादर आमंत्रित हैं।

अनावधानतावश भूल-विस्मृति एवं प्रमादजन्य दोषों के प्रति क्षमायाचना करते हुए विराम लेता हूँ।

–कैलाशनाथ उपाध्याय

मकर संक्रान्ति

१४ जनवरी, १९९३ ई०

❋ जीवनफल देखने की शास्त्रीय विधि ❋

जन्मकुण्डली में सूर्यराशि, चन्द्रराशि और लग्नराशि में जो राशि बलवान् हो, उसी राशि का जीवनफल आपके जीवन में पूर्ण रूप से चरितार्थ होगा। जन्मनक्षत्र या जन्मराशि का नाम मालूम हो तो उसके द्वारा बनने वाली राशि आपकी जन्मराशि होगी, अथवा यदि जन्मतारीख ज्ञात हो तो आप 'राशि-ज्ञान चक्र' में अपनी जन्मतारीख तलाश करें, इससे जो राशि ज्ञात हो उसी राशि का जीवनफल अध्ययन करें, अथवा ज्योतिषशास्त्र की अन्तिम सम्मति यह है कि जन्मराशि न ज्ञात होने पर आप अपने प्रचलित (व्यावहारिक) पुकार नाम के सर्वप्रथम अक्षर से बनने वाली राशि ज्ञात करें, तदुपरान्त जीवनफल का अध्ययन करें।

नामाक्षर से राशि-ज्ञान-चक्र

राशि	राशि नाम या पुकारनाम का प्रथम अक्षर	० जन्म तारीख
मेष	चू चे चो ला ली लू ले लो अ	२१ मार्च से २० अप्रैल
वृषभ	इ उ ए ओ वा वी वू वे वो	२१ अप्रैल से २१ मई
मिथुन	का की कू घ ङ छ के को हा	२२ मई से २१ जून
कर्क	ही हू हे हो डा डी डू डे डो	२२ जून से २३ जुलाई
सिंह	मा मी मू मे मो टा टी टू टे	२४ जुलाई से २३ अगस्त
कन्या	टो पा पी पू ष ण ठ पे पो	२४ अगस्त से २३ सितम्बर
तुला	रा री रू रे रो ता ती तू ते	२४ सितम्बर से २३ अक्टूबर
वृश्चिक	तो ना नी नू ने नो या यी यू	२४ अक्टूबर से २२ नवम्बर
धनु	ये यो भा भी भू ध फ ढ भे	२३ नवम्बर से २१ दिसम्बर
मकर	भो जा जी जू जे जो खा खी खू खे खो गा गी	२२ दिसम्बर से २० जनवरी
कुम्भ	गू गे गो सा सी सू से सो दा	२१ जनवरी से १९ फरवरी
मीन	दी दू थ झ ञ दे दो चा ची	२० फरवरी से २० मार्च

BE THE MASTER OF YOUR FATE-NAME-FAME-FUN-FORTUNE FORTITUDE-FOREVER

हर प्राणी के अन्दर काम करने की विशेष अनिवार्य क्षमता होती है। देखा गया है कि अधिकतर व्यक्ति इस क्षमता का उपयोग न कर गलत जगह अपनी शक्ति और उर्जा इस्तेमाल करते रहते हैं। कहीं आप भी तो उन लोगों जैसे गलत प्राणी तो नहीं हैं? क्या आपने जो अपना कार्य-क्षेत्र चुना है, वह आपके भाग्य और सितारों के योग्य है? सच तो यह है कि विभिन्न राशियों वाले व्यक्तियों में कुछ ईश्वर प्रदत्त शक्ति, बुद्धि, इनर्जी और गुण होते हैं, जिनकी वजह से वे कुछ कार्य को ज्यादा कुशलता से सोच-विचार कर प्रतिपादित कर सकते हैं। आत्माभिव्यक्ति की इस शक्ति का ज्ञान होने पर वे जीवन के अन्धकार एवं अपनी निराशा को दूर कर सकते हैं। ज्यादा सही कार्यक्षेत्र अपने सुखी व शान्त भविष्य जीवन के लिए चुनकर आप सफल व्यक्ति सिद्ध हो सकते हैं। आप भी अपनी आन्तरिक ज्योति एवं अभ्यन्तर शक्ति को पहचान कर अपना कार्यक्षेत्र चुनिये और खुशहाल जीवन बिताइये। —लेखक।

मेष राशि का जीवनफल

राशि स्वभाव के अन्तर्गत शास्त्र वचन—

पुमांश्चरोग्निः सुदृढ़श्चतुस्पाद्रक्तोस्णपित्तोऽतिरवोऽद्रिरुग्रः।
पीतोदिनं प्राग्विषमोदयोऽल्प संगप्रजो रूक्षनृपः समोऽजः॥

यदि आपकी मेषराशि है तो काल-विधान-शास्त्र के अन्तर्गत आप लोक-कल्याण की इच्छा रखने वाले व्यक्ति हैं। निम्नकोटि के निवासस्थान में भी स्वतन्त्र रहना, समता-विहीन होना, समय की गति से परिचित रहना, और परिग्रह का त्याग करना आपकी राशिगत विशेषता है। आपका कर्त्तव्य-पथ अपने ढंग का अनोखा है।

"साइरस" के शब्दों में "अच्छा स्वास्थ्य एवं अच्छी समझ जीवन के दो सर्वोत्तम वरदान हैं।" इसे मानकर आप चलिए तो आपका जीवन आद्योपान्त पठनीय, स्मरणीय, आदरणीय बनेगा। उष्ण प्रकृति, ज्वर-रक्त-पित्त विकार से पीड़ित शरीर, तामसी खानपान होगा। अल्पवेश, कृशित शरीर, मध्यम ऊंचा-कद, उग्रदृष्टि का योग है। विद्याध्ययन का अधिकार प्राप्त रहेगा। कर्मदक्ष बुद्धि होगी। बन्धु-पिता व जन्मभूमि से दूर रहते हुए सुखी रहेंगे। चंचल स्वभाव, कामकला में कुशल, एकान्तवास की रुचि तथा सेवा-सुश्रुषा करने में चतुर होंगे। सन्तान का स्वल्प सुख मिलेगा। घुटना दुर्बल, गुप्त ढंग से हर काम करने की प्रवृत्ति, शिर या मुख पर कोई दाग होना सम्भव है। देवी-देवता की उपासना में साधारण रुचि होगी। भोजन कम करना तथा शाकाहारी प्रिय होना आपके मेषराशि का लक्षण है। विशेष प्रयत्नों द्वारा यश प्राप्त कर सुख-पूर्वक जीवन व्यतीत करने की आपकी प्रबल अभिलाषा होगी।

आपका राश्याधिपति मंगल आपको साहसी-दूरदर्शी और सामर्थ्यवान बना रहा है। मंगल में इतनी अमोघ शक्ति व अद्भुत जादू विद्यमान है कि जरा भी

अच्छा समय आने की आशा आपको प्राप्त हो जाय तो मरणावस्था में भी आपको जीवित रहने की तीव्र अभिलाषा प्रकट हो जायेगी। मेषराशि के प्रभाव से आप सत्ताधिकारी हो सकते हैं। आपकी राशि उत्कर्षदायक, महत्वदर्शक और प्रत्येक उच्च-नीच स्थिति का निर्माण करने वाली है। आप स्वयं एक भविष्य-द्रष्टा प्राणी हैं, जिसके सहारे भविष्य में आने वाली किसी भी शुभाशुभ घटना का सहज अन्दाजा लगा लेना और मौके पर सतर्क हो जाना आपके लिए आसान है। यह ध्यान रखें कि तीव्रगति आपके लिए सदैव खतरनाक है। एकाएक किसी कार्य का शुभारम्भ न करें। आसपास के वातावरण का पूरा ध्यान रखकर ही कोई काम करें। शारीरिक शक्ति का कहीं दुरूपयोग करना ठीक नहीं है, मन को काबू में रखना जरूरी है।

आप अपनी शक्ति अपने कुटुम्ब के प्रत्येक सदस्य को उचित प्रमाण से नित्य प्रदान करते रहेंगे। सुन्दर शरीर, पुराने मत के अनुयायी, बोलने में प्रवीण होंगे। वायुविकार, कौटुम्बिक सुख की कमी, अभियान एवं बुलन्द भाषण से जीवन में कई बार द्रव्यहानि का प्रसंग आयेगा। अस्थिर मन, चंचल स्वभाव, लम्बा उद्योग-धन्धा करने में तत्पर रहेंगे। कभी-कभी अपयश, क्रोध और प्रतिकूलता से चिन्ता बनी रहेगी। उद्योग-धन्धे में कुछ फेरफार करने की प्रवृत्ति होगी। कई लोग आपके प्रतिस्पर्धी व प्रतिकूल भी रहेंगे। आपके शरीर में शिर-चेहरा-मस्तिष्क और नेत्र का समीपवर्ती प्रत्येक अंग कभी-कभी रोगग्रस्त रहेगा। साथ ही चर्मरोग, फोड़ा-फुन्सी, कटने-जलने, चोट-चपेट आदि से पीड़ित भी रहेंगे। आपके संकल्प, आपकी कर्तव्यनिष्ठा और यात्राएँ शायद कभी व्यर्थ नहीं होंगी, भले ही आपके सामने या फिर अगली पीढ़ी के लिए फलित हों।

प्रतिवर्ष अक्टूबर मास, प्रतिमास १-६-११-२१ तारीखें, शुक्रवार का दिन-कर्क-वृश्चिक-मीन राशि के व्यक्ति तथा काला-नीला रंग का वस्त्रादि पदार्थ जीवन पर्यन्त आपके लिए ठीक नहीं है। आप चाहे किसी भी जाति में जन्म लिये हों, लेकिन आप में राजपूतों जैसा क्षत्रिय व्यक्तित्व कूट-कूट कर भरा होगा। ब्राह्मणों की सेवा-पूजा-भक्ति में आप तत्पर रहेंगे। अनावश्यक बातों पर अधिक ध्यान

देंगे, जीवन में यथार्थ स्थिरता का अभाव होगा। अनेक धन्धा करने में माहिर होंगे और वाहन का उत्तम सुख चाहने पर ही मिलेगा। आपका सुन्दर व्यक्तित्व एवं आकर्षक आकृति होगी। अपने अस्तित्व को समझेंगे, खूब समझ-बूझकर कदम उठाने की आदत और तुनकमिजाजी स्वभाव होगा।

आपका जीवन वास्तव में एक चलते हुए और एक लड़ते हुए मुसाफिर की तरह संघर्षमय व्यतीत होगा। मेषराशि, अग्नितत्व के पुरुष जन्मजात नेता, सहज ही दूसरों के दुख में दुखी और सुख में सुखी हो जाने का स्वभाव रखते हैं। छल और कपट पर अधिक विश्वास नहीं करेंगे। घर को पर्याप्त सुन्दर, व्यवस्थित और कलात्मक बनाने में समर्थ होंगे। अधिकतर आपका भावुकता लिए सरल स्वभाव होगा। हर कठिन काम सम्पादित करने के इच्छुक रहेंगे। कोई भी काम करते समय जरूरत से ज्यादा आगा-पीछा आप सोचेंगे। ज्योतिष, न्याय, शिक्षण, शोधकार्य, लेखन और भाषण में आपकी स्वाभाविक रुचि होगी। मेषराशि के पुरुषों को मेष, मिथुन, कर्क, तुला, मकर एवं कुम्भराशि वाली स्त्री-वर्ग में माता-बहन-पत्नी-पुत्री (रिश्ते-नातेदार) हों तो उनसे समतावादी सुखद सम्बन्ध कुछ समय तक स्थिर रह सकता है। स्त्रियों पर समयानुसार अधिक भरोसा भी कर सकते हैं।

प्रारम्भिक जीवन में शैक्षणिक महत्व समझते हुए विद्यार्जन के प्रति अधिक प्रयत्न करना चाहिये और प्रशासनिक सेवाओं के लिए प्रतिस्पर्धी परीक्षाओं में प्रवेश लेना चाहिये। उचित सफलता मिलने पर सुखी जीवन कायम रहेगा। मंगल में गुण-धर्म से प्रभावित मेषराशि का मूलांक ९ है, तदनुसार नेतृत्व करने में दक्ष, हृदय से पीड़ित, उग्र, जिद्दी एवं विरोधी स्वभाव होगा। १९ से २३ वर्ष की आयु तक विवाह न होने पर विपरीत सेक्स की ओर अमर्यादित आकर्षण बढ़ सकता है। पाश्चात्य रीति-रिवाजों में यदि आप नहीं हैं तो हिन्दुस्तानी मतानुसार पति और पत्नी का सम्बन्ध एक रथ के दो पहिये के सदृश मानिये, जो कि साथ-साथ सहयोग करते हुए चलने पर जीवनरूपी रथ कभी भी, कहीं भी रुक नहीं सकती। वैवाहिक सम्बन्ध को आप बोझ न

समझें, प्रेमपूर्वक जीवन बनाने और निर्वाह करने में ही समय व्यतीत कीजिए। आप एक चिन्तनशील प्राणी हैं, अवश्य ही अपने अतीत-वर्तमान और भविष्य के सम्बन्ध में निरन्तर चिन्तनशील रहेंगे। विकास हेतु साहसिक कार्य करने में आपको आनन्द आयेगा। खरी-खरी बातें निर्भीक और स्पष्ट भाव से कह देने की आदत होगी।

आपके विचार सुलझे हुए और स्पष्ट सिद्धान्त वाले होंगे, लेकिन आपके मस्तिष्क पर अनेक बाधक प्रभाव हावी रहते हैं। विपरीत परिस्थितियों में आप दृढ़तापूर्वक एक ही लक्ष्य की ओर अग्रसर अवश्य ही बने रहेंगे। राजनीति, गणित, सांख्यिकी, चिकित्सा एवं कृषिक्षेत्र से आपकी रोजी और लगाव सम्भव है। अपने जीवन के अधिकांश भाग में सुख-वैभव और सम्पत्तियों के सुख-शान्ति का मुहताज होना पड़ेगा। मुँह-पैर या बगल के नीचे एक भाग्यशाली लक्षण, कालीतिल की निशानी या किसी गहरे जख्म का दाग होना चाहिये। हमेशा किसी-न-किसी रोग-दर्द-परेशानी व चिन्ताओं के जाल में फँसे रहने के कारण स्वास्थ्य एवं शारीरिक सुख कदापि न मिल सकेगा।

आप जब कभी अपने मन में किसी महत्वपूर्ण कार्यों की सिद्धि के बारे में सोचेंगे तो वह कार्य अनायास अपनेआप पूर्ण हो जाया करेगा। हर समय आपके लिए कोई न कोई मददगार तैयार रहेगा; किन्तु धोखेबाज दोस्त भी ज्यादातर मिलेंगे। दिमागी-कार्य बड़ी चालाकी से करते रहेंगे। पूर्व तथा दक्षिण दिशा से सम्बन्धित काम हमेशा के लिए लाभप्रद होगा। माता-पिता व भाई-बहनों का सुख कोई खास सन्तोषजनक नहीं रहेगा। चंचल नेत्र, भावुक दृष्टि, गर्म स्वभाव होगा। धर्म-अर्थ में निश्चित बुद्धि, उच्च पुरुषों एवं राज्याधिकारियों के बीच प्रतिष्ठा उपलब्ध होगी। आपके व्यक्तित्व से महिलायें अधिक प्रभावित होंगी। जीविकोपार्जन के क्षेत्र में नौकरी कर्म की प्रधानता हो सकती है। सरकारी, अर्धसरकारी, अथवा प्राइवेट नौकरी में स्वभाव-वश टिक पाना तो कठिन होता है, यदि स्थिरता प्राप्त हो गई तो धन-यश-कीर्ति अर्जित कर सकेंगे। व्यापार में रूचि होने पर आप एक सफल व्यवसायी सिद्ध होंगे। आपकी

कल्पनाशक्ति बडी प्रबल होगी। आपके जन्म लेते ही प्रथम वर्ष में कोई विचित्र घटना घट सकना पूर्ण सम्भव रहा है। वहीं से आपका जीना शुरू हुआ, आशाओं के ताजमहल में आपका युवा जीवन भी जागरूक रहेगा।

जिसका जिसके साथ जितने दिन का साथ है, जिसका जिसके साथ जितने दिन का संयोग है, वह सभी ईश्वर के दरबार से पूर्व-निर्धारित है। हम सबको यह बात निर्विरोध माननी ही पड़ेगी। यह बात अलग है कि राशिगणना के अनुसार आपकी मेषराशि है, आप मंगल ग्रह से प्रभावित व्यक्ति हैं। सम्भव है, मंगल का प्रभाव आपके जीवन के अधिकांश भाग में अमंगलकारी सिद्ध हो। अत: विकट परिस्थितियों में अपनी समस्याओं के समाधान के लिए मंगल स्वरूप श्री हनुमानजी एवं मंगलागौरी देवी की दैनिक उपासना पर ध्यान दें। आपको चाहिये कि अनुष्ठानविधि से "मंगलागौरी मूलाधार कवच" निर्माण कराकर धारण कर लें। समय-समय पर मूंगारत्न को धारण करना पर्याप्त हितकर होगा। व्रतों में मंगलवार का व्रत हितकारी है। इन्हीं उपायों से थोड़ा-बहुत आपकी समस्याओं का समाधान होगा, होता रहेगा।

१३, १८, २०, २३, ५०, ५३, ५५, ६३, ६४, ६५, ६६ वर्ष की आयु में परदेश गमन, ऋण-बाधा, रोगोपद्रव, स्वजन पीड़ा, प्रियजनों के वियोग का दु:ख, राजभय, खर्च की अधिकता, गृहकलह सम्भव है, तथा नौकरी-व्यवसाय द्वारा सामान्य लाभ का योग है। २१, २८, ३२, ३५, ३८, ४० और ६७ वर्ष की आयु में नौकरी-व्यापार से द्रव्य लाभ, ख्याति वृद्धि, सम्मान लाभ, धर्म में अभिरुचि, नेत्र रोग, कुछ द्रव्य की हानि, राजकीय गतिरोध सम्भव है। पारिवारिक सुख में व्यवधान तथा वायु-रोग से पीड़ा का योग है। २०, ३६, ३७, ३९, ६८, ६९, ७० वर्ष की आयु में सुखदायी समय व्यतीत होगा। उन्नति होगी। किसी बड़ी समस्या का समाधान, स्वावलम्बन तथा जीवनी शक्ति की प्राप्ति होगी।

जन्म से ५ वर्ष तक का समय पूरे परिवार के लिए कष्ट कारक है। १४, १६, १९, २१, २३, २५, २७ या २९ वर्ष की उम्र में विवाह होगा। ६ से

१३ वर्ष तक, २७ से ४० वर्ष तक और ५६ से ६१ वर्ष की उम्र तक का समय आपके निजी जीवन के लिए अच्छा है, इन्हीं वर्षों में उन्नति, धनलाभ, साहस पूर्वक व्यवसाय की सिद्धि, नौकरी में पदोन्नति, पारस्परिक-सद्भावना, पत्नी के भाग्य से कार्य विस्तार, एवं चल-अचल सम्पत्ति का विकास सम्भव है। उपरोक्त शुभ समय में ही स्वजनवियोग, विश्वासीजनों से धोखा-धड़ी, दुष्टजनों के उपद्रव से सरकारी अड़चनों का आगमन भी होगा। वासनात्मक प्रभाव बढ़ेगा। धर्मपत्नी के साथ का दाम्पत्यजीवन सुखमय होगा। जन्मकुण्डली की ग्रहस्थितियाँ अच्छी हों तो हर प्रकार के वैभव-सुख-सम्पत्ति-मकान-वाहन-विदेश-यात्रा आदि का लाभ होगा।

१४ से २३ वर्ष तक, ४९ से ५५ वर्ष तक, तथा ६५ से ६६ वर्ष तक की उम्र में जब आप रहेंगे, तब आपको विविध चिन्तायें तथा दुखदायी कष्ट भोगना पड़ेगा। इन समयों में परिवार के महत्वपूर्ण सदस्य (स्वजन) की मृत्यु या मृत्यु-तुल्य कष्ट, व्यर्थ वाद-विवाद, दुश्मनों की ओर से जाने-अनजाने आक्रमण, मुकदमा, झूठा कलंक, व्यर्थ के कानूनी फसादों में उलझना, बेकार लोगों के लिए खर्च, सम्पत्तियों का बरबाद हो जाना, इत्यादि बुरे फल देखने पड़ेंगे। आँख, कान, गला, पेट, पैर और सिर की पीड़ा से दुखी रहेंगे, सम्भवतः किसी असाध्य रोगों के पैदा होने के कारण आपरेशन भी हो सकता है। २३ से २६ वर्ष तक और ६७ से ६९ वर्ष तक का समय भाग्योदयकारक होगा। इन वर्षों में जिन्दगी की जरूरतें बढ़ेगी, जरूरी तमन्नायें पूर्ण होंगी। कभी-कभी शासक और शोषित वर्ग के बीच घिर जायेंगे, घिर जाने पर विषमतापूर्ण परिस्थितियों में आपको संघर्ष की प्रेरणा मिलेगी। घर में समय-समय पर आनन्द, विवाह-शादी, बन्धु-बान्धवों का समागम, मकान की खरीद, नई भूमि पर गृह निर्माण, व्यापार-नौकरी आदि अनेक साधनों से धन का लाभ तथा स्त्री-पुरुष का सामान्य सुख मिलेगा। चंचल आँखें, हमेशा रोगी, अनेक स्त्रियों के साथ स्नेह विलास सम्भव है। आवश्यक दान-पुण्य में निपुण रहेंगे। धन लाभ के नये-नये साधन जुटेंगे। युवावस्था में कई ओर से यश, मान-प्रतिष्ठा आदि प्राप्त होगा। कई कार्य पूरी

जिन्दगी में आसानी से नहीं कर सकते, वह कार्य युवावस्था में अनायास सिद्ध होगा। साहसपूर्ण कार्यों में श्रम व प्रयत्न की सिद्धि विशेष सफलता के साथ होगी। गुप्त व्यापार से ज्यादा धन कमायेंगे, खर्च भी करेंगे, किन्तु सावधान रहें, किसी राजनीतिक चक्कर में पड़कर जेलयात्रा सम्भव होगी या अपमानित और भ्रमित भी हो सकते हैं।

मेषराशि की महिलायें तार्किक, संवेदनशील, स्वार्थतत्पर होकर भी परमार्थ में समानान्तर विचारों को महत्व देने वाली होंगी। अपनी डवाँडोल आर्थिक लाभ-खर्च की स्थिति से बहुधा संत्रस्त रहेंगी। आत्मीय एवं स्नेहीजनों के लिए अपनी पूरी शक्ति और जीवन निछावर करने को भी तैयार रहेंगी। गृहस्थ-जीवन को हर तरीके से शान्त व स्नेह-सुखमय बनाने की इच्छा रखेंगी। पारिवारिक सहायता आपको कर्म-शक्ति से सश्रम मिल पायेगी। भयानक बाधाओं को बे-फिकरी से सहन कर लेंगी। आप स्त्री हैं तो अपने जीवन में गम्भीर रहती हुई अपने उत्तरदायित्व को अच्छी तरह से निर्वाह के योग्य समझेंगी। कथानक शिल्प-कला-संगीत-लेखन और प्रकाशन में कुछ स्वाभाविक गति जन्मजात बनी रहेगी। मनोनुकूल जीवनसाथी मिल जाने पर गृहस्थ जीवन की गाड़ी चल सकती है। पति-पत्नी के बीच अधिक भेदभाव होने पर गाड़ी चलना मुश्किल होगा। अलग-अलग दिशा में खिचाव होने लगेगा। विवाहित जोवन के नाजुक रिश्तों में समझदारी से काम लेना चाहिये। विवादों से बचते रहने की रुचि होगी। मेषराशि की महिलाओं को मेष, मिथुन, कर्क, तुला, मकर और कुम्भ राशि वाले पुरुष वर्ग में पिता, भाई, पति, पुत्र, रिश्ते-नातेदार हों तो उनसे समझौतापूर्ण सम्बन्ध कायम रहेगा।

मेषराशि का मूलांक ९ है, यह शुभ है, तदनुसार कुशल प्रशासन-अनुशासन में दक्ष, परन्तु व्यक्तिगत जीवन नीरस एवं कदम-कदम पर मर्यादावादी होगा। समाज में सम्मानित, दूसरों का दिल जीतने में कुशल, स्वच्छ हृदय, स्वभावतः शान्तिप्रिय होकर भी कभी-कभी पति व पुत्र की आज्ञावहेलना से अधिक समय तक दुखी रहा करेंगी। कुछ अनचाही गलतियाँ युवावस्था में हो सकती हैं, जिनसे विवाह के बाद विवाहित जीवन में पछतावा सम्भव है। विवाह-शादी

के मामलों में दूसरों के प्रयत्न पर ज्यादा निर्भर रहना पड़ेगा। बिना इच्छा के आप कभी दूसरों की बात ध्यान देकर सुन भी नहीं सकतीं। आपके जीवन में स्वतः निर्मित कुछ सिद्धान्त होगा, बिना कुछ सोचे उन्हीं सिद्धान्तों और नियमों का पालन आप दृढ़ता से करेंगी। दर्शनशास्त्र, तंत्र, मन्त्र, गणित, मनोविज्ञान, तर्कशास्त्र, कूटनीति, राजनीति, ज्योतिष एवं चिकित्साविज्ञान के क्षेत्र से आपका लगाव सम्भव है। स्वच्छता एवं सफाई की ओर से आपको लापरवाह या उदासीन रहना स्वास्थ्य हेतु हानिप्रद होगा। झूठी तोहमद, कलंक, अपयश का भय आपकी तकदीर में है, इसलिए जहाँ तक हो सके चारों ओर फैले हुए वातावरण से आप सतर्क रहें। मेषराशि वाली स्त्रियाँ बातचीत, क्रियाकलाप, पालन-पोषण एवं धन का काम-काज करने में चतुर होंगी। ज्यादा जोर से बोलने वाली, सुन्दर चेहरा, भव्य शरीर, लड़ाई-झगड़ा में भी दिलचस्प तथा अपने पति के पूर्व मरने का सौभाग्य प्राप्त करती हैं।

पुरुषवर्ग, अपने जीवन में अनेक अच्छी-बुरी घटनाओं को भोगते हुए प्रायः दिल के दौरे की बीमारी से ज्यादा पीड़ित रहेंगे। खून की खराबी, वायु-पित्त-विकार तथा गर्मी-सर्दी की बीमारी से कभी-कभी पीड़ित और चिन्तित रहेंगे। यथा सम्भव ६४ वर्ष के अरिष्ट से बचने पर आपकी मृत्यु किसी देवस्थान के नजदीक ७४ वर्ष, ५ मास, १३ दिन की अवस्था में होगी। शेष ईश्वर के अधीन है। अपने जीवन-सुरक्षा एवं कल्याणार्थ प्रतिदिन निम्न मन्त्र का १०८ बार जप करें :—

ॐ शरणागतदीनार्त परित्राण परायणे।
सर्वस्यार्तिहरे देवि नारायणि नमोस्तुते ॐ॥

आमतौर पर मेष राशि वाली महिलाओं के लिए ईश्वर प्रदत्त अद्वितीय एवं सबसे मूल्यवान उपहार है "किसी कार्य को आरम्भ करने के प्रथम सोपान में ही जी-तोड़कर जुट जाने की क्षमता"। राशिचक्र का संचालक मेष को जाना जाता है, इसलिए अगर कोई भी नयी खोज या नवीनतम जोखिम-पूर्ण कार्य करनी हो तो आप उसको करने के लिए सबसे अधिक सुपात्र और उपयुक्त महिला हैं। कोई कार्यक्षेत्र आप विश्वास पूर्वक चुनें, उसमें प्रशासनिक स्तर का पद

पाने को ही अपना लक्ष्य बनायें, क्योंकि आपमें सर्वोत्तम निर्णय लेने की अद्भुत क्षमता है। यदि आप अधिकार, प्रशंसा और उच्च पद नहीं चाहती हैं तो ऐसा काम चुनिये कि जिसमें पूर्ण स्वतन्त्रता हो।

आपके कार्यारम्भ की आभ्यन्तरिक क्षमता, आत्मविश्वास और तेजी के कारण आपकी वास्तविक प्रगति में कोई भी ताकत बाधक नहीं हो सकती है। निश्चिन्त रहिये, यदि आप किसी सामान्य कार्य में बहुत लम्बा समय बिताती हैं तो इसका यह अर्थ है कि आप अपने कार्य करने की शक्ति नष्ट कर रही हैं। सत्य मानिये कि वह कार्यक्षेत्र, जो आपकी रचना-शक्ति और मौलिकता को उत्साहित करता है, आपको सदैव मानसिक रूप से संतुष्ट करेगा। कोई भी स्वतन्त्र रूप से किया गया व्यवसाय, जो कि आपको पर्याप्त स्वतन्त्रता देगा, फिर वही आपके आनन्द में वृद्धि करेगा। भले ही आपको इस व्यापार हेतु दीर्घकालीन, कठिन तम प्रयत्न करने पड़े, फिर भी अन्तःशक्ति के ठोस एवं सशक्त होने के कारण आप कभी विचलित नहीं होगीं। विद्वानों का कहना है कि मेष राशि वाली महिलाओं को निष्क्रिय एवं उदास नहीं रहना चाहिये, क्योंकि आगे बढ़ना और प्रगति करना इस राशि की प्रमुख विशेषता है।

ऐसी महिलायें अपनी योग्यताओं को व्यापार, विक्रय और विज्ञापन में प्रयोग करें, तो अच्छा होगा। सेक्स की पूर्ति आपके लिए आवश्यक है, साधन और सुविधा बनाकर अपनी कठिनाई को सरल बनाना आपका कर्तव्य है। कोई एक श्रेष्ठ गुरु को मार्गदर्शक बना लेने में आपकी भलाई है। गुरू कृपा से अध्यात्मिक ऊर्जा ग्रहण करके आप सारे जग को चकाचौंध कर सकती हैं। अपनी शारीरिक शक्तियों को खेलकूद, एरोबिक, एथिलेटिक्स और कोचिंग में लगाना चाहिये।

विविध यंत्र-औजार आदि में आपका नक्षत्रीय चिह्न 'मेष' आपकी रुचि का द्योतक है, इसलिए आप एक अच्छी मेकेनिक, दन्तविशेषज्ञ, ज्योतिर्विद, रसायन-शास्त्री और सर्जन बन सकती हैं, सही दिशा पकड़ना आपके अधीन है।

वृष राशि का जीवनफल

वृष राशि के सम्बन्ध में शास्त्र वचन—

"वृषः स्थिरः स्त्री क्षितिशीतरुक्षों याम्येट् सुभूर्वायुनिशा चतुष्पाद।
श्वेतोऽतिशब्दो विषमोदयश्च मध्यप्रजासंग शुभोऽथ वैश्यः॥"

यदि आप की वृष राशि है तो सदैव हर सम-विषम स्थिति में भी जय-यश-स्नेह-सत्कर्म-भोग-मंगल और श्री-प्राप्ति के जिज्ञासु व्यक्ति आप होंगे। नियमतः आपके सुन्दर व आकर्षक शरीर का खुला हुआ गौर-रक्त, या गेहुँआ वर्ण होना चाहिए। कान्तियुक्त, मनमौजी, हंसमुख, मोहक व चमकदार चेहरा, मजबूत मध्यम ऊँचा शरीर, शत्रुओं को परास्त करके विजय पाने में तत्पर रहेंगे। स्वल्प सुखी जीवन होगा। माता-पिता को साधारण स्थिति में देखेंगे। सामान्य रूप में पितृधन और पैतृक जायदाद का उपभोग करेंगे। स्त्री-समाज के प्रेमी और भक्त होंगे। विलासी वस्तुओं के शौकीन होंगे। दोनों हाथ से खुला खर्च करने की आदत होगी। सम्भवतः कन्या सन्तान का सुख साधारण तथा पुत्र के सुख में बाधायोग है। चंचल स्वभाव होगा। कदाचित् खेती-बागवानी और पशु-पक्षी पालन का भी शौक होगा। क्षमा करने की उत्तम शक्ति होगी। जन्मकाल सुखी रहकर मध्य व अन्त आयु में दुखी रहना आपके वृष राशि का मुख्य लक्षण है।

वृष राशि में अधिकतर स्वार्थवृत्ति, ऊँचे दरजे के सार्वजनिक कार्यों को करने में असमर्थ तथा अपनी ही सीमा तक रहने की आदत होती है। आपके शरीरांग में गर्दन-गिल्टियाँ-भीतरी गला और कण्ठ का समीपवर्ती स्थान कभी-कभी कम या ज्यादा रोगग्रस्त रहेगा। शर्करा की कमी या अधिकता, शीतज्वर, गुप्तेन्द्रिय रोग और खाने पीने में स्वादहीनता से भी यदा-कदा पीड़ित रहेंगे। प्रतिवर्ष नवम्बर मास, प्रतिमास ५-१०-१५-२० तारीखें, शनिवार का दिन, मेष-सिंह-

धनु राशि वाले व्यक्ति तथा लालरंग के वस्त्रादि पदार्थ आपके लिए ठीक नहीं हैं। आपके स्वभाव में सामान्य तौर पर वैश्यों जैसा भरपूर गुण विद्यमान है। आपके जीवन का सभी शुभाशुभ तत्व परिश्रम और आपकी अपनी कर्मशक्ति पर ही निर्भर है। अनेक विषयों का मर्म एवं रहस्य गहराई से ही जानेंगे। अपने जीवन में उसका अमूल्य उपयोग करेंगे, विज्ञ बनेंगे। प्रारब्ध, भाग्य, कर्म और प्रयत्न के परस्पर घनिष्ठ-सम्बन्ध से पूर्णतया परिचित रहेंगे।

आपकी आवाज तर्कपूर्ण, तथ्यपूर्ण, एवं वास्तविक होती है, लोगों तक पहुँचाने की कला आपमें नहीं है। स्वर को शक्ति से नहीं, भक्ति से साकार कीजिए। क्रोध और रोष में आपका बहुत सा काम बिगड़ जाता है, विनम्रता से आप सारा जग जीत सकते हैं। अधिक राग-द्वेष, स्वार्थ, आडम्बर और बनावट से आपको बचना है। प्रातः सूर्योदय के पहले दैनिक क्रिया कर लेना और खान-पान में सन्तुलन रखना भी आवश्यक है। अध्ययन, लेखन, भाषण और व्यवहार की स्वच्छता पर ध्यान रखें। वाक्यपटुता आपकी विशेषता है। सुख के समय आप सारी बात भूल जाते हैं और दुख के समय काफी समय तक किंकर्तव्यविमूढ बनकर पुरानी रामकहानी ले बैठते हैं, बस यही दोष आपमें कष्टकारी होता है। अपने सिद्धान्तों पर भाग्य को मत तौलिए, केवल सही मार्ग को अपनाकर प्रत्येक आवश्यक कार्य करते जाइये, सफलता अवश्य मिलती जायेगी। अपने भाग्य का अधिक समय तक भरोसा न करें तो ही उत्तम होगा।

वृष राशि के पुरुषों में नेतृत्व के सभी गुण होने पर भी अवगुण विद्यमान रहते हैं। सभी सुख-सुविधाओं की ललक होती है। परिश्रम और काफी अंश तक ईमानदारी को लक्ष्य बनाकर अपने जीवन में सफल हो सकेंगे। अलग-अलग ढंग से सभी गुप्त लेखा-जोखा रखने में चतुर होंगे। आपके हृदय में विशेष संवेदना रहेगी। अनेकों प्रयत्नों के बाद भी आपके कई महत्वपूर्ण कार्य अधूरे और अपूर्ण ही रहेंगे। प्रशासन के क्षेत्र में रुचि होने पर आप तभी सफल हो सकेंगे, जबकि स्वयं अनुशासित रहकर अनुशासन-प्रेमी और नियमित बनें। आपकी पत्नी, पति-सेवा में निपुण तो होंगी, किन्तु पति-सेवा में पतिदेव की

आज्ञा को प्रथम महत्व नहीं दे पायेंगी, इसलिए आप पति-पत्नी का पूर्णतः सुखी व सफल दाम्पत्यजीवन नहीं कहा जा सकता। आपके स्वभाव में मिलनसारिता, तीव्रता, कुशलता, सौम्यता एवं वक्त से सहज समझौता करने की शक्ति उत्तम होगी, परन्तु ऊँची से ऊँची कल्पना, ऊँची उड़ान, स्वार्थतत्परता, भौतिकता के प्रति अधिक झुकाव तथा दुनिया की हर तकनीक में थोड़ा-बहुत ज्ञान रखना भी आपके स्वभाव का अंग होगा। वृष राशि के पुरुषों का वृष, कर्क, सिंह, वृश्चिक, कुम्भ, मीन राशि वाली स्त्रीवर्ग में माता-बहन-पत्नी-पुत्री-रिश्ते-नातेदार और पार्टनर हों तो इनसे सहानुभूतिपूर्ण आदर्श व्यवहार कायम रहेगा। वृष राशि का मूलांक ६ शुभ होता है। तदनुसार सुलझा हुआ दिमाग और तेज मस्तिष्क होगा। शोक-चिन्ता और पश्चाताप से कभी दूर नहीं रह सकते। परिश्रम करने में रूचि रहेगी। सभी प्रकार की अच्छाई और खराबी के बावजूद भी आप दीन-दुखियों के एक सच्चे मित्र हैं, उनका साथ देंगे। भावुक होने के साथ चतुर भी हैं, अपनी इच्छा के मालिक हैं, सुख-दुख में अमीर-गरीब सबका साथ देने वाले हैं।

आप एक असफल प्रेमी व्यक्ति हैं। हर चीज जल्दी से जल्दी सीख जाने की मेधाशक्ति है। आपका एकाएक उत्थान तो सम्भव नहीं है, लेकिन उत्तरोत्तर गिरावट के शिकार अवश्य बनते रहेंगे। स्त्री के सेवा-भावना-कर्मठता से प्रसन्न होकर भी स्त्री की वाणी और व्यवहार से जीवनपर्यन्त कुछ असन्तुष्ट रहेंगे। अपने जीवन में किसी सद्गृहस्थ सद्गुरु से गुरुमुख होकर समर्पित शिष्यत्व का पालन करें तो अपना भविष्य जीवन सुखशान्तिमय बना सकते हैं, पुरुषों की अपेक्षा वृष राशि वाली हर उम्र की महिलाओं के लिए यही परम कल्याणकारी उपाय होगा। धैर्य-गम्भीरता और सहनशीलता बनाये रखने पर ही सद्गुरू की आत्मीयता मिलेगी। आपका जीवन साधारण तौरपर अच्छा-खराब दोनों ही कहा जा सकता है।

आप अपने जीवन में प्रायः हर समय सुख-शान्ति-वैभव और इज्जत पाने के लिए जी-तोड़ मेहनत करेंगे। आमदनी की अपेक्षा खर्च तगड़ा होगा। परिवार

की ओर से अधिक चिन्तित रहेंगे। ज्यादातर आप अपने जन्मस्थान से दूर रहकर सुख-शान्ति का अनुभव करेंगे। दुश्मनों की ओर से अधिक परेशानी पैदा होते रहने के बावजूद भी आप बहुत शान्तिपूर्वक विपत्तियों से निकलते और बचते रहेंगे। मानसिक चिन्तायें, विपदायें प्रायः लगी रहने के साथ-साथ बुद्धि के अन्दर चालाकी कूट-कूटकर भरी होगी। आत्मबल की ताकत से बोल-चाल में कुछ रूखापन रहेगा। विशेषतः हर जगह आप स्पष्टवादी व्यक्ति होंगे। आप अत्यन्त पुरुषार्थी भी हैं। राज्य विभाग, समाज-परिवार एवं अपने कार्यक्षेत्रों में आपको इज्जत ज्यादा रहेगी। अक्सर प्रियजनों के मिलन और विछोह से उत्पन्न सुख और पीड़ा की अनुभूतियों का चित्रण आपके जीवन-पटल पर स्पष्ट दिखाई देगा। अक्सर स्वरवाणी, व्यवहार, कर्तव्य और हाव-भाव में परिवर्तन होता रहेगा। शोषण और अत्याचार के विरूद्ध आक्रोश की भावना व्यक्त करेंगे।

अपनी भरपूर मेहनत से रोजी-धन्धा, रोजगार-नौकरी तथा छोटे-बड़े हर कारोबार में कठिन एवं कष्टसाध्य कार्यों को यथासम्भव नित्य करते हुए तथा दुख-मुसीबतों को झेलते हुए उत्साहपूर्वक उन्नति-मार्ग अवश्य ही प्राप्त करेंगे, किन्तु इच्छानुसार आमदनी कभी नहीं होगी। अपने अधिकारों की माँग के लिए हड़ताल करना, चेतावनी देना, नारे लगाना, अन्यायियों के प्रति खुलकर विरोध करना, इत्यादि विचित्रता लिए हुए आपका विलक्षण स्वभाव होगा। कोई भी नजदीकी व्यक्ति खुले दिल से आपका स्वागत नहीं करेगा।

पूंजीवाद के प्रति घृणा की भावना, उत्तेजना पैदा होगी। दुश्मनों के द्वारा उठाये गये हर उलझन-पूर्ण विवादों पर सचेष्ट रहकर आप बड़ी ही चालाकी एवं कूटनीति से विजय पाने की शक्ति अपने पास रखेंगे। सच तो यह है कि इतना सब कुछ होने पर भी आप अपनी जिन्दगी में धन-हानि, अशान्ति, बेचैनी, अपयश, जमीन-जायदाद की कमी तथा पारिवारिक सुख का अभाव समय-समय पर ज्यादा अनुभव करेंगे। पढ़ाई-लिखाई के क्षेत्र में बहुत कम सफलता मिलेगी। पति-पत्नी में असन्तोष रहेगा। प्रायः किसी न किसी बात पर झड़प और विवाद हो जाया करेगा। कभी-कभी छोटी-मोटी बातों पर आपसी प्रेम और बोलचाल

भी कुछ समय तक अवरूद्ध हो जाया करेगा। सिद्धान्त व विचारों का गहरा मतभेद भी चल सकता है। पारिवारिक सम्बन्धों में एक साथ दो स्वाभिमान टकराने का भय बना रहेगा। खान-पान तथा रहन-सहन में पति-पत्नी के बीच भिन्नता रहेगी। बच्चों के सन्दर्भ में कोई विशेष असन्तोष न होकर मन में थोड़ी राहत रहेगी। कर्मक्षेत्र के प्रश्न पर पत्नी से सहयोग की प्राप्ति ठप हो जाया करेगी।

स्वामी शुक्र, वैश्यवर्ण, पृथ्वीतत्व, स्थिर संज्ञा, कोमल-चेहरा, विचित्र स्वभाव, वायु प्रकृति, सम्भोग-क्रिया में अधिक अभिरूचि, दान-पुण्य-धर्म-कार्यों में अल्प रूचि, धैर्य से विमुख एवं पवित्र हृदय के व्यक्ति आप होंगे। चतुराई से स्वार्थ निकालने वाले, परिश्रमी, अर्थ-धर्म-कर्म से सम्पन्न, विलासी, सुन्दर मित्रों से पूर्ण, अभीष्ट वचन बोलने वाले, अधीर, भावुक, चंचल दृष्टि, गायन एवं भाषण में रूचि, कण्ठ रोगों से पीड़ित, अनेक गुणों से युक्त, कुटुम्ब-सम्पन्न तथा समाज में प्रतिष्ठित व्यक्ति आप होंगें। Marriage are fixed in heven and performed on earth.

अर्थात् विवाह के निश्चय आकाश में होते हैं और पृथ्वी पर रचाये जाते हैं। सीधा अर्थ यह है कि इस पृथ्वी पर जिस किसी पुरुष के साथ किसी स्त्री का विवाह सम्पादित होता है, वह सब जन्म लेने के साथ ही परमात्मा के यहाँ से निश्चित हुआ रहता है। यह प्रत्येक जीवमात्र पर लागू है, अनुमानतः १६, १८, २१, २३, २५, २७ या २९ वर्ष की उम्र में विवाह के संयोग हैं, सम्भवतः दो शादियाँ होगी।

जन्म से ७ वर्ष तक का सम्भवतः सम्पूर्ण समय परिवार के साथ दुःख, उलझन, विग्रह, और शोक-चिन्ताओं से भरपूर होगा। २८ से ३५ वर्ष तक के उम्र में आमदनी और सुख-साधनों में बड़ी बाधाओं का सामना करेंगे। घर में फूट, धन हानि, जीवन हानि, माता-पिता को कष्ट, मकान और शहर से स्थानान्तरण, व्यर्थ खर्च, कर्ज की वृद्धि, अधिक भार, शरीर से महान् कष्ट आदि भोगने पड़ेंगे। ८ से १६ वर्ष तक(बचपन की आयु में) विकास अवरुद्ध होकर

घर गृहस्थी की चिन्ताओं और कई तरह की परेशानियों में घिरे रहेंगे। पुनः ३६ से ४५ वर्ष तक जो भी काम सोचेंगे, जी-जान से सम्पादित करेंगे, वह रूक जायेगा। बदनामी, चोरी और अनेक मुसीबतों का सामना भी कुछ लोग करेंगे।

आपके जिन्दगी की सबसे स्वतन्त्र अवस्था १७ से २५ वर्ष तक की होगी, इसमें आपका भाग्योदय होगा। जो कुछ उन्नति कर सकेंगे और जो भी कम या ज्यादा आमदनी हो सकेगी तो केवल इसी अवस्था में, वरना और अन्य समयों में केवल कमाना-खाना ही रहेगा। यह १७ से २५ वर्ष कुमार अवस्था तक का समय हर तरह से अच्छा है, लेकिन आप काफी संवेदनशील और दैनिक जीवन में यथार्थवादी रहेंगे। आप अपने निजी सिद्धान्तों में गहरी आस्था रक्खेंगे। २६ वर्ष में पीड़ा और २७ वर्ष की आयु में मध्यम समय गुजरेगा। ४६ से ५१ वर्ष तक किसी तरह जीविका निर्वाह होगा। स्वावलम्बी और सचेष्ट बने रहने पर भी नजदीकी लोग धोखा देकर हानि पहुँचायेंगे। साधारण तौर पर आमदनी होती रहेगी। कर्तव्यनिष्ठ जीवन में अवरोधक प्रभाव पैदा होगा। इन्हीं ४६ वर्ष से ५१ वर्ष तक के समयों में आपको तरह-तरह से सावधान रहना चाहिए। बड़ी खतरनाक स्थिति बनेगी। मुसीबतों का सामना करना पड़ेगा। कानूनी पेंचीदा-उलझनों में ज्यादा परेशान रहेंगे या परेशान हो जायेंगे। अधिक खर्च होगा। परिवार में किसी के अचानक मृत्यु का भी जबर्दस्त कुयोग होगा। इन्हीं अवस्थाओं में दिल के दौरे की बीमारी तथा पेट सम्बन्धी कई तरह के रोगों का भी सामना करना पड़ेगा। कर्ज का लेन-देन औकात की सीमा पार कर जायेगा। आपके कमर या पैर पर काली तिल या गहरे जख्म का निशान अथवा मस्सा होगा तो शुभ लक्षण समझें। जीवन में तीन स्त्रियों से काफी मित्रता रहेगी, समय-समय पर उनसे धोखा भी खायेंगे। एक बार झूठी तोहमद लगने से अपमानित भी होंगे। दिनचर्या में शुक्रवार को आप जो भी काम करेंगे, लाभ होगा। जीवन के किसी भी प्रसंग और अवस्था में एक बार मिजाज बहकने का भी योग है। नासमझ होने के नाते मित्रों द्वारा आप कहीं-कहीं गहरा धोखा खायेंगे।

प्रतिवर्ष नवम्बर का महीना ५, १०, १५, २० तारीखें और शनिवार का दिन आपके लिए खराब रहेगा, अतः इन दिनों कोई शुभ कार्य न करें। जहाँ तक हो सके वृष, मिथुन, मकर और कुम्भ राशि वाले प्राणियों से ही दोस्ती करें तो ज्यादा अच्छा होगा। आपका निजी स्वभाव प्रायः चिड़चिड़ा रहेगा, सप्रयत्न ज्यादा बोलने की आदत न डालें, शान्त रहा करें।

वृष राशि की महिलायें बातों की तह तक पहुँचने में समर्थ, अलौकिक स्वभाव की धनी होंगी, किन्तु लौकिक जीवन होगा। स्वयं के प्रयत्नों से ही थोड़ी बहुत प्रगति करेंगी, प्रगति का पथ प्राप्त करेंगी। अर्थ-संचय की सामान्य प्रवृत्ति होगी। आदर्श पत्नी और आदर्श माता के रूप में योग्य होंगी। परिश्रम और ईमादारी की कमाई जो भी हो, उसे आप अधिक पसन्द करेंगी, फिर भी आप प्रायः अदूरदर्शी, जल्दबाज और जिन्दगी के जरूरी कामों में असफल रहेंगी। आन्तरिक वातावरण की अपेक्षा वाह्य वातावरण अकारण आपको ज्यादा अच्छा लगेगा। अनुशासन-प्रेमी महिलाओं को ही गुरू कृपा से प्रशासनिक सफलता प्राप्त होगी। किसी भी बात में हल्कापन आपको सहन करने योग्य नहीं होगा। अपने लक्ष्य के प्रति हमेशा सतर्क रहना और मौका रहते स्वयं ही सावधान हो जाना आपका स्वभाव होगा। नित्य नवीन मित्र बनेंगे और छुटेंगे। कभी-कभी परोपकार में रुचि रहेगी। आर्थिक ऋण के लेन-देन की बीमारी या आदत हानिकारी होना सम्भव है, महिलायें यदा-कदा गहरे ऋण की शिकार भी बन सकती हैं।

वृष राशि की महिलायें हर तरह से कार्यदक्ष स्वधर्म परायण, मेहनतकश होकर भी व्यर्थ की तनाव रखने वाली होती हैं। कन्या राशि वाले पुरुष से इन्हें हर तरह की सन्तुष्टि मिल सकती है। भौतिक प्रपंचों में दिमाग लगा रहता है। वृष राशि की महिलाओं को वृष, कर्क, सिंह, वृश्चिक, कुम्भ, मीन राशि वाले पुरुष वर्ग में मैत्री अथवा पिता-भाई-पति-पुत्र एवं रिश्ते-नातेदार हों तो उनसे सुख पूर्वक अच्छा सम्बन्ध जीवन-पर्यन्त कायम रहेगा। वृष राशि का मूलांक ६ है, तदनुसार शक्तिशाली जीवन होगा। मूलतः दूरदर्शी स्वभाव तथा जासूसी प्रवृत्ति होगी। बातचीत करने में कुशल होंगी। पुरुषों की अपेक्षा

महिलायें स्वभावतः अनजान लोगों से मित्रता बना लेने में सफल रहेंगी। देखा जाता है कि साधारणतया युवावस्था में प्रवेश करते ही विपरीत सेक्स की ओर आकर्षण, लगाव, झुकाव बढ़ना सम्भव होता है, अपने ढंग से अपने पैरों पर खड़े होकर भाबी जीवन की उन्नति-मूलक प्रक्रिया में लग जाना आपको अधिक पसन्द होगा। विवाहित जीवन में किसी बाहरी महिला का अनुचित दबाव बरदास्त नहीं करेंगी। जीवन साथी से यौन-सम्बन्ध कष्ट के साथ स्थापित होने पर प्रारम्भिक आकर्षण दीर्घकाल तक स्थाई न रहेगा, कालान्तर में पति-सम्बन्ध से कामशक्ति दुर्बल होती चली जायेगी। वृष राशि वाली महिलाओं का निजी गृहस्थ जीवन भी प्रायः शोक-चिन्ता-दुःख और परेशानियों से भरा हुआ समझना चाहिये, अपनी जिन्दगी में कोई खास सुख का अनुभव नहीं कर सकतीं और प्रायः इन्हें हर रोज अपने पति एवं सन्तानों से कोई न कोई शिकायत लगी ही रहती है।

आपकी वृष राशि है, आप शुक्र ग्रह से प्रभावित व्यक्ति हैं। कुटुम्ब, समाज व देश में प्रेम और शान्ति की स्थापना के लिए भी आपका अभीष्ट संघर्ष सक्रिय और सफल रहेगा। सम्भव है, आपके जीवन के अधिकांश भाग में शुक्र का दानवी-स्वरूप विचित्र रूप में प्रस्तुत होकर अशुभ फलदायी स्थिति बनी रहे। अतः कष्ट के क्षण में हतोत्साहित और तुरन्त मर्माहत नहीं होना चाहिये, अपितु सावधानी-पूर्वक उपायों पर ध्यान देना चाहिये। उपायों के अन्तर्गत नियमतः आपको हीरा रत्न शुभफलदायी होगा। यदि यह सम्भव न हो सके तो आप सप्रयास पूर्ण-अनुष्ठान विधि से "नारायण कवच सहित विशुद्धि श्री कवच" निर्माण करायें, प्राण-प्रतिष्ठा कराकर धारण कर लें। व्रतों में शुक्रवार का व्रत हितकारी होगा। निश्चित है कि उपरोक्त उपाय से ही आपकी समस्याओं का समाधान होगा। युवावस्था में २६ वर्ष से ३५ वर्ष तक की आयु आपके लिए अशुभ है। स्त्री-पुत्र के सुख-शान्ति-सहयोग में बाधा, हृदय रोग, नेत्ररोग, मित्रों से विरोध होगा। अन्न-धन-वस्त्रादि का सामान्य सुख मिलेगा। लाभ, मनोरंजन, भ्रमण एवं आगन्तुकों पर विशेष व्यय होगा। नौकरी व्यापार के प्रयत्नों-प्रयासों में साधारण स्थिति का योग है।

४६ वर्ष से ५१ वर्ष तक की आयु में राजकीय कार्य की सिद्धि, कठोर परिश्रम से अभीष्ट पथ की प्राप्ति, दैविक उपासना से आत्मशान्ति एवं किसी सद्गुरू की सत्कृपा प्राप्त होगी। २१, २७, २८, ४७, और ४८ वर्ष को उम्र में कड़े संघर्ष का समय होगा। किसी कर्मनिष्ठ सद्गृहस्थ गुरू से गुरुमुख होकर हर आपत्ति-विपत्ति में उनकी आज्ञा का पालन करें तो अभावग्रस्तता में भी सुखी जीवन-यापन करेंगे। आम तौर पर सम्मान, द्रव्यलाभ, माता-पिता-बन्धुवर्ग से पृथकता, कानूनी विवाद, वायुरोग, कृमि एवं पित्ताशय से शरीर पीड़ा, नौकरी में पदोन्नति, मानसिक अवसाद आदि का मिलाजुला और कई तरह का शुभ और अशुभ (दोनों फल) प्राप्त होगा। १७ से २५ वर्ष तक एवं ५३ वर्ष के बाद क्रमिकगति से ६८ वर्ष तक की आयु में भाग्योदयकारी प्रभाव प्राप्त होगा। ५१ वां वर्ष मारक होने से आपके लिए मृत्यु-तुल्य कष्ट के समान बीतेगा। अगर इससे बच गये तो ७७ वर्ष ४ मास १९ दिन की अवस्था में संक्रामक-रोग, आँत और लीवर की बीमारी से यथासम्भव अपने घर पर ही मृत्यु होगी। आप अपने जीवन-कल्याणार्थ निम्न मंत्र का १०८ बार प्रतिदिन पाठ करने का अभ्यास डालें—

ॐ सर्वस्वरूपेसर्वेशेसर्वशक्ति समन्विते।
भयेभ्यस्त्राहिनोदेवी दुर्गेदेवि नमोस्तुते॥

महिलाओं में बृष राशि के कार्य करने वालों की सबसे बड़ो जरूरत और प्रेरणास्रोत हैं "सुरक्षा की आवश्यकता"। इसलिए आप ऐसा कार्यक्षेत्र चुनें जहाँ स्थायित्व एवं सन्तुष्टि हो। शारीरिक और मानसिक सन्तुष्टि भी आवश्यक है। जब एक बार आप अपना लक्ष्य निर्धारित व आधारित कर लेंगी तो उस लक्ष्य को प्राप्त करने की पर्याप्त उमंग एवं इच्छाशक्ति आपके अन्दर आ जायेगी। अगर वास्तव में आपके पास कोई लक्ष्य नहीं है तो आप पायेंगी कि उत्तरोत्तर आपके कार्य करने की इच्छा व प्रेरणा का ह्रास होता ही जा रहा है। ऐसी हालत में आप पैसा व सुरक्षा के लिए कार्य करेंगी, इसलिए नहीं कि वह काम आपको पूर्णतः मन से पसन्द है। आप आवश्यकता को महत्व देती हैं, पसन्दगी को नहीं।

वृष राशि की महिलायें व्यापार आदि भौतिक व आर्थिक मामलों से सम्बन्धित कार्यों में बहुत अधिक सीमा तक सफल सिद्ध होती हैं। कन्या राशि इसमें सहायक होती है। यथार्थ रहस्य है कि यह राशि छिपी हुई प्रतिभा की ही द्योतक है, सर्जक है। इस कारण इस राशि के व्यक्ति तब तक अपनी वास्तविक योग्यता नहीं पहचान पाते, जबतक कि उनको अधिकांश आर्थिक मामलों में, जैसे सम्पत्ति की खरीद-फरोख्त, उत्तराधिकार आदि में उल्लेखनीय सफलता न मिल जाये। यह पूर्ण सत्य हैं कि आपके अन्दर दो तरह की योग्यतायें हैं।

सर्वप्रथम आप अत्यधिक व्यावहारिक, अध्यवसायी, कामगर, तर्कपटु एवं आत्म-निर्भर रहने वाले व्यक्ति हैं। स्त्री हैं तो निरीक्षक के रूप में आप बहुत कुशलता से दूसरों को अपने अधीन बना सकती हैं। सेक्स को आवश्यकताओं को परिपूर्ण कर सकती हैं। बृष-कन्या-मकर राशि वाले पुरुषों को निर्देशित कर सकती हैं। किसी भी कार्य का सुगम संचालन आपके योग्यतापूर्ण और उत्तरदायित्व-पूर्ण हाथों में सौपा जा सकता है।

आपमें द्वितीय पक्ष यह है कि आप एक रुचि सम्पन्न व्यक्ति हैं, आपमें रचनात्मक क्षमता है। यदि आपको सही मौका मिले तो आप कला, गायन, हस्तकला, ज्योतिष आदि किसी भी क्षेत्र में अपनी योग्यता सिद्ध कर सकती हैं। कन्या राशि वाले पुरुष से अनुकूलता पायेंगी। सुचारू रूप से कार्य के लिए यह जरूरी है कि अधिकांश परिस्थितियाँ आपके नियन्त्रण में हों। प्रतिकूल परिस्थितियाँ बहुत जल्दी आपको भ्रमित, अस्थिर एवं उत्तेजित कर देती हैं। अतः बाहरी पुरुषों के मदद से आपको स्वाभाविक सुरुचि का सबसे अच्छा उपयोग इन्टीरियर डेकोरेशन, खाद्य, वस्त्र उद्योग, ज्योतिषी, ब्यूटिशियन आदि के व्यवसायों द्वारा हो सकता है। सही चुनाव करना आपका निजी कर्त्तव्य है।

मिथुन राशि का जीवनफल

प्रत्यक् समीरः शुकभाव्दिपान्ना द्वन्द्वन्द्विमूर्ति विषमोदयोष्णः ।
मध्यप्रजासंगवनस्थशूद्रे दीर्घस्वनः स्निग्धदिनेऽस्त्यथोऽग्रः ॥

मिथुन राशि के स्त्री-पुरुषों का जीवन ज्योतिष की भाषा में संघर्षमय कहा जाता है । प्रायः आपके सम्पर्क में रहने वाले लोगों का सुख-समृद्धिपूर्ण जीवन समय-समय पर आपकी अपनी अभीष्टसिद्धि में सहायक होता रहेगा । मनोहर प्रकृति, असन्तुष्ट हृदय, वाचाल, परिश्रमी और सीधा-साधा-सरल-सुन्दर एवं योग्यतानुसार मान-इज्जत-शोहरत आदि से भरा-पूरा आपका जीवन है । पश्चिम दिशा हमेशा लाभकारक रहेगा । आमतौर पर आपकी जिन्दगी में बेबसी-मजबूरी, कठिनाइयाँ, दरिद्रता, और मुसीबतों की क्रमिकता कम नहीं रहेगी । रसीला मिजाज, हँसमुख, तेज बुद्धि और दिमागी रफ्तार समयानुसार काफी तेज रहेगा । चेहरे पर या मस्तक पर किसी गहरे जख्म का दाग या भाग्यवर्धक एवं प्रभावशाली तिल का निशान जरूर होगा । कर्ज के लेन-देन में काफी चतुर होंगे । प्रकाशन, मुद्रण, कागज, कपड़ा, लेखन-सामग्री, खाद्य पदार्थ, होटल-रेस्टुरेन्ट, सौन्दर्य-पदार्थ का व्यापार, शेयर्स और दलाली आपके लिए पूर्ण लाभदायक होगा ।

मिथुन राशि के श्रेष्ठ महानुभाव तुरन्त कोई कार्य करने और निर्णय लेने में सक्षम होंगे, परन्तु कोई भी कार्य, कोई भी खर्च या कोई भी गतिशील होने का काम विधि-नियमानुसार नहीं कर सकते । दूसरों की सेवा और सहायता करने में प्राण-प्रण से सदैव दक्ष होंगे । आपमें राजसी-तामसी और सात्विक तीनों ही वृत्ति का समावेश न्यूनाधिक रूप में बना रहेगा । विपरीत स्थितियों में पलभर भी आप दूसरों का अहित नहीं करेंगे, सोच भी नहीं सकते और न किसी का अनिष्ट होते देख सकते हैं । किसी भी बिन्दु पर परोपकार हेतु आपमें कोई हिचकिचाहट न होगी । धन कमाने के साधनों में पैतृक कारोबार संयुक्त या अलग ही यदि चलता रहे तो मन का सन्तुलन बना रहेगा ।

मिथुन राशि के पुरुषों व स्त्रियों को मेष, मिथुन, सिंह, कन्या, धनु, मीन राशि वाली स्त्रियाँ माता-बहन-मौसी-चाची-बुआ-पत्नी-पुत्री (रिश्तेनातेदार और भागीदार) हों तो उनसे समतासूचक उज्जवल-सहृदय-सप्रेम सम्बन्ध रहेगा। मिथुनराशि का मूल्यांक ५ है, तदनुसार भावुक हृदय, परोपकारी, कर्मठ, दुश्मनों और मित्रों की परवाह न करने वाले, सत्यं-शिवं-सुन्दरम् के गुणों से ओत-प्रोत एवं बुद्धि-सम्पन्न रहेंगे। प्रेम के आदान-प्रदान में पूर्णतः व्यावहारिक रहेंगे। कठोर नीतिवादी एवं प्रचुर परिश्रमी होकर भी आप अपने जीवन के एक-एक क्षण का मूल्यांकन नहीं कर पायेंगे, क्योंकि दूसरों के लिए चाहे जितना भी मरने-मिटने का संकल्प करें, कहीं भी यश हाथ नहीं लगेगा। विद्या-विनय-व्यवहार एवं वाणी के धनी होकर भी जीवन का कोई एक पक्ष उदास रहेगा। अच्छे-अच्छे लोगों का सम्पर्क प्राप्त रहेगा। यात्रायें भी करेंगे। भाग्यशाली जनों की विदेश यात्रा भी हो सकती है, फिर भी अनियमित दिनचर्या से स्वयं को व्यवस्थित नहीं कर पायेंगे। वैवाहिक जीवन में कितनी अनुकूलता और कितनी प्रतिकूलता सम्भावित बनती रहेगी, यह कह पाना आपके लिए असम्भव है।

ध्यान दीजिए कि आपका जन्म से अन्त तक का जीवन एक रथ है, उसमें एक पहिया कसा हुआ है और दूसरा पहिया ढीला है, नियम यही होता है, तभी वह रथ बिना अवरोध आगे बढ़ेगा। किसी भी घुमावदार रास्ते में दोनों पहिया ढीला रहने पर गाड़ी चल नहीं पायेगी, या दोनों कसा रहने पर रथ उलट जाने का डर होता है, मन में भय बना रहेगा, तब तो छोटी और बड़ी सब तरह की दुर्घटना हो सकती हैं, अतः विवाहित जीवन में पति और पत्नी दोनों में से एक उग्र और एक सरल स्वभाव के होंगे, तभी आपके गृहस्थ जीवन का सुखी संसार बन सकेगा। साधारण-सी खटपट कभी-कभी दाम्पत्य जीवन व गृहस्थ जीवन के लिए बड़ी सुहावनी और प्रिय होती है। पेट का रोग, खूनी आँव या मरोड़ का रोग सम्भव है, कब्जियत तथा कलेजे में अधिक गर्मी से भी समय-समय पर आप परेशान रहेंगे। आमतौर पर सप्रयत्न प्रसिद्ध नेता, कवि, लेखक, वक्ता, ज्योतिषी, चिकित्सक या किसी खास विषय के विशेषज्ञ होंगे, या

आप विद्वान होंगे। यदि नौकरी करेंगे तो नौकरी से सम्बन्धित मुसीबतों व परेशानियों का सामना करेंगे और झूठे कलंकों में आपको फँसना पड़ेगा "जेम्स एलन" के वाक्यों में सच्चाई है, अतः स्मरण रहे कि "अच्छी आदतों से शक्ति की बचत होती है। अवगुणों में लिपट जाने से शक्ति की भयंकर बरबादी होती है"। फिर भी छोटी-छोटी बातों पर क्रोध वश बहस करने की आदत बनी रहेगी। "शेक्सपीयर" के वाक्यों में—"अपने विचारों को, सिद्धान्तों को अपना कारावास न बनाओ।" कोई काम कितना भी गुप्त करेंगे, वह अपने आप समय से पहले तुरन्त सबके सामने प्रकट हो जायेगा।

मिथुन राशि का स्वामी बुध, शूद्रवर्ण पित्त, प्रकृति, वायुतत्व, उदार हृदय एवं द्विस्वभाव संज्ञा होती है। सुन्दर स्वभाव होता है। साहसी, उत्साही, चतुर जीवन होता है। भाषण एवं लेखन कार्य में बुद्धि से काम लेने वाले, दृढ़-प्रतिज्ञावान, प्रतिभासम्पन्न, भाग्यशाली, पुरुषार्थी, कार्य-सम्पन्न करने में शीघ्रता से काम लेने वाले, अर्थ-सम्पन्न व्यक्ति आप होंगे। वाद-विवाद करने की कला में योग्य, धर्मनिष्ठ और बड़े लोगों से सम्मान की प्राप्ति होती रहेगी। सिर की पीड़ा से युक्त रहेंगे। आप महान् पराक्रमी तथा कामोत्तेजक स्वभाव के व्यक्ति हैं, संस्कारी भी होंगे।

अपनी व्यक्तिगत मनोवांछित इच्छायें कब पूर्ण होंगी ? इस प्रकार के प्रश्नों से मन का उतावलापन कदाचित आपकी मानसिक स्थिति को खेदग्रस्त व चिन्तित बनाये रखेगा। १३ से १६ वर्ष तक अथवा १९ से २६ वर्ष तक की उम्र में विवाह का अवसर होगा, सुन्दर स्त्री के योग पाये जाते हैं। पति-पत्नी का सुख-सम्बन्ध सुदृढ़ एवं स्थाई बना रह सकता है, बशर्ते कि कोई बाहरी आगन्तुक पारिवारिक जीवन में कदापि हस्तक्षेप न करें। पति-पत्नी दोनों के लिए यह आवश्यक कर्तव्य है कि समझौतावादी नीति अपनाकर विवाहित जीवन को नियमित और व्यवस्थित बनाये रक्खें। व्यापार-नौकरी आदि अर्थोपार्जन के साधनों में यदि पति-पत्नी दोनों ही संन्नद्ध हों तो आपस में किसी तरह का शंका-संदेह नहीं रखना चाहिये। अण्डरस्टैण्डिग बने रहने पर प्रेम भी बना

रहेगा। सन्तान सुख अवश्य कम मिलेगा। सही ढंग से बुद्धि में उत्पन्न किसी तरह की जिज्ञासावृत्ति आपके भावी जीवन को अपनी मंजिल तक पहुँचा ही देगी। आपका दोष यही है कि आप अपने मन में हमेशा सन्देह, शंका और दुविधा रखेंगे। हर काम अच्छा हो या बुरा, करने के पहले और बाद में भी सन्देह रखेंगे तथा काट-छाँट करते रहेंगे। कारोबार में उन्नति होगी और नौकरी में खाना-कमाना ही लगा रहेगा। हरे रंग की वस्तु एवं बादी खाद्यपदार्थ ज्यादा पसन्द करेंगे। प्रौढ़ावस्था में किसी औरत से गहरा धोखा पाने का खतरा है।

सदैव स्मरण रहे कि आपके लिए दिसम्बर का महीना ११, १६, २६, २८ तारीखें और शनिवार का दिन हमेशा कष्टप्रद रहेगा, कृपया इन दिनों सावधानी से काम करें। दैनिक जीवन में जहाँ तक हो सके, मेष-मिथुन-तुला और मीन राशि वाले प्राणियों से ही दोस्ती और अनुबन्ध करें तो ज्यादा लाभप्रद होगा। आपके अधिकांश सहयोगी और कहलाने वाले दोस्त ठीक नहीं हैं, वे लोग मुँह पीछे हमेशा आपकी बुराई करने पर डँटे रहेंगे। जन्म से कुछ कष्ट के साथ ६ वर्ष तक और २१ वर्ष से ३२ वर्ष तक का समय भाग्यहीनता और परेशानी को ही बढ़ाने वाला समय है। हर क्षेत्र में, चाहे वह पढ़ाई-लिखाई-कारोबार-नौकरी का क्षेत्र हो, या नाते-रिश्तेदार अथवा घर-परिवार की बात हो, उन सब बातों में आपको बहुत ज्यादा तकलीफ सहनी होगी, आपत्तियाँ बढ़ेंगी। बचपन से ही दिमाग चंचल और चिन्तित रहेगा। शरीर में कष्ट होगा, बिमारी पर बिमारी लगी रहेगी। छोटी-मोटी यात्रा या स्थानान्तरण में छोटी-बड़ी दुर्घटना से ही पीड़ा का कुयोग है।

"जुन्नेद" के शब्दों में "अपने निर्वाह के लिए जो चिन्ता या आडम्बर युक्त प्रपंच नहीं करते, वही सच्चा विश्वासी है।" अतः आप भी अपनी चिन्तायें परम-दयालु ईश्वर को समर्पित कर दें। प्रारम्भिक जीवन के ७ से २० वर्ष तक का समय कुछ माने में अच्छा है, सन्तोषजनक है। जो भी कार्य सोचेंगे या करेंगे, थोड़ी-बहुत सफलता मिलती ही रहेगी। आपके पिता यदा-कदा घोटाला-

साजिश और दुर्घटना के शिकार भी बनेंगे। आपके दिमाग और भावनाओं पर कोई बात बहुत जल्दी असर कर जायेगी। जोर-जोर से दिमाग और मस्तिष्क के ऊपरी हिस्से में भन्नाने की शिकायत हो जायेगी। नींद गायब हो गई है और सम्वेदनशील दिमाग की नसें ढीली हो गई हैं—यह सब अक्सर महसूस करेंगे। खर्च ज्यादा करना पिता को महँगा पड़ेगा। अनुचित कार्य करने पर अपमान ही सहना पड़ेगा। आपके परिवार, अभिभावक और माता-पिता की स्थिति कभी-कभी दयनीय रहेगी। परिवार से नाराज या असन्तुष्ट होकर अथवा बिना पूछे भाग जाने या कहीं गुप्त स्थान पर चले जाने का भी कुयोग है। वैसी घटना यदि अनजाने में हो जाय तो उससे उपलब्ध अनुभव जीवन-पर्यन्त कुशल मार्गदर्शक का कार्य करेगा। आपकी स्मरणशक्ति श्रेष्ठ होगी। बाहरी सहयोग से भाग्योदय का पूर्ण योग है।

यथासम्भव २१वाँ वर्ष आपका भाग्योदय कारक है। चारो ओर से सहयोग, विद्या की सफलता, घर, नौकर, मकान-मोटर आदि का अच्छा-खासा सुख क्रमिक गति से मिलना २१वें वर्ष प्रारम्भ होगा। मान-सम्मान का विस्तार, कार्यों में स्फूर्तिपन, बौद्धिक विकास, विद्यार्जन, धन-दौलत का लाभ तथा देश-विदेश की यात्रायें भी होंगी। २१ वर्ष चूकने के बाद ३३ से ४६ वर्ष तक का समग्र आपके जीवन में पुनः एक सुनहला चान्स देगा, सहयोग द्वारा ही इसी अवस्था में आप यथासम्भव सुखी जीवन का मकसद हासिल कर लेंगे और वही आपकी पूंजी हो जायेगी, वरना आगे चलकर बड़ी भयंकर स्थितियों का सामना करते हुए पछताना ही पड़ेगा। शारीरिक शस्त्राघात भी हो सकता है। जीवन में कभी भी एक बार उत्तराधिकार में या जूआ, सट्टा, लाटरी वगैरह से धन-दौलत प्राप्त होने की आशा है।

४७ से ५० तक एवं ५२ से ५९ वर्ष तक का समय महान् कष्टकारक है। राज्य-भय, स्त्री-सन्तान से महान् पीड़ा धन-हानि, शोक, कारोबार व नौकरी में उलझनों का सामना करना पड़ेगा। आप इन तथागत कष्ट के समयों में लीवर, आँत और हृदय के रोग से परेशान होंगे। बहुत गम्भीर आरोप-भय एवं

चोरी वगैरह भी हो सकती है, फिर भी आपकी वृद्धावस्था के कुछ वर्ष काफी सन्तुष्टिप्रद आराम, चैन और सुख-पूर्वक बीतेंगे। आपका कोई एक सन्तान काफी होनहार, कर्मठ, कामयाब, होशियार और कार्यक्षेत्र में उन्नतिगामी बनेगा, वही बुढ़ौती का सहारा एवं घर का रक्षक बनेगा। ५७, ५८, ६१ और ६८ वाँ वर्ष आपके लिए खराब है और मारकेश होने से यह सम्भव है कि इन्हीं मारक वर्षों में आपकी मृत्यु भी हो जाय, किन्तु यदि आप इन वर्षों में देवकृपा से बच गये तो ७३ वर्ष ५ मास ११ दिन की अवस्था में रक्तचाप, हृदय रोग, टिट्नस, ट्यूमर, कैंसर अथवा टाइफस की बीमारी से किसी अनजान स्थान पर मृत्यु होगी। आगे ईश्वर की सत्ता में प्रभु ही मालिक है।

मिथुन राशि की महिलायें स्वभावतः चतुर, सदैव साथ निभाने वालीं, श्रेष्ठ मित्रता की जरूरत पसन्द करने वाली, घरेलू वातावरण में जमा-पूंजी के प्रति लापरवाह, स्वतन्त्र भाव से रहकर अधिक खर्च करने की अभ्यस्त होंगी। अधिकतर अन्तर्मुखी जीवन होगा। नियमित शयन, अच्छा भोजन और मीठा पदार्थों में आपकी खास रुचि रहेगी। गृहस्थ जीवन में पति व बच्चों से सदैव कुछ-न कुछ बाधाओं का सामना करना पड़ेगा। आपके सम्पर्क में अनायास ही आने वाले हर किसी स्त्री-पुरुष की श्रेष्ठता और सफलता बढ़ जाया करेगी। परिवार और समाज की कुछ नयी दिशा देने वाली क्षमता आपकी रहेगी। मिथुन राशि की महिलायें, स्वेच्छा से किसी खास व्यापार को विचारने या करने की गुंजाईश नहीं रखतीं।

मिथुन राशि की कन्यायें जबतक अविवाहित हैं, तबतक विद्या-बुद्धि-प्रतिभा के उपयोग से वैदिक साहित्य-ज्योतिष-धर्म-अध्यात्म-कला-विज्ञान-या जनसम्पर्क के क्षेत्र में महत्वाकांक्षा को साकार कर सकती हैं, किसी श्रेष्ठ गुरु की शरण में रहकर आश्चर्यजनक विद्वता प्राप्त करते हुए लोकप्रियता एवं प्रसिद्धि के शिखर पर पहुँच सकती हैं। ब्राह्मण समाज से सम्पर्क रहने पर श्रेष्ठ मार्गदर्शन एवं सहयोग की प्राप्ति होती है। मिथुन राशि वाली महिलाओं को मेष, मिथुन, सिंह, कन्या, धनु, मीन राशि वाले पुरुष वर्ग में चाचा, मौसा, दादा, पिता,

भाई, पति, पुत्र, रिश्ते नातेदार हों तो उनसे अच्छा सम्बन्ध कायम रहेगा। अंकशास्त्र में मिथुन राशि का मूलांक ५ है, तदनुसार आप किसी काम में दूसरों का जरा भी हस्तक्षेप, टोकाटोकी पसन्द नहीं कर सकतीं, आप में पुरुषतत्व के भी कई साहसिक गुण हैं एवं जीवनभर विद्यमान रहेंगे। प्रेम का सम्बन्ध प्रेम से जोड़ने में चतुर होंगीं, वहाँ रुपये को कदापि महत्व न देंगो।

आपकी वैवाहिक स्थिति कुछ विचित्र-सी रहेगी। लगभग आप दोनों में एक ही जैसा स्वभाव मिलता-जुलता होने पर (पति-पत्नी में) बात-व्यवहार ठीक रहेगा। पसन्द-नापसन्द तथा रुचि-अरुचि में एकरूपता रहेगी, परन्तु वैवाहिक जीवन की अपनी समस्या होगी, गृहस्थ जीवन की गाड़ी आगे बढ़ाने में बांधाओं का सामना भी करेंगी। व्यावहारिक जीवन में सर्वार्थसिद्ध होता रहेगा। कार्य रहने तक ही आप किसी से सम्बन्ध स्थापित कीजिए। आजीवन दाम्पत्य सुख एवं पारिवारिक जीवन के सुखो या दुखी बनने का पूरा दारोमदार आपकी अपनी समझदारी एवं सहनशक्ति पर निर्भर है। पति की अपेक्षा बच्चों में आपका आकर्षण अधिक रहेगा, प्रेम भी बना रहेगा।

याद रखिये कि आपको स्वतः सही बजट बनाकर ही गृहस्थ जीवन का संचालन बड़ी बुद्धिमानी से करना, दाम्पत्य जीवन के लिए सुख कारक होगा। मिथुन राशि वाली स्त्रियाँ मैथुन-प्रिय होती हैं, प्रायः अपने पति के इशारे पर चलने वाली होती हैं। स्वतन्त्रता, एकान्तप्रियता एवं वाचालता के भी गुण-दोष आपमें पाये जाते हैं। आप बड़ी दृढ़ निश्चयी, व्रती, स्वाभिमानी, भावुक एवं सहृदय स्वभाव की हैं। मूलतः आप सम्वेदनशील रहेंगी। कम्प्यूटर एवं अन्य यांत्रिकी गणित पद्धति में आसानी से निपुणता प्राप्त कर सकती हैं। वकालत एवं न्याय विभाग भी आपके लिए अच्छा रहेगा।

यदि आपकी मिथुन राशि है तो सर्वसाधारण की दृष्टि में अनेक क्षमता एवं विविध चमत्कार का अपूर्ण ज्ञान आपको प्राप्त रहेगा। व्यावसायिकता की पकड़ आपके पास कुछ कम है या फिर नहीं होगी। आपके करीबी दोस्त किसी विपत्ति युक्त चक्कर में न पड़ने की राय आपको देते हैं, निर्देश भी हमेशा देंगे। व्यावसायिक दृष्टिकोणों में परिवर्तन करने की बात जो भी आपसे बिना

हिचक के कहेगा, उस पर आप बिगड़ जायेंगे और भड़क उठेंगे। आपमें किशोर मन की उत्तेजना एवं भावुकता होगी। अपने सुख-दुख, हानि-लाभ और जीवन-मरण की चिन्ता एवं उदासीनता से सदैव ग्रसित रहेंगे। मानव-प्राणी के कल्याण में आपकी रुचि श्रेष्ठ होगी। गुरुजनों की कृपा से अपने अज्ञान को दूर करने तथा उत्तम ज्ञान-शक्ति प्राप्त करने में आप चतुर तथा सक्षम होंगे।

विविध शास्त्रों का अपूर्ण पांडित्य, बोलने की उत्तम शक्ति एवं प्रियभाषी होने का गुण आपको प्राप्त रहेगा। पशु-पक्षियों के पालन में आपकी रुचि हो तो उन जीवों का भी भाग्य आपके साथ जुड़कर आत्म-सन्तोष देने वाला होगा। पेड़-पौधों से, कृषि एवं बागवानी से लगाव हो जाय तो स्वास्थ्य पर अच्छा प्रभाव पड़ेगा। आपके हाथों में रुपया पैसा आने की दिक्कत नहीं होगी। कभी-कभी अनाप-सनाप व्यय से बरक्कत की कमी दिखाई देगी। साइकिल, स्कूटर या अन्य कोई वाहन चलाने में लापरवाही से कई बार चोट-चपेट लग सकता है। सच है कि प्रेमालु स्वभाव, ग्रन्थों के अध्ययन तथा रचना में तत्पर, कलात्मक रुचि, सत्य के बल पर न्याय करने के पक्षपाती व्यक्ति आप हैं। सुन्दर स्वरूप भी होगा। स्त्री-सुख की जिज्ञासा प्रबल होगी एवं शरीर बलहीन होगा, कुछ उदास रहेंगे, किन्तु पौरुष बल विशेष उत्तम होगा। जासूसी, वकालत, बहस, नाटक आदि में रुचि रक्खेंगे। छोटी से छोटी साधारण बात को भी बढ़ा-चढ़ाकर बोलने की आदत होगी। शत्रुओं पर विजय प्राप्त करने की युक्ति में उत्तम सामर्थ्य होगा। अधिक पुत्र-सन्तान का सुख मिलेगा। बुद्धि व तर्क के बल पर सभी कार्यों का कठिनाई से सम्पादन और अतिभोजन प्रियता मिथुन राशि का लक्षण मात्र है।

आप कदापि अधीर न हों, प्रारब्धवादी होने के साथ-साथ अधिक अंशों तक आप प्रयत्नवादी व्यक्ति हैं। दुख के आने पर विपत्ति के समय प्रकाश देने का कार्य ईश्वर का है, अतः उपासना मार्ग स्वीकार करके आप अपने जीवन में सदैव प्रकाश प्राप्त कर सकते हैं। भावी संकटों के प्रति आप जागरुक रहेंगे और अधीर होकर भी सुख-दुख को समान समझेंगे, इसी में आपका कल्याण भी निश्चित है। काम-धर्म-न्याय-परोपकार-दया में रुचि होगी। प्रायः अभिमानी

होकर भी प्रसन्नमुख दीर्घायु-प्रतापी-प्रियभाषी, पुत्रों से युक्त, गुप्तबुद्धि, वासना में रति, भोगकामना, शास्त्र का ज्ञान, धन-सम्पन्न एवं उत्तम बुद्धि से युक्त रहेंगे। उदार चित्त, कीर्ति सम्पन्न तथा अनेक लोगों के सम्पर्क में सभी के प्यारे व्यक्ति आप होंगे।

प्रगति की दृष्टि से मिथुन राशि अच्छी नहीं है, यही सत्य है, फ़िर भी वाद-विवाद, कुटिल लोगों का सहचर्य, चिकित्सा-कर्म तथा बुद्धि के विकास में यह राशि प्रेरक, पूरक एवं बराबर सहायक है। आपके शरीर में कन्धा-हाथ-फेफड़ा-भुजाओं की ग्रंथि, जोड़-जोड़, हड्डियाँ और नाक का समीपवर्ती स्थान प्रायः रोग ग्रस्त रहेगा। रक्त-दोष, रक्त की कमी और चर्म-रोग सम्बन्धी व्याधि से पीड़ित भी रहेंगे। प्रतिवर्ष दिसम्बर मास कष्ट देने वाला है। प्रतिमास ११, १६, २६, ९८ तारीखें शनिवार का दिन, वृष, कन्या, मकर राशि वाले स्त्री-पुरुष और लाल-पीला रंग के वस्त्रादि पदार्थ आपके लिए ठीक नहीं है, लाभप्रद भी नहीं है, किन्तु "पिटमैन" के शब्दों में ध्यान रखें कि "समय की सुव्यवस्था प्रत्येक प्राणी के सुव्यवस्थित मन की अचूक औषधि है।"

आपके स्वभाव में सेवावृत्ति की रुचि एवं समर्पण की प्रबल भावना होगी। जब भी कभी आपका स्थान-परिवर्तन या निवास गृह में अचानक परिवर्तन होगा, अथवा जब आप प्रवास-यात्रा पर रहेंगे, तब आपमें असुरक्षा के साथ दुर्बलता की भावना पैदा हो जाया करेगी। आप हर समय वह स्थान छोड़ देने की या भाग जाने की बात सोचेंगे, जहाँ रह रहे हैं। परिणामतः करना कुछ है और कर बैठेंगे कुछ और। आवश्यक है कि आप अपने जीवन-कल्याणार्थ शिवपन्चाक्षर स्तोत्र का १२ आवृत्ति पाठ श्रद्धा-भक्ति से प्रतिदिन करें, साथ ही प्रतिदिन "श्रीशक्तिपाठ" भी करें तो आत्मशक्ति अवश्य ही सुदृढ़ बनेगी। मिथुन राशि वाले उच्चस्तरीय लोग अनेक तरह के संगठन एवं लिमिटेड कम्पनियों से जुड़े रह कर तथा देश-विदेश का व्यापक दौरा करते हुए श्रेष्ठ धन तथा अद्वितीय सम्मान प्राप्त कर लेते हैं। इसी राशि के राजनीतिक महानुभाव अपने सुदृढ़ निश्चय-शक्ति से उन्नति की ऊँचाइयों को छू लेते हैं, लोकप्रियता प्राप्त करते हैं। उद्योगपतियों के बीच मिथुन राशि की एक अलग गरिमा होती है। वे

स्वयं भी वैसी संगति व सहयोग पाकर उद्योगपति, पूंजीपति बन जाते हैं। कितने लोग गरीबो से अमीरी की ओर बढ़ते हैं।

आपकी मिथुन राशि है, आप बुध ग्रह से प्रभावित व्यक्ति हैं। सम्भव है कि समय-समय पर आपके जीवन के अधिकांश अवस्थाओं में बुध पर हावी होने वाले शत्रुग्रहों, दुष्टों व विरोधियों का कुचक्र प्रतीत हो। आपके कर्मठ जीवन में जब कभी कष्ट पैदा होता है, तो उसका स्पष्ट और सीधा प्रभाव आपकी बुद्धि-दिमाग और हृदय पर पड़ता है। नियमतः आपको सुरक्षा के लिए बुधरत्न "पन्ना" धारण करना चाहिये। यदि रत्न धारण से लाभ न हो तो पूर्ण विश्वास के साथ अनुष्ठान विधि से सहस्रार चक्र जागृत "श्रीमोहिनीगणपति कवच" निर्माण कराकर गले में या भुजा पर धारण कर लेना चाहिये। व्रतों में प्रतिमास संकष्टी श्रीगणेशचतुर्थी का व्रत जीवन पर्यन्त हितकारी होगा। उपरोक्त उपाय से ही आप अपनी समस्याओं का समाधान समय-समय पर प्राप्त कर सकते हैं।

४८, ४९, ५०, ५१ वर्ष की आयु आपके लिए कुछ दुर्घटनाप्रद एवं कठिनाइयों की सूचक है। शनि का प्रभाव इन वर्षों में धन-द्रव्य के लिए संघर्ष-विरोध एवं कष्टप्रद ही रहेगा। कन्या के विवाह की चिन्तायें रहेंगी। धर्म में अभिरुचि होगी। स्त्री-पुत्र की सुरक्षा के लिए चिन्ता, वायु-पित्त-कफ रोग से पीड़ा, अपव्यय आदि का मिश्रित शुभाशुभ फल प्राप्त होगा। वह हानिकारक होगा। ४७, ५२, ५३, ५४, ५७, ५८, ६१, ६८ वर्ष की आयु में परदेश गमन, ससंघर्ष सिद्धि, प्रभाव-प्रताप की वृद्धि, विष-अग्नि से पीड़ा, शासन द्वारा प्रतिष्ठा और कानूनी प्रपंचों के साथ विवादों में विजय की प्राप्ति, विद्यार्थियों को अध्ययन में सफलता, स्त्री-पुत्र-धन-मकान-वाहन आदि की स्वाभाविक चिन्ता का योग है। ५९, ६०, ६२, ६३, ६४, ६५, ६६ वर्ष की आयु प्रगति की दृष्टि से उत्तम है। अतः विशेष लाभदायी अवसर प्राप्त होगा। शेष सभी उत्तम है।

आमतौर पर मिथुन राशि की महिलाओं के लिए प्रतिभाशाली और बुद्धिमान होने की वजह से कई कार्यक्षेत्र खुले हुए हैं। चंचल, अस्थिर, दीर्घसोची होने के कारण इनकी मुख्य कठिनाई कार्यक्षेत्र का चुनाव है। वे जल्दी

कोई फैसला नहीं कर पातीं। निजी जीवन में वांछित सुख के लिए गतिशीलता बहुत जरूरी है। एक ही ढर्रे के काम से, जिसके बारे में पहले से जानतीं हों, आपको ऊब होती है, इसलिए ऐसा काम न चुनें जो बँधा-बँधाया हो। बन्धनों से मुक्त रहें। आपके अन्दर अपने भावों को संप्रेषित करने की अद्भुत क्षमता है, इसलिए ऐसा कार्यक्षेत्र, जिसमें आप दूसरों के सम्पर्क में आती हैं, आपके लिए बहुत उपयोगी होगा। विभिन्न प्रकार के व्यक्तित्वों और भिन्न-भिन्न क्षेत्र व पृष्ठभूमि से आए लोगों के साथ आप एक अनोखा समायोजन स्थापित कर लेती हैं। यह आपके लिए बड़ा मूल्यवान है। धर्म, अध्यात्म, योग एवं ईष्ट साधना हेतु किसी श्रेष्ठ सद्गुरु का चुनाव भी कर सकती हैं। हम-उम्र गृहस्थ ब्राह्मण को सखा-भाव से गुरु बनाना श्रेष्ठ होता है।

भचक्र के एक सामान्य अध्ययन के अनुसार मिथुन राशि वाले पुरुषों की अपेशा मिथुन राशि वाली महिलायें अधिक कामोत्तेजक, कर्मठ, स्नेही, परिश्रमी और गम्भीर होती हैं। सर्वाधिक अंश तक एक और असाधारण कुशलता मिथुन राशि वाले में पायी जाती है, वह है—आपका सचेत एवं स्फूर्तिवान होना। इनका उपयोग आप सितार, हारमोनियम आदि बजाने या हस्तकला-उपासना आदि में कर सकती हैं। अधिकतर ऐसी कार्यक्षमता का उपयोग आपको स्नायविक विकारों से मुक्ति दिलायेगा। शारीरिक गठन आकर्षक होती है।

अगर आप इस ईश्वर-प्रदत्त उपहार का तन-मन से प्रयोग नहीं कर रही हैं, तो आप अपने को एक बहुत महत्वपूर्ण सुख से वंचित कर रही हैं। इन गुणों का उपयोग जरूरी है, न केवल आपको अपने कार्य में सफलता दिलायेगा बल्कि आपको एक अनोखे आत्मसन्तोष और आनन्द से भी भर देगा। युवावस्था में सचेष्ट और जागरूक होकर ज्योतिष, लेखन, पत्रकारिता, सथान-साधन, देवोपासना, विज्ञापन आदि के क्षेत्रों में भी आपकी योग्यता का सर्वाधिक उपयोग हो सकता है। निजी जीवन के हर कदम पर गोपनीयता और ध्यान-शक्ति का उपयोग जरूरी है।

कर्क राशि का जीवनफल

जिसे शास्त्रकार ने निम्न श्लोक में आबद्ध किया है :—

बहुप्रजासंगपदः कुलीरश्चरोंऽगना पाटलहीन शब्दः।
शुभः कफी स्निग्धजलाम्बुचारी समोदयो विप्रनिशोत्तरेशः॥

मानसिक प्रवीणता प्राप्त करने में अग्रसर आप एक मनोवैज्ञानिक व्यक्ति हैं, मनोबल श्रेष्ठ होगा। आपके चेहरे की सुन्दरता एवं शरीर की बनावट काफी आकर्षक तथा प्रथम बार में ही लोगों के मन को मोह लेने वाली होगी, किन्तु साधारणतः आपका जीवन रोग-शोक, शत्रुता, आलस्य, सर्दी-जुकाम, जल-भय, तथा हर मामलों में संघर्षों से भरा-पूरा है, कर्तव्य निर्वाह के समय बुद्धि चंचल रहेगी, हर काम में जल्दबाज होंगे, जल्दीबाजो के कारण कभी सफलता पायेंगे तो कभी आप अपना बना-बनाया काम भी चौपट कर दिया करेंगे। सफेद, ओरेंज, क्रीम, और आसमानी रंग की वस्तु तथा विश्रामदायक कारोबार-नौकरी ज्यादा प्रिय होगी। आपकी व्यवहारो-बोली, बोल-चाल, स्वभाव और कार्य करने का तरीका बहुत अनोखा एवं विचित्रता लिए हुए रहेगा। रस-भरी और मधुर बातें ज्यादा बोलंगे। पशु-पक्षियों के पालन की रूचि, तीर्थयात्रा का शौक तथा सुन्दरता प्रिय होगी, स्वभावतः समय-समय पर कंजूस भी होंगे। यों तो पुत्र-पुत्री के रूप में सन्तान ज्यादा होंगे, मगर बहुत कम जीवित सन्तानों का सुख स्थाई रहेगा।

कर्क राशि का स्वामी चन्द्रमा, ब्राह्मण वर्ण, जलतत्व, चरसंज्ञा है। स्पष्ट स्वभाव कफ प्रकृति, परदेश में स्थाई रूप से रहने की इच्छा करने वाले, क्रोधी मिजाज होगा। बचपन से अनेक कष्टों को झेलते हुए श्रेष्ठ क्षमता वाले, घरेलू वातावरण से दुखी, सेक्स-भाषण हेतु परिचय करने में निपुण, शीघ्र-भावुकता में सहज ही दुश्मनों को भी क्षमा कर देने वाले, शर्मिला स्वभाव के व्यक्ति आप

हैं। शायद मदिरा-मांस में रूचि होने पर उसका सेवन करने वाले, अनेक देशों में भ्रमण तथा सर्दी-गर्मी से शीघ्र बीमार होकर दुर्बल पड़ने वाले व्यक्ति आप होंगे। आप अपनी जिन्दगी में यदा-कदा परिचितों के जरिए कलंक, विश्वासघात, झूठे अपमान, बेइमानी, आदि के भी शिकार होंगे। आपका प्रारम्भिक जीवन विद्यारम्भ से ही वैज्ञानिक उपलब्धियों की खोज में व्यतीत होना अवश्यम्भावी है।

कर्क राशि के गुण-धर्म द्वारा जातक कोई भी कार्य करने में सक्षम, अपने उद्देश्यों में अधिकांश सफल होकर मान-सुयश पाने वाले, संसार की चमक-दमक को महत्व देनेवाले, मृदुभाषी एवं उच्च संगतियों में व्यवहारी होंगे। अपने जीवन का निर्माण आप खुद ही करेंगे। रोमांस के रोमांचक रोगों से आपको बचना चाहिये। संसार में सुख, सफलता और समृद्धि पाने के लिए मानसिक शक्ति एवं कार्यक्षमता बढ़ाने का प्रयास अवश्य करें। आपके बहुत से साथी-सहयोगी आर्थिक, व्यापारिक और वैज्ञानिक क्षेत्र में पर्याप्त उन्नति कर रहे हैं, कुछ विनम्र होकर उनसे आप जुड़ जाइये और प्रेरणायें प्राप्त कीजिये। प्रारम्भ में कठिनाई होगी, लगे रहने पर कठिनाई आसान हो जायेगी। सांसारिकता में अग्रगण्य रहना होगा। न्यायानुकूल स्थितियाँ बनानी पड़ेगी। दान-दया-धर्म के भी मामले में सामान्य रूचि होगी। आपकी पत्नी गृहस्थ जीवन में सफल, कुशल, न्यायप्रिय विदुषी और निपुण होंगी। अपने जीवन में ही अपने लक्ष्य तक पहुँचकर देश, समाज, पास-पड़ोस तथा परिवार की सेवा करने में ५५ प्रतिशत आप सफल रहेंगे।

कर्क राशि के स्त्री-पुरुषों में कुछ लोग रेस्टोरेण्ट-होटल-पेयपदार्थ-सोडावाटर एवं जल से उत्पन्न सामग्री के उद्यम या कुछ मादक वस्तुओं के व्यापार में सफल रहेंगे। तर्कशास्त्र में रूचि होगी। कर्क राशि वाले अधिकांश पुरुषों को मेष, वृष, कर्क, कन्या, तुला, मकर राशिवाली महिलायें, माता-मौसी-नानी-दादी-बहन-पत्नी-पुत्री-रिश्ते-नातेदार हों तो उनसे पवित्रतापूर्वक अनुकूल स्नेह-सम्बन्ध दीर्घकाल तक कायम रहेगा। कर्क राशि का मूलांक २ और ७ है, तदनुसार

कल्पनाशील, चंचल, सेन्सिटिव, सहृदय एवं संगीत साधना में अनुरक्त व्यक्तित्व होगा। स्वच्छता-सुन्दरता-सुन्दर भाषण एवं मर्मस्पर्शी साहित्य पढ़ने-पढ़ाने में अध्ययन प्रेमी रहेंगे। सबसे व्यवहार-योग्य, स्तरीय जीवन आपका होगा। अनेक समस्याओं से विभिन्न प्रलोभनों के कारण अपने लक्ष्य की ओर बराबर बढ़ते जाना सम्भव नहीं तो असम्भव भी नहीं होगा।

आपके मन में क्या है? इस बात का रहस्य कोई नहीं समझ सकता। रहस्यमय जीवन, स्वतन्त्र निर्णय लेने में समर्थ, स्वतन्त्र चेता, खुले व्यक्तित्व वाले, स्पष्टवादी प्रकृति एवं सुलझे लोगों से गहरा आमदरफ्त रहेगा। सुन्दरता की सराहना करने में आप प्रत्येक के सामने तत्पर रहेंगे। शायद अधिक स्वाभिमानी स्वभाव होने से आपको अधिकतर प्रसंगों में अकारण मतिभ्रम हुआ करेगा। चतुर्दिक समस्याओं के वातावरण में सम्पर्कीजनों से स्वभावतः समय-समय पर विरोधी सम्बन्ध भी बन जाया करेगा। स्वस्थ-सुन्दर-सबल-बुद्धिमान और सामान्य प्रयत्नों से धनसम्पन्न होने की महात्वाकांक्षा प्रबल होगी। उचित सभ्यता के प्रथम चरण से ही अहम् लक्ष्य की प्राप्ति जीवन के मध्यकाल में निश्चित रूप से होगी। कदाचित सर्वाधिक दुर्गम पथ एवं जटिल समस्याओं से घिरे रहने पर भी आप हताश नहीं होंगे। निश्चित रूप से प्रारब्धवादी व्यक्ति बनेंगे।

कुछ लोग स्वार्थवश आपके तारीफों की झूठी-सच्ची पुल बाधेंगे, इसलिए आपके मन में कुछ ऐसा डर होना चाहिये कि दूसरों से व्यर्थ दिखावटी तारीफ सुन-सुनकर प्राप्त अधिक सन्तुष्टि के द्वारा सुस्ती न पैदा हो जाय और उससे आपका दैनिक विकास अवरूद्ध न हो जाय? गोल-मटोल-मनमोहक-मध्यम ऊँचा पतला शरीर, कोमल मुखाकृति, सुन्दर चेहरा, एवं स्त्री सम्बन्धी गुणों में परिपक्व होना भी सम्भव है। अध्ययन एवं अनुभव संचय करने में जुटे रहना, कार्यव्यस्तता में भी थोड़ा आराम करना, व्यर्थ की बातें सोचकर मन में व्यर्थ का तनाव न बढ़ाना आपके वास्तविक सफलता की असली चाभी होगी। आप अपनी मानसिक दक्षता, भौतिक और आर्थिक क्षेत्रों के साथ-साथ धार्मिक और आध्यात्मिक क्षेत्र के लिए भी समान रूप से बढ़ाने की चेष्टा करें। परमात्मा के

सच्चे स्वरूप को जानने की उत्कंठा आपके मन में होगी, क्योंकि आपके आत्मा का पहला सेवक आपका मन है, अपने मन को आत्मा का सहायक और अनुचर समझिए। अतः मनमानी गलत प्रवृत्तियों से अवश्य बचिए। आपके जीवन में एक आध्यात्मिक गुरु का होना आवश्यक है, जिनसे कोई छिपाव न हो। वैसे गुरु की निकटता कल्याणकारी होगी।

आप अत्यधिक भावुक हैं, सबके भावना की क़द्र करेंगे। अपने कार्य में थोड़ी भी कार्य-कुशलता व सफलता मिलने पर सन्तोष की सांस लेंगे। नाटकीय हाव-भाव से अपने कर्तव्यों का पालन करेंगे। हानि-लाभ से बेफिक्र, प्रेमवश अधिक खर्च करने की आदत, देव-ब्राह्मण एवं श्रेष्ठजनों के सम्पर्क में श्रद्धा-भक्ति रखेंगे। जीवन में दो स्त्रियों का सुख होना सम्भव है। सभी प्रकार से सम्पन्न, गुप्तांग-रोगों से दुखी, रोमांस में रुचि, डरपोक स्वभाव एवं चंचल बुद्धि होगी। जलाशय के समीप रहने को जिज्ञासा, मादक पेय या विषैले पदार्थों से प्रेम और व्यापार क्षेत्र में अर्धकुशल होना कर्क राशि का लक्षण है। स्पष्ट संकेत है कि आपके ज्ञान-शक्ति और नीति-परक आधार से अनेक मानव प्राणी को शक्ति और आश्रय मिलेगा। परिवार और समाज के बीच अपना जो भी महत्व, प्रभुत्व और अस्तित्व क्रमशः बनायेंगे, उसे कायम रखते हुए आप एक निश्चित प्रगति कर सकते हैं। मंगलकार्य व्रत-उपवास-जप-पाठ-हवन आदि धार्मिक कृत्यों पर निर्भर रहकर आप अपना प्रत्येक बिगड़ा कार्य बना सकेंगे। यही आप में मनुष्यता है।

अपने जीवन में समय-समय पर आयु, पुत्र, श्रेष्ठमति, पूर्णभोग एवं अनेक वस्तुओं के संग्रही बनेंगे। स्वभावतः चतुर, स्वरूपवान, बली, हस्तकला में निपुण, सुशील, विद्यासम्पन्न, एवं कुलश्रेष्ठ होंगे। अधिकतर प्रसन्नमुख, उदार-चित्त, स्त्री से सुखी, विनययुक्त, ऐश्वर्यवान और भाग्यवान होकर दीर्घजीवी व्यक्ति आप हैं। अक्सर आनन्दित रहने की प्रवृत्ति, कान्तिवान एवं स्पष्टवक्ता बनेंगे। युवावस्था में धूर्तलोगों की संगति से दुखी, कार्यदक्ष, गुणी, स्वाभिमान-पूर्वक दूसरों का कार्य निजी स्वार्थवश करने में सिद्धहस्त और दयालु होंगे।

सुन्दर, शीलवान होकर देव-ब्राह्मणों की भक्ति विनयपूर्वक करते रहेंगे, ज्योतिष में भी अच्छी रुचि होगी। प्रजाजन और समाज से सम्बन्धित रहेंगे। स्त्रियों के गुण-धर्म जैसी विचार-धारा रहेगी। सार्वजनिक आन्दोलनों में भाग लेंगे, समाज का गुप्त नेतृत्व करेंगे, नेता बनेंगे, कुशल सलाहकार होंगे, चतुर लोगों की अनुकूलता प्राप्त करेंगे, बन्धनों से सुदूर स्वतन्त्र वृत्ति होगी, मार्मिक रचना करना तथा छोटे सम्प्रदाय का मार्गदर्शक बनना, रति-विलासी होना कर्क राशि का ही गुण है। आपके शरीर में सीना, छाती, पेट, हँसुली की जोड़, हाँथ, पैर की हड्डियाँ, मुख-जीभ और दिल का समीपवर्ती स्थान कभी-कभी रोग ग्रस्त होकर पीड़ित रहेगा। शर्करा की अधिकता, छाले और मुँहासे के रोग से भी कदाचित दुखी, रोगी, उदासीन रहेंगे।

प्रतिवर्ष जनवरी मास, प्रतिमास ६-९-१८-२७ तारीखें, बुधवार का दिन प्रायः हानिकर है, मिथुन-तुला-कुम्भ राशि वाले व्यक्ति तथा काला रंग के वस्त्रादि-पदार्थ आपके नित्य उपयोग के लिए ठीक नहीं है। आप ब्राह्मणों जैसे उच्च कर्म से युक्त रहेंगे। आप अपने श्रद्धा-भक्ति से जीवन-कल्याणार्थ "श्रीशक्तिपाठ" का प्रतिदिन ११ आवृत्ति पाठ करें। श्री शक्ति माता की छत्रछाया प्राप्त करें।

आपकी कर्क राशि का स्वामी चन्द्रमा है, विराट पुरुष के मन से चन्द्र की उत्पत्ति हुई है, आप की इच्छाओं तथा भावनाओं पर चन्द्रमा का एकाधिकार है। अतः आत्मविश्वास एवं व्यावसायिक जीवन के स्वस्थ संचालन हेतु सुशिक्षित एवं परिष्कृत मानसिकता आवश्यक है। धर्म और कर्म के सूक्ष्म तत्वों को समझते हुए अपने जीवन को कर्मठ तथा आशावादी बनाइये। गृहस्थ जीवन के अनुमोदित अध्यात्म मार्ग को अपनाइये, तब इच्छित उन्नति पथ प्राप्त कीजिए। धर्मपथ, शान्तिपथ एवं अध्यात्मपथ अपनाये बिना अपनी प्रगति से सन्तुष्ट नहीं रहेंगे। मन से चन्द्रमा की उत्पत्ति हुई है, जैसा कि यजुर्वेद कहता है—'चन्द्रमा मनसोजातः'। शीतल प्रकाशयुक्त चन्द्रमा का ही समस्त शुभाशुभ प्रभाव आपके जीवन में व्याप्त है। चन्द्रमा इष्टदेवता हैं, इनको प्रसन्न रखने के लिए

चान्द्रायणव्रत, पूर्णिमा व्रत या सोमवार का व्रत रखते हुए श्रेष्ठ लाभ पा सकते हैं। मोती रत्न भी लाभदायक हो सकता है। विशेष कठिनाइयों के क्षण में आपत्ति निवारण केलिए अनुष्ठान-विधिसे स्वाधिष्ठानचक्र जागृत "श्रीपद्मावती पद्मदलायताक्षी श्री कवच" निर्माण कराकर अवश्यमेव धारण कर लेना चहिये।

१५, १८, २१ वर्ष मध्यम है। २७, ३० वर्ष की आयु कुछ अच्छे प्रभाव के साथ परेशानियों की भी सूचक है। १५ से ३० वर्ष के मध्य शनिदेव का आम प्रभाव प्रत्यक्ष होगा। ऋण-चिन्ता, हृदय रोग, स्वल्प साधनों से प्राप्त आमदनी से गुजारा, विषम ज्वर एवं कुटुम्बियों से विरोध सम्भव होगा, परन्तु मान-प्रतिष्ठा, मर्यादा व धर्मरुचि सुरक्षित रहेगी। १६, २०, २४, २८, ३२ वर्षायु में साधारण द्रव्य लाभ, वाहन के प्रयोग-उपयोग से सुख, प्रतिष्ठा की वृद्धि, धनमान की प्राप्ति, विद्या-बुद्धि का विकास और अस्थाई तौर पर जीविका सम्बन्धी चिन्तायें दूर होंगी। परिवार में स्वाभाविक कलह और क्रूरता भी बढ़ सकती है, या बढ़ जायेगी। सिर में दर्द एवं द्रव्यहानि का क्रमिक योग है।

१७, २२, २५, २९, ३३ वर्षायु मध्यम है, युवावस्था के उन वर्षों में स्त्री-सुख, देश-देशान्तर भ्रमण, व्यावसायिक लाभ, साधारण उतार-चढ़ाव, बेचैनी, गृहकलह एवं उत्तराधिकार की प्राप्ति में बाधा का योग है। गुप्त रोग, नौकरी में पदोन्नति, वाहन के क्रय-विक्रय का रुख, भाग्यवृद्धि और कर्मक्षेत्र का विकास होगा। भूमि मकान की खरीद अथवा नये गृहनिर्माण की योजना भी बन सकती है। १९, २३, २६, ३१, ३४, ३५, ३६ वर्ष की आयु में आपके रुके हुए अधूरे महत्वपूर्ण कार्य सम्पादित होंगे। हर आपत्तिकाल में साफ-साफ बचते रहेंगे। ध्यान देकर देखें कि बगल के नीचे या पैर में किसी गहरे जख्म का दाग या काला तिल हो तो शुभकारो समझना चाहिये।

आपके लिए जनवरी का महीना ६, ९, १८, २७ तारीखें और बुधवार का दिन खराब रहेगा, अतः इन दिनों कोई शुभ कार्य न करें। जहाँ तक आपसे सम्भव हो सके वृष, सिंह, कन्या और मीन राशि वाले प्राणियों से मित्रता करें तो वह सम्पर्क शायद कष्टप्रद नहीं रहेगा। पेट, गर्दन, गला, आँख, पैर में रोग,

खूनी आँव, पाचनविकार तथा दस्त ज्यादा होने की बीमारी से प्रायः दुखी रहा करेंगे। राजनीति, साहित्य, ज्योतिष, तन्त्र-मन्त्र, कानून और विज्ञान सम्बन्धी विषयों में यदि आप दिलचस्पी रखें तो कम परिश्रम से अल्प समयों में ज्यादा उन्नति कर जायेंगे। पति-पत्नी का सुख-सम्बन्ध सन्तोषजनक, समृद्धि सूचक रहेगा। आपसी कलह और झगड़े भी यदा-कदा होते रहेंगे। आपकी शादी एक से अधिक हो सकती है किसी कारण से ही ऐसा होगा। अथवा एकाधिक महिलाओं से गुप्त सम्पर्क रहेगा। केवल वासनात्मक यौन सम्बन्ध के लिए ही नहीं; बल्कि भावनात्मक दृष्टि से बनने वाला स्नेह-सम्पर्क महिलाओं से पुरुषों के लिए प्रेरणादायक भी होगा। आपके जीवन में फूहड़ता का प्रवेश कदापि न होगा, इसी का ध्यान रखना है।

कुशलता एवं वैज्ञानिक प्रणाली से किया गया हर कार्य विदुषीय महिलाओं द्वारा सकारा जायेगा, वह चिरस्मरणीय होगा। कर्कश और व्यंगात्मक स्वरों को तिलांजलि देकर सच्चे प्रेम से किसी के प्रति समर्पित रहना अच्छा होगा। पराये लोगों से प्रेम सम्बन्ध बनाये रखेंगे। १५ से २३ और २७ से ३५ वर्ष तक की आयु में सुखी-सम्पन्न परिवार में विवाह के योग पाये जाते हैं। आपको अपने पुत्र-सन्तान की ओर से सम्मान के प्रसंग में सावधान रहना चाहिये, क्योंकि सन्तान पक्ष से मान-मर्यादा के हानि का योग प्राप्त हो रहा है, बच्चे कुसंगी होंगे। कार्य सिद्धि में भी अनेक बाधाओं तथा झगड़े-झंझटों का सामना करना है, उसमें उलझे रहना होगा। यदा-कदा गृह-कलह, धन-हानि, परिवार में कष्ट तथा व्यापार या नौकरी में उपद्रवी स्वभाव के किसी व्यक्ति से गहरा धोखा प्राप्त होने की सम्भावना है। हर तरह सावधानी, चतुराई एवं काकदृष्टि रखना आवश्यक है।

जन्म से १९ वर्ष तक का समय पारिवारिक वातावरण तथा परिस्थिति के अनुसार दुख-सुख के साथ गुजरेगा। शिक्षा और ज्ञानार्जन के क्षेत्र में बहुत संघर्ष का योग है। ज्यादा मेहनत करेंगे तो जीविकोपार्जन के योग्य सफलता मिलेगी। १६ से २० वर्ष तक कुमार अवस्था का समय जीविका और पारिवारिक संचालन

की दृष्टि से महत्वपूर्ण कार्य है। विद्यार्जन के लिए उत्तम समय है। इन वर्षों में दिमागी-कार्यों की वृद्धि, बुद्धि का विकास, नवीन संगति और नये-नये कामों की ओर झुकावो तथा छोटे-बड़े कई प्रकार के व्यक्तियों और स्त्रियों से प्रेम बनेगा, समवयस्कों से सम्बन्ध व मित्रता रखेंगे।

२१ से ३६ वर्षों तक का समय व्यापार, नौकरी, दलाली, एजेंसी, कृषि-अथवा अपने हाथ के कला-व्यवसाय की ओर ले जाकर भाग्योन्नति और समृद्धि कराने वाला समय है। केवल रोज कमाना और खाना ही उम्र अवधि में लगा रहेगा। न तो गहरी आमदनी होगी और न तो कोई मददगार सामने होगा। अकर्मण्यता आवेगी। कर्ज का बोझ भी लद सकता है, अतः आपको हर कदम-पर सोच-समझकर, फूंक-फूंक कर चलने की आदत डालनी चाहिये। ५३, ५४, ५५ वाँ वर्ष शरीर को कष्टप्रद है। आयु के लिए घातक है, मृत्यु के समान दुख भोगने पड़ेंगे। सम्भवतः क्षयरोग, किडनी, हार्नियाँ आदि बीमारी से ज्यादा परेशान हो सकते हैं। ५६ से ५९ वर्ष की उम्र तक श्रेष्ठ फलदायी समय है, बेहद सुख, आराम, धन-दौलत और मान-प्रतिष्ठा देने वाला समय होगा। गुरु-कृपावशात धर्म-कर्म में रूचि बढ़ेगी। अनेक चिन्ताओं और दुखों का अन्त होगा। इसी ५६ से ५९ वर्ष की अवस्थाओं में वैरागी-वानप्रस्थी या संन्यासी भी बन सकते हैं। जूआ, लाटरी, सट्टे या शेयर्स द्वारा यथासम्भव धन-दौलत की भी प्राप्ति होगी। लेखन, भाषण और कार्य-व्यवसाय के संयोजन में पूर्ण उन्नतिकारक समय है, किन्तु शरीर स्वस्थ न रहने से पूरी तरह सुखों की प्राप्ति एवं आनन्द नहीं मिल सकेगा। ७४ वर्ष ९ मास १७ दिन की अवस्था में परम पद की प्राप्ति सम्भव है।

अपने दैनिक जीवन के नैतिक कार्यों को समुचित ढंग से सम्पादित करते हुए आप दीर्घजीवी बन सकते हैं। बीते हुए दिनों को भुलाकर अबसे आप अपने कर्तव्यों का समुचित निर्वाह कीजिये और मस्तिष्क के शक्तियों को उत्तरोत्तर बढ़ाइये। आपकी धार्मिक और आध्यात्मिक अभिरुचि सद्गुरू की कृपा से परिपूर्ण होगी। साधना क्रम में अचानक ही आपकी मृत्यु सम्भव होगी।

कर्क राशि की महिलायें शारीरिक आकर्षण से सम्पन्न और मानसिक दृष्टि से योग्य होंगी। स्वस्थ एवं सशक्त जीवन साथी चाहने वाली महिला हैं। अपने एकाकी जीवन से उक्ताहट एवं दूसरों की जरा-सी पीड़ा देखकर स्वयं ही दुखी हो जाया करेंगी। सम्वेदनशील हो जाने का स्वभाव होगा। वासनात्मक-विचारों की कभी-कभी महत्वपूर्ण सिद्धि कर लेती है। घरेलू सजावट में निपुण होंगी। उचित भाग्योदय के लिये उत्तर दिशा शुभ है, उत्तर दिशा से अधिक अनुकूल प्रेरणायें आपको मिलेंगी। किसी भी बिन्दु पर तुरन्त बिना सोचे-समझे निर्णय लेकर उसे कार्यान्वित कर डालना ही आपके सफलता का रहस्य है। मनमौजी ढंग से खान-पान में शौकीन होंगी। नीतिशास्त्र में रुचि होगी।

कर्क राशि की कामकाजी श्रेष्ठ महिलाओं को मेष, वृष, कर्क, कन्या, तुला, मकर राशि वाले पुरुष वर्ग में सहपाठी, मित्र, पिता, भाई, पति, पुत्र, रिश्ते नातेदार और सहयोगी हों तो उनसे समन्वयवादी, शान्तिपूर्ण और हितकारक सम्बन्ध कायम रहेगा। कर्क राशि का मूलांक २ और ७ है, तदनुसार महिलायें लेखन-दक्ष, पेन्शन-परस्त, मौलिक और भावुक होंगी। सुन्दर एवं कामोत्तेजक तथा आकर्षक दिव्यदृष्टि होगी। धन-द्रव्य के आवागमन में पूर्णतः सतर्क, होशियार, चतुर और सावधान रहेंगी। चित्ताकर्षक शरीर रहेगा। सदाचारी जीवन होकर विवाहोपरान्त पतिव्रत धर्म में आप कायम रहेंगी। यदि आप अपने ही स्वभाव की तरह बराबरी का जीवन साथी चाहेंगी तो विवाहित जीवन की नैया कायदे से सुखपूर्वक कदापि नहीं चल पायेगी, अतः आपके स्वभाव से भिन्न पति का स्वभाव होना और निभाना भी अनिवार्य है। आपके पतिदेव संयम रखकर उच्चस्थिति में पहुँचने के लिए स्वयं ही पूर्ण समर्थ हैं। बड़ी-से-बड़ी उलझन में आप अपने पति का साथ देकर पति-धर्म तथा गार्हस्थ-मर्यादा का पालन कर सकती हैं। तेज मिजाज वाली महिलाओं की आप पड़ोसी हों तो उनसे दोस्ती का ज्यादा सम्बन्ध आगे न बढ़ायें। पतिदेव को असामाजिक तत्वों से एवं अन्य स्त्रियों से बचायें।

अपने भविष्य के प्रति पूर्ण सजग रहकर सम्पूर्ण जीवन को विवाह के बाद ही सुचारु रूप से मर्यादानुरूप व्यतीत करने की दिशा में आप सक्षम हैं, केवल

स्वयं को अनुशासित होकर परखिए। कर्क राशि वाली कुछ अल्पसंख्यक स्त्रियाँ प्रायः अनावश्यक बोलने वाली, घर-गृहस्थी और नौकरी-व्यापार आदि में कार्य-कुशल होती हैं। पतिव्रता, सन्तान के पालन में योग्य और जीवन भर अनेक गुप्तेन्द्रिय दुखों को झेलने वाली होती हैं। परिवार और पास-पड़ोस में मान-जान ज्यादा होना ठीक नहीं रहता है। पैसे खर्च करने में कन्जूस तथा हर किसी से व्यर्थ झगड़ा करने व चिड़चिड़ाने का स्वभाव बना रहता है। उपरोक्त राशीय व्याख्या के अनुसार अपने जीवन के वास्तविक कर्मयोग को समझिये, अपने कर्तव्यों का पालन करते हुए भगवान् के श्रीचरणों में कर्मफल को समर्पित भी कीजिए। आलस्य-लापरवाही एवं अशुभ तरकीबों से बचना भी आवश्यक है। शेष देवकृपा पर निर्भर है।

आमतौर पर कर्क राशि होने से आप एक आदर्शवादी व्यक्तित्व की महिला हैं। इसलिए आप सपने जरूर देखिये, साथ ही उन सपनों को अपनी सामान्य समझ का उपयोग करके कार्यरूप में अवश्य परिवर्तित कीजिए, जो कि आपके पास प्रचुर मात्रा में है। आप एक सर्वाधिक सबल व्यक्ति हैं, इसलिए अपने को अनिश्चित भावना, मूड, आत्मसन्देह, अस्थायी निराशा, उदासीनता आदि स्थितियों से बचाइये। आलस्य और लापरवाही से भी स्वयं बचिये, आप दूसरों पर अपने व्यक्तित्व की छाप छोड़ने में सक्षम हैं, क्योंकि आपके पास कल्पना व भावना शक्ति के साथ-साथ व्यावहारिकता और गजब की अन्तःप्रेरणा की शक्ति भी है इन शक्तियों का सही उपयोग कीजिए।

कर्क राशि के व्यक्ति अपने परिवार और घर से प्रेम करते हैं, समाज व रिश्तेदारों से बहुत प्रेम उन्हें कार्य करने की शक्ति प्रदान करता है। सच यह है कि ऐसे व्यक्ति का जीवन दो चीजों पर खत्म हो जाता है—परिवार का पालन-पोषण और नौकरी सम्बन्धी दायित्व का निर्वाह करना। कर्क राशि के पुरुष व महिलायें दोनों ही बहुत बड़ी-बड़ी जिम्मेदारियों को वहन करते हैं, कर्तव्यों को निभाने में ही प्राण की बली देनी पड़ती है। वास्तविक सुख नहीं मिलता और यौन-सम्बन्धों में भी सन्तुष्टि नहीं मिलती।

कर्क राशि की अधिकांश महिलायें स्वयं ही विद्वान् होती हैं, विद्वानों की संगति मिलने पर बड़ी सन्तुष्टि रखती हैं, किसी विशिष्ट विद्वान् से कुछ विशेष आकांक्षा भी पूर्ण करती हैं। विद्वानों के लिए समर्पित रहकर महत्वाकांक्षाओं को पूरा करती हैं। महिलाओं को हिदायत है कि आप ऐसा कोई कार्यक्षेत्र मत चुनिये, जिसमें पूर्वोपार्जित आपके आदर्श खत्म हो जायें। अगर सम्भव हो तो बुद्धिमत्ता से ऐसा कार्यक्षेत्र चुनिये जिसके द्वारा मानव जाति की सांगोपांग सेवा सम्भव हो, तभी आप सुखी रह सकेंगी।

आपके लिए चाहे कोई भी कार्यक्षेत्र हो, आपको आत्म-आलोचना के अपने भावनात्मक मूड, बेचैनी आदि पर कठोरतम नियन्त्रण रखना होगा। स्त्री-पुरुष की समान अधिकार-सत्ता है, यह प्रवृत्ति किसी भी कर्क राशीय व्यक्तित्व की समता के सुख और प्रगति में बाधक है। आप इनका स्वेच्छापूर्वक उपयोग अपनी कार्यक्षमता बढ़ाने और नई रचनात्मक सफलता प्राप्त करने के लिए अवश्य कर सकती हैं, फिर भी आप इन्हें अपने ऊपर हावी मत होने दीजिए। नौकरी, व्यापार, पौष्टिक आहार, नर्सिंग, प्राकृतिक लगाव, स्वास्थ्य, बागवानी, बालोपयोगी कार्य आदि में से मनपसन्द कोई भी कार्यक्षेत्र अपने लिए चुन सकती हैं। बिना सहायता के आप अपनी प्रतिभा का उपयोग संगीत, ज्योतिष, जलक्रीड़ा, गृहनिर्माण, समाज सेवा आदि में करना चाहें तो कर सकती हैं। इस राशि के व्यक्तियों की घरेलू व्यवसाय, यान्त्रिक खाद्य-उद्योगों, प्रेस-प्रकाशन आदि में भी रुचि सराहनीय होती है। लिंग भेद न करते हुए सभी से मित्रता का सम्बन्ध बनाना ठीक रहता है।

सिंह राशि का जीवनफल

अकेले स्थानों में निर्भय एकछत्र अधिकार बनाये रखकर अपने आश्रितों को सुरक्षा और संरक्षण प्रदान करने वाली सिंह राशि होती है। आपके बारे में भविष्य-द्रष्टा ऋषि का वाक्य है—

पुमान्स्थिरोग्निर्दिनपीतरुक्षः पित्तोष्णपूर्वेश दृढ़श्चतुष्पात्।
समोदयोदीर्घं स्वोल्पसंगप्रजो हरिः शैलनृपोग्रधूम्र॥

आपका बड़ा शब्द भण्डार अनेक विचारों को प्रकाशित करने तथा विचारों की उपज को सदा प्रोत्साहित करने में सहायक होता है। यदि आपकी सिंह राशि है तो आप निश्चित रूप से प्रयत्नवादी व्यक्ति हैं। यह सच है कि राश्यानुसार आपकी बुद्धि काफी तेज और विलक्षण होगी, तथापि विद्यायोग साधारण है, कठिनश्रम-प्रयत्न से येन-केन प्रकारेण उच्च विद्यार्जन होने के बावजूद भी आपके जीवन में कष्टपूर्वक उस उपार्जित विद्या का सही उपयोग न हो सकेगा। बुद्धि-बल से कर्म-क्षेत्र में उन्नति हेतु आप विशेष तत्पर रहेंगे। धैर्यवान्, उदार, स्वाभिमानी और मातृभक्त होते हुए कर्मठ बनेंगे, फिर भी जीवन के हर कदम पर विशेष चिन्तातुर रहेंगे।

कोई भी काम हो, दूसरे आदमियों के भरोसे नहीं, बल्कि स्वयं करने में आपको बड़ा आनन्द आयेगा। शत्रुओं व विरोधियों को परास्त करने की अद्भुत कला आपको प्राप्त है। शीघ्र क्रोधी, बुलन्दस्वभाव, कड़ी आवाज़, साहसी, साधु-सन्त प्रिय एवं तालीमबाज होंगे, इसी कारण आप अपने योग्यता से परिवार और समाज के बीच प्रख्यात रहेंगे। "योननागोची" के वाक्यों में पढ़िये— "सुन्दरता चलती है तो साथ ही देखने वाली आँख, सुनने वाले कान और हर जगह अनुभव करने वाले हृदय चलते हैं।" ऐसी ही कुछ प्रतिक्रिया आपके

जीवन में दिव्यमान रहेगी। श्रृङ्गार एवं स्वच्छता के प्रति प्रेम-भावना श्रेष्ठ होगी। दाँत के रोग से कभी-कभी पीड़ित रहने का योग है।

भविष्य में अनुकूल समय मिलना कब सम्भव है ? स्वभावतः ऐसी जिज्ञासा से आप हमेशा परेशान रहेंगे। प्रयत्नवादी होने के साथ-साथ आप अपने जीवन में एक आशावादी प्राणी हैं। सत्य कहा जाय तो आप अपने आशा के बल पर ही अपने हर जरूरी कर्तव्य का पालन करते हैं और अनेक संकटों का सामना करते हुए जीवित कल्पना में मस्त रहते हैं।

आपके राश्याधिपति सूर्य में उत्पादन, संरक्षण, पोषण, अन्वेषण और आकर्षण के साधन तथा विनाश की अद्भुत शक्ति विद्यमान है, इसमें प्रकाश-उष्णता-वर्षा आदि की अनेक बहुव्यापक शक्ति केन्द्रित है। एक सूर्योदय से सूर्यास्त पर्यन्त सूर्य की गतिविधि जानकर तदनुरूप आप अपनी दिनचर्या बनाइये। अपने जीवन का व्यवसाय सुसंचालित रखने के लिए निश्चय ही आपको जोर देकर अपने दिमाग का उपयोग करना पड़ता है। अपूर्णताओं से भरे इस संसार में स्वस्थ्य शरीर और स्वस्थ्य मन की पूर्णता बहुत ही दृढ़प्राप्य है। इस अखण्ड सत्य को स्वीकार करने में क्या बुराई है। कोई भी सत्यता सच्चे हृदय से स्वीकार करें।

सिंह एक सजीव, मेधावी, सशक्त प्राणी है, उसका जीवन जान लेने पर आपको अपने जीवन का तथ्य स्वयं ज्ञात हो जायेगा। राजा जैसे उच्च विचार वाले लोगों से सम्पर्क और न्यायाधीश जैसे विचार आपके हैं। आपकी राशि श्रम-प्रयत्न से सत्ताधिकारी बनाने में समर्थ, उत्कर्षदायक, महत्वदर्शक और प्रत्येक उच्च व नीच स्थिति का निर्माण करने वाली है। आपके शरीर में पीठ, कमर, रीढ़ एवं मेरुदण्ड की हड्डियाँ, नेत्र और पेट का समीपवर्ती स्थान प्रायः रोगग्रस्त रहेगा। शरीरांग में एक दो बार आपरेशन का भी योग है। सिंह राशि वाले सिंह के समान पुरुष होते हैं। विपरीत परिस्थियों में भी प्रसन्नचित्त रहने वाले प्रायः सब प्रकार के Multy Tachnical कामों में सफलता पाने वाले तथा मन में उठने वाली आसक्ति और अपनी दिनचर्या में सुख के प्रति काम भर आस्था रखने वाले होते हैं। हार्दिक प्रेम-सम्बन्ध में यदि किसी

स्थान पर आपको कोई न छेड़े तो आप सीधे, सरल और निष्कपट रहेंगे। इज्जत और इच्छा के मुताबिक सम्मान से भरा-पुरा जीवन आपका होगा। क्लब, सभा-सोसाइटी और अनेक सामाजिक समाराहों में बढ़-चढ़कर भाग लेने की आदत होगी।

स्वच्छन्द प्रकृति और आपकी स्वच्छन्द प्रबन्धपटुता सराहनीय होगी। वक्त के मुताबिक हर मौके के साचें में खुद को ढाल लेने की क्षमता आपके पास होगी। ज्यादा आगा-पीछा सोचने के ही कारण तुरन्त किसी काम में आप सफल नहीं हो पाते, विलम्ब से ही आपको हर इच्छित व वास्तविक सफलता मिलेगी। प्रसारण-विज्ञापन, लेखन-भाषण-आन्दोलन, गुप्त क्रय-विक्रय, खोज और गुप्त चाल चलने में सिंह पुरुष अधिक दक्ष होंगे। सिंह राशि के पुरुषों को वृष-मिथुन-सिंह-तुला-वृश्चिक-कुम्भ राशि वाली महिलायें-माता-बहन-मौसी-नानी-दादी-पत्नी-पुत्री आदि सम्बन्धी हों तो उनसे नैसर्गिक प्रेम-सम्बन्ध, परस्पर सहयोगात्मक विचारधारा और श्रेष्ठ परामर्शवादी सम्बन्ध कायम रहेगा।

सिंह राशि का मूलांक १ और ४ है, तदनुसार स्वतंत्रप्रिय, खोज करने में तत्पर, हठधर्मी, तर्कशील, एवं निकटस्थ स्वजनों से ईर्ष्यालु जीवन रहेगा। प्रथम सन्तान रोगी, जिद्दी, हठी होगी और यह भी सम्भव है कि प्रथम सन्तान के विवाह हेतु या उसके विवाहित जीवन के प्रति अधिक पीड़ा-चिन्ता व परेशानियाँ उठानी पड़ेगी। आपसी जिज्ञासा ही आपके भावी प्रगति का एक महत्त्वपूर्ण आचरण है, बशर्ते भविष्य के प्रति आप सचेष्ट रहें। अपनी पैनी दृष्टि से परिचय और परिस्थितियों को भापने की शक्ति बरकरार रखें तो अच्छा होगा। यदा-कदा आप स्वयं ही करूणाधिक्य से द्रवित हो जाने का स्वभाव भी बना लें। प्रतिवर्ष फरवरी मास एक नई घटना का परिचायक होता है, उससे उद्बोधनशक्ति आपको मिलती है। संकलित कई वर्ष के फ़रवरी—मासीय अनुभव से आप असाधारण उत्कृष्ठता का कार्य कर सकते हैं।

विद्यार्थी, साहित्यिक, वैज्ञानिक, शिक्षक या व्यवसायी के रूप में आपका व्यक्तित्व प्रेरणास्पद है। नियमित भोजन-शयन, संयमित आहार-विहार, सन्तुलित

कामोत्तेजना और अपनी मानसिक दक्षता, क्रोध-रहित रखने पर समाज-सोसायटी में अच्छा स्थान पायेंगे।

फरवरी मास, प्रतिमास ३, १८, २३, २९ तारीख, शनिवार का दिन, कर्क, वृश्चिक और मीन राशि वाले व्यक्ति तथा काले रंग के वस्त्रादि पदार्थ आपके लिए ठीक नहीं है। आपके स्वभाव में क्षत्रियों जैसा साहस कूट-कूटकर भरा होगा। साहस और वीरता-प्रधान आपकी सिंह राशि का स्वामी सूर्य है। चूँकि सूर्य ही आत्मा है अतः प्रयत्नपूर्वक अपना आत्मबल हमेशा उन्नत बनाये रखना चाहिए। आपका जो भी कार्य बनता है या बनता रहेगा, वह सूर्य के प्रभाव से और जो कार्य बिगड़ता है, वह भी सूर्य के ही विपरीत प्रभाव से बिगड़ता रहेगा। उसी प्रकार पूर्ण आत्मबली सिंह राशि वालों का व्यवहार प्रायः सभी जगह स्पष्ट और खरा होते हुए भी दूसरे लोगों के लिए असहनीय होता है। सूर्योपासना की महती कृपा से ही आपकी प्रसन्नता स्थायी रह सकती है। अतः श्री सूर्यनारायण को श्रद्धा भक्ति के साथ उदय और अस्तकाल में नित्य जल-अर्घ्य देते हुए रविवार का व्रत रखें। स्वर्णमुद्रिका में माणिक्य रत्न अथवा मणिपुर चक्र जागृत श्री आदित्यकवच धारण करें तो आपकी नई पुरानी सभी समस्यायें समाधान प्राप्त कर सकती हैं।

आपके युवावस्था की मध्य-अवधि चिन्तनीय होकर गोचर शनि के पूर्ण प्रभाव में अशुभ फल देने वाली रहेगी। बुद्धि दोष, लापरवाही, देश-देशान्तर गमन से कष्ट, माता-पिता के सुख की हानि, गुप्त रोग, पति-पत्नी में मतभेद, और अक्सर थोड़े समय के लिए अलगाव अथवा परिवार में हमेशा कलेश बने रहने का दुर्योग रहेगा। परिस्थितियों से समझौता करते रहना आपके लिए जरूरी है। मानसिक अधीरता, धन की चिन्ता, साधारण आमदनी से परवरिश, नौकरी-व्यापार में लगातार बाधा, अपव्यय, हानि, वगैरह होते रहने पर भी आत्मबल-हिम्मत और साहस ऊँचा रहेगा।

१४, २०, २६, ३२, ३६, ४४ वर्षायु में कला-प्रेम, सम्पत्ति लाभ, धनधान्य की वृद्धि, बुद्धिमान और सामान्य सुसज्जनों व धनी लोगों की संगति सुलभ रहने

पर भी स्त्री-सन्तानादि के रोग-शिक्षा और भरण-पोषण की चिन्तायें तथा खर्च की अधिकता रहेगी। सट्टे-जुए में हानि का योग होगा। १६, २२, २८, ३४, ४०, ४६, ५० वर्षायु में अर्थलाभ, काव्यप्रेम, स्त्री-सुख, देश-देशान्तर यात्रा से हर्ष का योग है। कुछ घरेलू विरोध, चिन्ता और अपमाना-के-स्पष्ट स्थिति का भी योग है। व्यापार में चाहने पर ही ऋण से पूंजी बढ़ेगी और कुछ समय में ऋण-मुक्त भी हो जायेंगे।

१८, २४, ३०, ३६, ४८, ५२ वर्ष की आयु में सन्तोषजनक द्रव्य की प्राप्ति तथा अधूरी-अटकी अनेक आशाओं की पूर्ति होगी। आप अपने जीवन कल्याणार्थ "श्री शक्तिपाठ" का श्रद्धापूर्वक स्वयं प्रतिदिन ३ आवृत्ति पाठ करें। जगजननी की कृपा से आपकी मानसिक दक्षता और कार्य-कुशलता बढ़ेगी। अपने मन को कभी दूषित न होने दें। वरना शरीर की निरोगता समाप्त हो जायेगी। यदि शरीर रोगी या अपूर्ण हो तो भी आप निर्मल मन की स्वच्छता से शारीरिक आरोग्यता के साथ ही दीर्घायु प्राप्त कर सकेंगे। अपने इच्छाशक्ति एवं संकल्प शक्ति से मन को अस्थिरता और आलस्य अवश्य दूर कर लें, इससे घबराहट, चिन्ता और भय भी दूर हो जायेंगे। यौन-सम्बन्ध आपके जीवन की एक आवश्यक आवश्यकता है, उसकी पूर्ति न होने का सीधा दुष्प्रभाव मस्तिष्क पर पड़ता है, पुरुषों की अपेक्षा महिलाओं में अनिवार्यता अधिक होती है। "फोल्टन" के शब्दों में "पश्चाताप के बीज यौन् के राग-रग द्वारा बोये जाते हैं, किन्तु उनकी फसल वृद्धावस्था में दुख-भोग द्वारा काटी जाती है।" ध्यान देकर यथावत् स्मरण रखने के लिए आपको अपने दिमाग पर विशेष बल देना होगा।

जब-जब आप अपने कार्य क्षेत्र में पदोन्नति और स्थानान्तरण की इच्छा करेंगे तो वह आपके भाग्यानुकूल न होगा और मन सन्तप्त रहेगा बार-बार स्वभाव को बदलतेरहना और अपनी दिनचर्या को संघर्षण योग्य बनाकर कई विभागों में विभाजित करना आपका मुख्य स्वभाव होगा, ऐसा हो सकता है कि भटकाव बढ़ाने के लिए आप सदैव कर्म-तत्पर दिखाई देंगे। आपकी यह तत्परता पत्नी और बच्चों की खिन्नता बढ़ानें वाली होगी। बार-बार सबकी आलोचना और

टोका-टाकी का नतीजा भी चिड़चिड़ापन के ही रूप में प्राप्त होगा। आपका भाग्य लाभदायक, विद्या-बुद्धि के क्षेत्र में उन्नति कराने वाला, यदा-कदा सट्टा-लाटरी आदि अचानक साधन से धन प्राप्त कराने वाला होगा। गुप्त और आकस्मिक रूप में धन एवं चल-अचल सम्पत्ति की प्राप्ति, सश्रम डिग्री-डिप्लोमा और शिक्षा सम्बन्धी उपाधियाँ, प्रान्तीय या केन्द्रीय स्तर की प्रतिस्पर्धा परीक्षा में सप्रयास विजय की प्राप्ति होगी।

आपका जीवन जंगल में विचरते हुए सिंह की तरह निर्भीक, निर्द्वन्द, स्वतन्त्र, उत्साही, साहसी, निष्ठुर, उष्ण, रूखी और तेज बोली से युक्त है। व्यक्तित्व दूर से ही चमकने वाला है। स्वामी सूर्य, क्षत्रिय वर्ण, अग्नितत्व, स्थिर संज्ञा, गर्म स्वभाव है। पित्तरोग से पीड़ित, गम्भीर-प्रकृति, अपना काम साध्य बनाने के लिए सिर झुका लेने वाली प्रकृति होगी। शीघ्र क्रोध आ जाना हानिकारक होता है। माता से स्वार्थ रहने तक कुछ अधिक प्रेम होगा। विविध प्रकार के व्यसनों से युक्त जीवन होगा। समाज और पास-पड़ोस में अपनी कुछ योग्यताओं से विख्यात श्रेष्ठ एवं उच्च लोगों के प्रेमी होंगे। धन-सम्पत्ति-विद्या और अनेक गुणों के बल पर शोहरत पाने में अग्रसर, तामसी वृत्ति से युक्त एवं अनेक देशों की यात्राओं को सम्पन्न करने वाले जातक आप हैं। कभी-कभी पत्नी की ओर से दुखी व चिन्तित रहेंगे।

वेद-शास्त्र पुराणादि धार्मिक-आध्यात्मिक वैज्ञानिक निष्कर्षों के अध्ययन में न्यूनाधिक रूचि रखने वाले व्यक्ति आप होंगे। स्वाभिमानी चरित्रों से भरपूर आपका चलता-फिरता जीवन-क्रम देखकर जल-भुनने वाले लोग ज्यादा पैदा होंगे। दुश्मनों की भी संख्या आपके नित्य जीवन में कम नहीं रहेगी। प्रत्येक कार्यों में जरूरत पड़ने पर छल-बल और बड़ी चालाकी से विजय प्राप्त करते हुए प्रशस्ति प्राप्त करेंगे। ज्यादातर आपकी विचारधारा काफी समझपूर्ण और चतुराई से भरी हुई होगी। साधारण तौरपर कारोबार-नौकरी के क्षेत्र में स्थिर रहते हुए इज्जत-धन-दौलत आदि सम्पन्नता क्रमिक गति से प्राप्त करेंगे। एक सुनिश्चित उम्र तक विवाह शादी होगी। दाम्पत्य जीवन मध्यम रहेगा। स्त्री का सुख-

सम्बन्ध सुन्दर व प्रेमपूर्ण रहेगा। सन्तान का सुख अनुकूल होगा। पुत्र-पुत्री के रूप में विवेक बुद्धि से सम्पन्न बलवान सन्तानों का जन्म होगा। पराक्रम और व्यापार के धनी होंगे। साहस का क्षेत्र बहुत बढ़ा-चढ़ा रहेगा। आप भाग्यवान हैं। जिस काम में निर्भय होकर योजनाबद्ध तरीके से हाथ लगायेंगे वह अवश्य पूरा होगा।

आपके जीवन में निश्चित उद्देश्य और स्थिर लक्ष्य होना चाहिये, साथ ही किसी श्रेष्ठ सद्गुरु के परामर्श से एक बड़ी योजना बनानी चाहिये और उस बड़ी योजना को छोटी-छोटी योजनाओं में विभाजित कर लेनी चाहिये, फिर तो आप अपने लक्ष्य और उद्देश्य में अद्वितीय सफलता प्राप्त कर ही लेंगे। जाने-अनजाने में हुई गल्तियों को छिपाइये नहीं, बल्कि उस गलती को बार-बार याद कीजिये, ताकि दुबारा गलती की सम्भावना न रहे। यदि आप मानवतावादी सिद्धान्त अपनाकर चलें तो जो सोचेंगे वह पूरा होगा। व्यापार, देश-विदेश की यात्रा, रुपये-पैसों का संग्रह, बहुमूल्य खरीद और सुखी-सम्पन्न आदमियों की तरह शानदारी से रहने की इच्छा अवश्य परिपूर्ण होगी। आपके जिन्दगी के किसी भी भाग में आपकी ये सारी इच्छायें पूरी हो सकती हैं।

पढ़ाई-लिखाई व विद्या क्षेत्र में ज्यादा मेहनत करने पर सन्तोषजनक सफलता मिलेगी; किन्तु सिंह लक्ष्यजीवी राशि है। इस राशि वाले कुछ प्राणी निरक्षर एवं बिना पढ़े-लिखे भी रह जाते हैं। दो और चार पैरों के जानवरों से तथा वाहनों से ज्यादा प्रेम होगा। अपने ही परिश्रम से जीवन में एक-एक कदम उन्नति का योग है। यदि आप सरकारी या गैर सरकारी नौकरी में हों तो आप नौकरी के साथ सन्तुष्ट नहीं रहेंगे। अतः पार्ट टाईम में अपना स्वयं का व्यवसाय करने का जुगाड़ कीजिये, उसमें सफलता मिलेगी। उद्देश्य बनाकर अपने कार्यों में उचित सफलता पाने के लिए मनः शक्ति की घुटन से छुटकारा जरूरी है। तदर्थ प्रयास आवश्यक है।

आपके लिए पूर्व दिशा की यात्रा और पूर्व मुँह बैठकर प्रत्येक आवश्यक कार्य करना कल्याणकारी होगा। नेता, वक्ता, लेखक, ज्योतिषी, डाक्टर बनने

की योग्यता है या फिर किसी खास विषय के विद्वान बनेंगे। सरकारी सहायता से अच्छे कार्यों की रचना, भौतिकी सिद्धि तथा सहकारी व्यापार आपके लिए लाभदायक होगा। रविवार को दिन भर काम करें तो आपके लिए सबसे अच्छा है। नौकरी करने पर पराधीनता के कारण मानसिक ठेस पहुँचेगा। अधीनस्थ उदण्ड लोगों से बहुत सारे अपमानों को भी सहना पड़ेगा।

आपके लिए फरवरी का महीना, हर मास की ३, १८, २३, २९ तारीखें, शनिवार का दिन हमेशा के लिए खराब है, अतः प्रयत्न करके इन दिनों कोई शुभ कार्य न करें। चटपटा पदार्थ, खट्टा-मीठा-तीता-कसेला-भोजन एवं मादक पदार्थ खाने के लिए मन कभी-कभी उतावला रहेगा। जन्म से १८ वर्ष तक कोई गम्भीर समस्या, खास परेशानी, उलझन अथवा चिन्तायें नहीं रहेंगी। शरीर की बीमारियों और माता-पिता के रुपये-पैसों की कमी से परेशान रह सकते हैं। १९वाँ वर्ष भाग्योदयकारक है, कर्मठता आरम्भ होकर १९ से ३६ वर्ष उत्तरोत्तर वृद्धिकारक रहेगी। अपने प्रयत्न-पुरुषार्थ एवं भाग्य से आप जितना भी धन-इज्जत, मकान-जायदाद, मोटर-कार इत्यादि संवर्धन और संचय कर सकेंगे, वही आगे चलकर बड़ा काम देगा। बिगड़ता हुआ काम अनायास पूरा होगा, सामर्थ्य बढ़ेगा। चारों ओर आपकी मान-इज्जत, धन-दौलत-व्यापारादि का विस्तार एवं सुख-शान्ति देखकर जलने-भूनने वाले निजी दुश्मन ज्यादा तैयार हो जायेंगे। देश-विदेश का सम्पर्क बनने पर यात्रायें भी ज्यादा होंगी।

३७ से ४५ वर्ष तक का समय कुछ अपमान, अपयश, अनीति और बेइज्जती कराने वाला होगा। रोजगार-नौकरी-उद्योग में अचानक संकट पैदा हो जायेगा। निराश करने वाला अशुभ समय होगा। पूर्व संचित धनसम्पत्ति के चोरी चले जाने का भय तो अवश्य होगा; परन्तु आपके भावी जीवन को योजनाओं में जादू जैसा असर होगा, उसमें एक चुम्बकीय शक्ति होगी, वही ऐसी सम्पन्नता को आकृष्ट करेगी कि आप प्रत्येक हानि एवं संकट के दिनों को भूल जायेंगे। ३७वें वर्ष भाग्यहानि, ३८वें वर्ष स्वजनों से विश्वासघात, ३९वें वर्ष रोगभय,

४०वें वर्ष स्वजन वियोग, ४१वें वर्ष मनोविकार, ४२वें वर्ष अद्वितीय सफलता, मिलने का योग है। ४३, ४४, ४५, वर्ष में आतंक और जायदाद-मकान-व्यापारादि में धक्का या नुकसान पहुँचने का भय है, अनेक शंकायें मन में बनी रहेंगी। ४६ से ६२ वर्ष के समय में शरीर में अनेक प्रकार के रोग उत्पन्न होंगे, कुछ बाधायें होंगी, अधिकतम बाधा-अशान्ति-शोक-चिन्ता, मुकदमेबाजी, नुकसान, मजदूरी आदि समस्यायें सम्भव हैं। ४६, ४७ वर्ष में बुरी परिस्थितियों की पैदाइश होगी, ४८, ४९ वर्ष में त्वचा रोग सम्भव है। ५०, ५१ वर्ष में क्षय तपेदिक, लीवर, या अन्य संक्रामक रोग से पीड़ित हो सकेंगे। ५२, ५३, ५७, ५८, ६३, ६४ और ६५ वर्ष को उम्र में काफी सुख-शान्ति और प्रसन्नता का समय होगा।

५४, ५५, ५६ वर्ष में परिवार, इष्ट-मित्र, कारोबार, प्राइवेट सर्विस, मकान-जायदाद और हर तरह की आत्म-शान्ति एवं घर की सुख-सुविधा मिलेगी। ५७, ५८ वर्ष में स्वास्थ्य रक्षा भी कुछ सीमा तक ठीक होगा। ५९ से ६२ वर्ष तक मध्यम समय रहेगा। ६६ वर्ष की उम्र में मोटर-रिक्शा, जहाज-रेल अथवा अन्य वाहनों से कष्ट का कुयोग है। अचानक दुर्घटना से मृत्यु-तुल्य कष्ट सम्भव होगा, इससे बचने पर ७३ वर्ष १ मास २९ दिन की अवस्था में रक्तचाप, हृदयरोग, या कण्ठमाला की बीमारी से मृत्यु सम्भव होगी।

सिंह राशि वाली स्त्रियों में प्रायः दुर्गुण और दुराचारिता की भावना पुरुषों की अपेक्षा कम रहेगी। कपट-छल और ईर्ष्या की प्रवृत्ति कुछ ज्यादा होगी। काम-धाम और बात-चीत करने में निपुण रहेंगी। इन स्त्रियों को प्रायः जीवन-भर अपने सन्तान और पति से घरेलू प्रसंगों में कोई न कोई शिकायत हर रोज बनी रहती है। कभी-कभी संघर्षों से हीन भावना एवं विशेष कामोत्तेजना का सामना करना पड़ेगा। ससुराल में सुख-आनन्द का अनुभव बहुत कम पाती हैं। चिन्ताओं के ही कारण ऐसी स्त्रियों को पेट, पैर, वायु और गर्मी-सर्दी का रोग बना रहता है, योनि विकार होता है, स्वभाव चिड़चिड़ा रहता है। सिंह राशि की महिलायें नेतृत्व में गहरा अनुभव पाती हैं और आत्मीय विश्वास करने

वाली होती हैं, निरन्तर सक्रिय जीवन होता है। आदर्श समाज की अगुआ, समाज सेविका, आदर्श पत्नी और आदर्श माता के रूप में योग्य सिद्ध होंगी।

आपके चेहरे पर और हृदय में विशेषतः सुकुमारता विद्यमान रहेगी। गीत-संगीत के बजते धुन की चहेती होकर वह लालसा विभिन्न मन्दिरों में ढूंढते फिरेंगी। भयानक संघर्षों को भी अपनी नजरअन्दाजो व लापरवाही से सहन कर लेंगी। दूसरों से किये गये वायदे और इकरारनामें पर दृढ़ रहकर उसको जीवन के अन्त तक निभाने की कोशिश आप करेंगी, परन्तु उसमें कुछ अधिक परेशान होकर आप विकल और विफल भी रहेंगी। प्रचार-प्रसार के कार्य में सिंह राशि की महिलायें अधिक सफल हो सकती हैं।

सिंह राशि की महिलाओं के जीवन में वृष, मिथुन, सिंह, तुला, वृश्चिक, कुम्भ राशि वाले पुरुष पिता-भाई-पति-पुत्रादि जो भी रक्त सम्बन्धी हों, तो उनसे सहानुभूति और प्रेरणा मिलेगी। आप अपने जीवन के उद्देश्य का चुनाव करते समय केवल प्रसिद्धि और धन को महत्व न दें, बल्कि मानवता की सम्पूर्ण शक्तियों को समाहित करके अपने को अधिक ऊँचा उठा सकती हों, वही मार्ग चुनिये। सिंह राशि की महिलाओं के जीवन में एक ऐसे गुरु की आवश्यकता होती है, जिनके हृदय में ये समुचित स्थान पा सकें और निष्कपट भाव से खुलकर समस्याओं का समाधान ले सकें, गुरु के स्वरूप में नजदीकी सम्बन्ध हों तो वे परस्पर अच्छे सहयोगी एवं अभिन्न स्वभाव रखते हुए उनके सच्चे साथी बन सकेंगे। वृष-मिथुन-सिंह और कन्या राशि वाले लोग दैनिक कारोबार, सच्ची मित्रता, पार्टनर शिप और विवाह के लिए शुभ सिद्ध होंगे।

सिंह राशि का मूलांक १ और ४ हैं, तदनुसार आप दृढ़निश्चयी गम्भीर, अनुसंधान में रूचि रखने वाली सर्वोत्तम महिला होंगी। आपका प्रत्येक कार्य नफासत से भरा है। व्यावहारिक, भावुक, सम्वेदनशील, सत्कर्मशील, शारीरिक श्रम की अपेक्षा मानसिक श्रम में ज्यादा दक्ष और योग्यता से भरपूर रहेंगी। भलीभाँति सोच-समझकर कुछ विलम्ब से शादी करना सफल दाम्पत्य और गृहस्थ जीवन हेतु अधिक शुभ होगा। विवाहित जीवन में स्मरण रखें कि पति-

पत्नी के बीच जरा भी विपरीत स्थिति होने पर अटूट कलह की स्थिति उत्पन्न हो सकती है, अतः हरकदम पर आपको ही बरदास्त करके दाम्पत्य जीवन का निर्वाह करना है। पति को भयंकर आपत्ति-विपत्तियों से निकालकर सुरक्षित रखना ही आपका धर्म है। आगे सब देवाधीन समझें।

यदि आप सिंह राशि के स्त्री या पुरुष हैं तो जरूरी पढ़िये। आमतौर पर सिंह के लिए कहा जाता है कि पराक्रमी सिंह जंगल के राजा होते हैं, उसी प्रकार सिंह राशि के व्यक्ति अधिकतर प्रसिद्धि के शिखर पर अग्रसर रहते हैं। शासन करना आपका जन्मजात गुण है। वास्तव में आपकी प्रबन्धकीय प्रतिभा का पूरा उपयोग तभी खुलकर हो सकता है जबकि आपके पास निर्णय लेने तथा निर्विघ्न दूसरों को शासित करने का अधिकार हो। यदि आप स्त्री हैं तो दूसरों के द्वारा शासित न होने की प्रवृत्ति के कारण अक्सर आप अपने अधिकारियों के साथ पूर्णतः घुल-मिलकर रह नहीं पातीं। पारिवारिक सदस्यों के बीच हँसी-खुशी का वातावरण स्थिर नहीं रह पाता। आपकी स्वतन्त्रता में खलल पहुँचती है। अनेकों दुष्ट शिकारी आस-पास छिपकर आहत करने की योजना बनाते हैं। आप नौकरी करें या व्यापार, आप स्त्री हों या पुरुष, हर हालत में असंख्य टेढ़ी-मेढ़ी समस्याओं का सामना करना ही पड़ता है। भोजन-शयन, वाणी-व्यवहार, लेन-देन, आदि हर क्षेत्र में सन्तुलन आवश्यक है। "अति सर्वत्र वर्जयेत्" का ध्यान रखें। "यौन-सम्बन्ध" एक शारीरिक आवश्यकता है, पूर्ति आवश्यक है, इसकी उपेक्षा करने पर आप संघर्ष की स्थिति में आ जाती हैं। अतः शरीर और प्रकृति के साथ विद्रोह कदापि न करें।

सामान्यतः सिंह राशि वाले अपनी दृढ़ इच्छा-शक्ति आत्माभिव्यक्ति, आदि गुणों के कारण अपने कार्य में दूसरों के प्रति स्पर्धा की अपेक्षा जल्दी सफलता प्राप्त कर लेते हैं। आपको अपने कार्य के आगे दूसरों को यह बताने की कोशिश नहीं करनी चाहिये कि वे अपना कार्य किस तरह करें और जो कुछ भी वे कर रहे हैं, वह गलत है। इसकी जगह आपके लिए जरूरी है कि अपना ध्यान अपने कार्य को ज्यादा से ज्यादा सफल बनाने के लिए कुशलतापूर्वक करने पर केन्द्रित कीजिए।

सामाजिक जीवन में प्रायः सिंह राशि वाले कभी भी उपेक्षित नहीं किये जा सकते। सफलता और पद प्राप्त करना एवं लक्ष्य पर आगे बढ़ना आपके लिए अवश्यम्भावी है। अगर आप अपनी कटुता और स्पष्टवादिता की आदत को थोड़ा कम कर सकें तो सच मानिये कि आपके लिए मंजिल पर पहुँचना आसान हो जायेगा। कर्क राशि की स्त्रियों और कन्या राशि के पुरुषों से सहयोग लेते हुए भी यह ध्यान रखें कि एक बार यश प्राप्त करके बहुत ज्यादा आराम मत कीजिए, क्योंकि आप नई चुनौतियाँ स्वीकार करते हुए ही संतुष्ट रह सकते हैं।

ध्रुव सत्य है कि आपके पास कार्य करने के बहुत बड़े स्रोत हैं—शक्ति विपुल ऊर्जा, अध्यवसाय की प्रवृत्ति, दृढ़ संकल्प और कर्त्तव्यनिष्ठ जीवन। अतः ऐसा कोई भी कार्य या कैरियर मत चुनिये जिसमें उन्नति के रास्ते बन्द हो चुके हों, क्योंकि आपके अन्दर जो शक्ति प्राप्त करने की लालसा है, वह नष्ट होगी। नेतृत्व के गुण के कारण स्त्रियों को धर्म-अध्यात्म-ज्योतिष, विज्ञापन, व्यापार, फैशन, केश-सज्जा, आदि कार्यों में से एक का चुनाव करना चाहिये। योग, ध्यान, व्यायाम, सोने के आभूषण, संगीत, उद्योग, चलचित्र, प्रबन्ध और पर्यटन आदि में आपको विशेष अभिरुचि होगी। विशेषतः अपने युवावस्था के विशेष आवश्यकताओं का ध्यान रखिये।

कन्या राशि का जीवनफल

अनेक जगह ठोकरें खाने के बाद भी जिन्दा रहने वाली जिन्दादिल एवं आशावादी कन्या राशि के लिए ऋषिवाक्य है—

पाण्डुर्द्विपातृस्त्रीद्वितुर्यमाशा निशामरुच्छीत समोदयक्ष्मा ।
कन्यार्धऽशब्द शुभभूमि वैश्या रूक्षाऽल्पसंगप्रसवा शुभाच ॥

कन्या राशि के पुरुष यदा-कदा सबसे ज्यादा भावुक, साधारण तौर पर विपरीत स्थिति में भयभीत रहते हैं, हताश और निराश हो जाते है, फिर भी अवसर पड़ने पर कठिन संघर्ष करते हैं तथा कठिन विपत्तियों में भी हँसकर और डँटकर मुकाबला करने में समर्थ होते हैं। सम्भव है अपने विचारों, मान्यताओं और धारणाओं को आप बारम्बार बदलते रहने वाले होंगे। खुशदिल रहकर किसके साथ कैसा व्यवहार करना है? और किस उपाय से दूसरों का दिल बिना किसी कष्ट के जीतना है? इस रहस्य की भरपूर जानकारी आपको होगी।

आपके हृदय में पवित्रता के साथ मधुर भावनायें सजीव होंगी। प्रेम की बहती गंगा के किनारे खड़े रहने में तथा प्रेम की भाषा बोलने में आपको अधिक आनन्द आयेगा। जिस व्यक्ति से जबतक प्रत्यक्ष मुलाकात एवं वार्तालाप न हो, तबतक उसके मन में आपके नाम से ही काफी दहशत रहेगी और तन-मन-धन से वे सभी आपके प्रति आस्थावान रहेंगें, किन्तु प्रत्यक्षदर्शी वार्तालाप के पश्चात् वजन कम हो जायेगी और आप दूसरों के हृदय में अपनी जगह नहीं बना सकते। कोई भी काम अधिक परिश्रम व प्रयत्न से अधिक देर तक करने में एकाग्रता पाकर भी आशान्वित रहना आपके गुण हैं। आपने अपने जीवन में यही अच्छी सीख सीखा है। भ्रमणशीलता में ज्यादा रूचि तो नहीं हो सकती, फिर भी आप मजबूरन यात्रायें करने को बाध्य रहेंगे। परिवर्तनशील स्वभाव होगा। प्रेम के धनी होंगे।

कन्या राशि के पुरुषों को मिथुन, कर्क, कन्या, वृश्चिक, धनु और मीन राशि केगेंहुआ रंग की स्त्रियाँ यदि माता-बहन-पत्नी-प्रेमिका आदि नाते-रिश्तेदार हों तो पूर्णतः अनुकूल प्रेम सुरक्षित होगा और सहयोगी सम्बन्ध कायम रहेगा। कन्या राशि का मूलांक ५ है, तदनुसार प्रेममय आपका प्यारा स्वभाव स्त्री-तुल्य और चिड़चिड़ा होता है, जरा-जरा-सी भी बात को महसूस करते हैं, चिन्ता करके अधिक पीड़ित होने का स्वभाव होगा। चिकित्सा क्षेत्र में प्रकृति-प्रदत्त वरदान एवं अजीबोगरीब ज्ञान उपलब्ध होगा। कदम-कदम पर अड़चनें-असफलतायें आती रही हैं और बेइज्जत होने वाली परिस्थिति आपके समक्ष आती रहेंगी। धन, परिवार-सम्पत्ति का सम्पूर्ण सुख क्रमिक गति से ही आपको मिलेगा। यदि किसी गुरु की कृपा से ऊँचा हौसिला रखने की शिक्षा आपको मिल जाय तो जीवन में एक बड़ी उत्थान करने वाली शक्ति आपको मिल जायेगी।

आपके अन्दर नई शक्तियों और सम्भावनाओं का प्रादुर्भाव समय-समय पर अविवाहित महिलाओं की संगति और प्रेरणा से होती रहेगी, यह ध्रुव सत्य है। आपके भाग्य सम्वर्धन में निश्चय ही बाहरी महिलाओं का योगदान सार्थक होगा, पारिवारिक महिलाओं से यथेष्ट सहयोग मिलने की आशा कम होगी। अपने ही पारिवारिक सदस्यों से तनाव मिलेगा। यदा-कदा गड़ाधन, आयु, व्यापार बुद्धि एवं सन्तान के सम्बन्ध में आपको सोच समझकर सही कदम उठाना पड़ेगा। इज्जत खूब होकर भी धन इकट्ठा नहीं कर सकेंगे। बाहरी लोगों से मिलकर घर के दुश्मन आपके पीछे हाथ धोकर बरबाद करने की चेष्टा करेंगे। आपका भाग्य कर्मठता के कारण काफी अच्छा है। अपनी पुरुषार्थ शक्ति और परिश्रम के जरिये तथा निजी-सूझ-बूझ से संचित विवेक-बुद्धि के द्वारा अपने हरएक महत्वपूर्ण कार्यों में उन्नति करेंगे। एक सहायक महिला साथ हो तो आमदनी के क्षेत्र में बहुत बड़ी-बड़ी सफलता पाते रहेंगे। धन का लाभ होता रहेगा। स्थाई जमीन-जायदाद-मकान, व्यापार, नौकरी आदि कामनाओं की सिद्धि के लिए प्रयत्नशील रहेंगे। आप बड़े इज्जत के साथ पेंचीदा तरकीब और तिकड़म भी लगाया करेंगे। आप एक ऐसे जीव हैं कि बहुत से लोगों की भलाई करेंगे,

मगर बदले में बुराई मिलेगी। हर किसी को श्रेष्ठ जान करके झूठी-सच्ची बातों पर बहुत जल्द विश्वास कर लेने वाले होंगे। इसी कारण निकट रहने वाले आप के खास-खास लोग ही आपको बहुत ज्यादा धोखा देते रहेंगे। भाई-बहन का सुख मध्यम है, माता-पिता-पत्नी आदि अन्य पारिवारिक सदस्यों से बराबर आप का मतभेद रहेगा।

व्यावहारिक दिशा में आपका सिद्धान्त-उद्देश्य और नित्य नियम-संयम बिल्कुल निराला रहेगा। खास तौर से जनसम्पर्क, वकालत, लिखा-पढ़ी, कागज-पत्र, दौड़-धूप और तीन-तिकड़म वाली नौकरी में आपको संतोष करना है, जीविका चलती रहेगी। व्यस्तता में भी अत्यधिक अध्ययन करना, सोचते रहना, घरेलू सदस्यों से क्षोभ-विक्षोभ का प्रसंग पाते रहना, जिम्मेदारियों में मानसिक तनाव महसूस करना, घुटते रहना और किसी भी स्थिति में आराम न करना ही आपकी मानसिक स्थिति है। अपने एकान्त जीवन में थक जाने पर कुछ ऊँचे स्वर का प्रयोग करेंगे और कभी-कभी निराशाजनक परिणाम मिलते रहने को ही चुनौती समझना आपको लाभदायक होगा। आप अपनी कुछ खास बुरी आदतें रखेंगे, उन्हीं आदतों की वजह से अपना बना-बनाया काम कभी-कदात् स्वयं चौपट कर दिया करेंगे, बाद में पश्चाताप भी करेंगे। ज्यादातर आपके दोस्त खाने और खरचवाने वाले ही मिलेंगे, खरचने में उदार और खिलाने वाले मित्र नहीं मिलेंगे। अतः आप अपने दोस्तों से ही ज्यादा सावधान रहें। स्वाध्याय में रुचि, अल्पविद्या, एवं बुद्धि तेज रहेगी। जिन्दगी भर जो कमायेंगे-फूँक-ताप स्वाहा कर देंगे। लाभ-खर्च बराबर होता रहेगा। धन का संग्रह नहीं कर पायेंगे।

स्वामी बुध, वैश्यवर्ण, नम्रस्वभाव, पृथ्वीतत्व है। द्विस्वभाव संज्ञा शीतल व्यवहार, वायु प्रकृति है। दान-पुण्य-धर्म-पूजन में अग्रगण्य, दैनिक नियम-संयम में रूचि रखने वाले, चतुराई से काम निकालने में निपुण जातक आप हैं। लेखन व भाषण की प्रबल शक्ति होगी। गायन-वादन-संगीत में अभिरूचि रखने वाली कुछ बाहरी महिलायें आपकी सच्ची शुभाकांक्षी बन सकती हैं। अविवाहित

कन्यायें आपके कार्य-व्यापार में सर्वश्रेष्ठ सहायक होंगी और आपके हृदय में अन्तश्चेतना की सोई हुई शक्तियों को जगाने का आश्चर्यजनक कार्य करेंगी। महिलाओं से सम्बन्ध रखने पर आपका नैतिक कार्य विधिवत् चलेगा, परन्तु आपके सदस्य, रिश्तेदार एवं अन्य दुष्ट प्रकृति के लोग आपकी नैतिकता को चुनौती देंगे। अपने संकल्प, निष्ठा एवं लक्ष्य हेतु श्रेष्ठ जनों में प्रिय, पारिवारिक मनमुटाव को बरदास्त करने वाले, धन-सम्पत्तियों में धोखा खाते रहने से निर्धन बनने का योग है। अतः सामान्य ढंग से कमाने-खाने वाले व्यक्ति आप होंगे।

यह अखण्ड सच्चाई है कि आप पति-पत्नी में हर समय तुनकमिजाजीपन और तोर मोर कायम रहेगा। बाहरी लोगों के कारण दोनों के दिमाग में हर क्षण टेन्शन भी बना रहेगा। आपका संकल्प और सत्य पराजित होगा, उसी में आप बीमार पड़ जायेंगे। उससे भी दुगुना सच यह है कि आप पति-पत्नी का दाम्पत्य जीवन विषाक्त बन जाने पर भी सन्तुलित अनुपात में निर्वाह होता रहेगा। अपमान और तिरस्कार सहन न होने के कारण चुप-चाप पलायित हो जाने का भी योग है। दिल टूट जाने पर सारे मोह टूट जायेंगे। "कन्फ्युशन" के शब्दों में स्मरण रहे कि "हमारी सबसे बड़ी शान कभी न गिरने में नहीं है, अपितु जब हम गिरें, हर बार उठने में है।" ज्ञान से शिक्षा लें और आपके जीवन में जब भी स्तरीय गिरावट की अनुभूति हो, तब आप अपने प्रयास से ऊँचे उठने की कोशिश कीजिए। १८ से २६ वर्ष की उम्र में विवाह का योग है। प्रारम्भ में पति-पत्नी का आपसी मेल-जोल काफी सुदृढ़ और स्थाई रहेगा। सन्तानसुख ठीक रहेगा। अचानक घर में शक-सन्देह की बीमारी प्रवेश करके सबकुछ तहस-नहस कर सकती है। घरेलू मामलों में आपको बहुत ज्यादा कठिनाइयों का सामना करना पड़ेगा, रोग-शोक आत्मग्लानि, पश्चाताप की शक्ति मात्रा से कुछ अधिक रहेगी। माता-पिता, भाई-बन्धुओं से कष्ट का योग है तथा पुरुष दोस्तों का सुख बहुत कम मिलेगा। महान् बनने का स्वप्न और बड़ी-बड़ी बातें, केवल कल्पना तक सीमित रह जायेंगी।

आपके लिए बुधवार का दिन सबसे अच्छा है। जहाँ तक हो सके कर्क, वृश्चिक और मीन राशि वाले स्त्री-पुरुषों से ही दोस्ती करें तो उनसे कुछ काम सही अनुपात में निकलता रहेगा। मार्च का महीना ८, ११, २३, ३० तारीखें और शनिवार का दिन आपके लिए कष्टवर्धक रहेगा। वृष और मकर राशि वाले स्त्री-पुरुष सदैव चिन्तनीय बने रहेंगे। जन्म से १४ वर्ष तक अनेक विचित्र रोगों के परेशानियों से ग्रस्त रहेंगे एवं उलझनों में फसें रहेंगे। खास तौर से संग्रहणी, अतिसार, जान्डिस, गला, पैर, सिर, आँख एवं प्लोहा आदि दुर्बल बनाने वाले रोगों के शिकार होंगे। पाकिट तो हमेशा खाली रहेगा, मगर रुपयें-पैसों वाला काम रुक नहीं सकता, जरूरी कामकाज हमेशा पूर्ण होते रहेंगे। ज्यादा खर्च करने की आदत भावुकता में बनी रहेगी। आप अपने विद्यार्थी जीवन में प्रतिदिन अधिक घंटों तक कार्यरत रहेंगे। अध्ययनशील रहते समय कभी-कभी विचित्रता अनुभव करेंगे। आपकी समझदारी व ज्ञानार्जन मे कुछ कमी आयेगी, फिर कभी-कभी मस्तिष्क एकदम हल्का अनुभव करेंगे। ऊँचा विचार रखकर, ऊँचा बोलकर पढ़ते समय प्रतीत होगा कि आप रट्टू तोता बन गये हैं। असमर्थता में भी जैसे-तैसे परीक्षा देंगे और परिणाम देखकर अधिक प्रसन्न न होंगे।

२० से ३५ वर्ष तक कठोर परिश्रम और प्रयत्न से भाग्य-निर्माण का समय है। आपके अन्दर एक दैविक शक्ति का संचार होगा। बहुत ठोकरें खाते हुए अपने जीवन को सुव्यवस्थित बना सकेंगे। नये-नये खोज की ओर आपका दिल-दिमाग भटकता रहेगा। दैनिक जिम्मेदारियाँ बढ़ेंगी। आपके साथ अनेक दुष्ट प्रकृति के लोग कृत्रिम वेष में ३०वें वर्ष से ही जुड़ना शुरु हो जायेंगे। २२ से ३५ वर्ष तक मन में सदा उत्साह, साहस, पत्नी के साथ खुशी जीवन, कारोबार, पढ़ाई-लिखाई, नौकरी आदि में कुछ सफलता मिलती रहेगी। व्यर्थ के दौड़-धूप और वाद-विवाद में कष्ट की प्राप्ति ज्यादा होती रहेगी। अपना निजी मकान होगा, जिसमें आप अंशतः सुख-शान्ति चाहेंगे, चिन्तन के साथ रहेंगे। ३६ से ४८ वर्ष तक का समय संगतिजन्य पीड़ा देने वाला और खतरनाक सिद्ध होगा। घर में ही विषमता हो जायेगी।

४० से ४६ वर्ष तक भाग्योदयकारी व्यक्ति का साथ मिलकर बिछुड़ जाने का कष्ट होगा। जीतोड़ मेहनत करने पर भी दो वक्त की रोटी मिलना मुश्किल हो जायेगा। मानसिक शान्ति व स्वास्थ्य गिरता जायेगा। शारीरिक शक्ति कमजोर होती जायेगी। बरबादी, शून्यता, दरिद्रता के सारे लक्षण निकट दिखाई देंगे। अनायास बुरे कर्मों की ओर झुकाव होगा। पश्चाताप में ही वैरागी जीवन भी व्यतीत करना पड़ेगा। ४९ से ६२ वर्ष तक की अवस्था कुछ अच्छी रहेगी, यही समय सहसा भाग्य-विस्तार करायेगा। बिगड़ी परिस्थितियाँ सुधर जायेंगी। परदेश रहने पर सारी चिन्ताओं और परेशानियों का अन्त हो जायेगा, किन्तु स्वास्थ्य नहीं मिलेगा और न ही सुधर पायेगा। अनेक प्रकार के सुख-सम्पत्ति, वैभव या वैराग्य का आनन्द लेते हुए ७० वर्ष ६ मास १८ दिन की अवस्था में क्षयरोग से अचानक मृत्यु सम्भव होगी। दैवयोग से शायद मृत्यु समय में आपके परिवार का कोई व्यक्ति आपके पास नहीं रहेगा। अथवा बहुत पुराना पारिवारिक मनमुटाव होने से मृत्यु में भी कोई साथ न देगा।

पुरुषों की अपेक्षा कन्या राशि वाली स्त्रियाँ अपने पति के पहले ही मरती हैं। कन्या राशि की साक्षर व सुसभ्य महिलायें सामाजिक अनुयायी न बनकर भी प्रायः सभी क्षेत्रों में मबका नेतृत्व करती हैं। संस्थान चलाने वाली तथा अधिकतर फील्ड-वर्क अपने अनुकूल महसूस करने वाली होती हैं, साथ ही मन में अर्थसंचय की बलवान प्रवृत्ति रखती हैं। धन और सम्पत्ति में सामान्य आशक्ति एवं लोलुपता तो रहेगी ही। आपका हाथ धन से खाली भी न रहेगा। सामाजिक दृष्टि से जनसेवा कार्य में अत्यन्त कुशल तथा जीवन के प्रत्येक क्षेत्र में आगे रहने का स्वभाव होगा। पूर्वार्द्ध जीवन के घरेलू वातावरण में संघर्षशील और दुखी रहना होगा। उत्तरार्ध जीवन में अपने विद्या-बुद्धि-समझदारी से निजी परिस्थितियों को अनुकूल बनाने में समर्थ रहेंगी। पति-सेवा में निपुण तथा समर्पित रहेंगी। पति-आज्ञा को अपने जीवन में ज्यादातर महत्व देने वाली पत्नी आप होंगी। सन्तान के आयु, शिक्षा आदि की चिन्ता में चित्त विकल

रहेगा। चिन्तनशील मस्तिष्क के कारण एक जगह टिकना आपके वश की बात नहीं है, स्थिरता नहीं होगी।

कन्या राशि की महिलाओं को मिथुन, कर्क, कन्या, वृश्चिक, धनु और मीन राशि वाले पुरुष वर्ग, पिता-भाई-पति-पुत्रादि नाते-रिश्तेदार हों तो उनसे प्रायः अच्छा सम्बन्ध रहेगा। आपके लिए वे परस्पर सहयोगी, शुभचिन्तक, व्यवहारी एवं हितैषी सिद्ध होंगे। कन्या राशि के पुरुषों की मानसिक जागृति प्रायः सुकुमारी कन्याओं की प्रेरणाओं और संगति से ही होती है। बाहर की कुछ विवाहित स्त्रियाँ भी यदि इनके कार्यक्षेत्र में सहयोगी बन जायँ तो ठोस उन्नति का आधार बन सकता है। परिवार की स्त्रियाँ कदापि सहायक नहीं बनेंगी। चारित्रिक स्तर पर ये बहुत खरे उतरते हैं। इनमें दृढ़ संकल्प शक्ति और पवित्र निष्ठा होती है।

कन्या राशि का मूलांक ५ है, तदनुसार कन्या राशि वालों का अधिक सम्मान बाहरी जीवन और बाहरी वातावरण में होता है, घरेलू जीवन में नहीं। मित्रों के परामर्श से योजना बनाने में पुरुष व स्त्रियाँ दोनों ही चतुर होंगे। विवाहित जीवन में अधिक स्वच्छन्दता और अधिक अधिकार की तीव्र आकांक्षा बनाकर रहना आपके लिए अच्छा नहीं होगा। आपका व्यक्तित्व आक्रामक एवं विद्रोही होने के साथ सामर्थ्यवान, प्रकाशवान और नई खोज करने वाला है, इसलिए महिलायें अपने तन-मन-धन से ऐसा जीवन साथी चाहेंगी जो कि दूसरों की परवाह किये बिना समर्पण भाव से विवाहित जीवन का सम्बन्ध निभाने में होशियार हों। आपके पति यदि रोजी-रोटी की दृष्टि से कर्मनिष्ठ, चतुर व भाग्यशाली सिद्ध हों तो घर-गृहस्थी की सम्पन्नता मे कोई कमी न रहेगी।

ध्यान रखना है कि आपकी अपनी सहनशीलता यदि कमजोर न हो तो आजीवन दाम्पत्य-सम्बन्ध अभिन्नता के साथ निभ सकता है। सुन्दर स्वभाव, रसीला मिजाज, क्रोधयुक्त वातावरण से दुखी, घर की व्यवस्था में चतुर, गृहस्थ-जीवन की पाक-शिल्प-संगीत आदि कलाओं में निपुण तथा अखन्ड पतिव्रता

महिला आप होंगी। कन्या राशि वाली अविवाहित कन्याओं की मानसिक स्थिति चंचल व परोपकारी होती हैं और शीघ्र ही दूसरों के प्रभाव में आकर वशीभूत हो जाने वाली प्रबृत्ति होती है। ज्यादा घूमने-फिरने वाली, भोग-ऐश्वर्य-रति-वासना-विलास की अधिकता रहती है। खर्च और सौन्दर्य में अग्रणी, पति और समाज के व्यवहार से मनोव्यथा, पुत्र से दुखी एवं स्वप्रयत्नों से धनवती होती हैं। अध्ययनशील तथा सिनेमा-नाटक-खेलकूद, गाना-बजाना-संगीत, मनोरंजन-भ्रमण आदि की शौकीन होती हैं।

यह सदैव स्मरण रखें कि आपका भोजन-शयन सन्तुलित रहना चाहिये। गैस-वायु, साइटिका, मुटापा, योनि-विकार एवं स्तन-विकार के प्रति पूर्ण सावधानी अपेक्षित है। यदि आपकी कन्या राशि है तो आपकी आस्तिकता में नास्तिक लोगों का अनधिकार प्रवेश होकर उनसे निरन्तर पाला पड़ता रहेगा। आपके सुखी जीवन में दुखियों की भीड़ लगी रहेगी। चित्त में अशान्ति रहेगी। मध्यम-ऊँचा-दुर्बल-कृशकाय शरीर होगा। घबड़ाई हुई हाथी की गति से चलने की आदत होगी। मार्ग में हाथ-पाँव झटकारते बेफिकर चलना, सुकुमार होकर भी विभिन्न कला में निपुणता पाना, कार्य-निपुण और कामकला में चतुर होंगे। प्रियभाषण से ही सबको सन्तुष्ट करना, कुछ व्यसनों से लिप्त रहना, मुकदमों में थोड़े समय तक फसें रहना एवं पवित्र आचरण सहित हँसते हुए बोलना, आपका स्वभाव होगा। वंश परम्परा से प्रेम रखेंगे, दयालु स्वभाव होगा, देशाटन में हिचकिचाहट महसूस करके हानि प्राप्त करेंगे। वस्तुतः देश-परदेश भ्रमण से ही भाग्योदय होगा। आनन्द प्राप्ति के जिज्ञासु होंगे।

कभी जरा भी विघ्न पैदा होने पर घबड़ा जायेंगे, कांट-छांट एवं तर्क-वितर्क किये बिना विश्वास करके प्रायः हर किसी की बात मान लेने की आदत होगी। एकान्त अध्ययन एवं चिन्तन में रुचि प्रबल होगी। ठोस विद्याध्ययन में बाधायोग होने के बावजूद भी अपने विषय के अनुभवी विद्वान् होंगे। आपके अन्दर आश्चर्यजनक कार्यक्षमता है, कुछ संकोच और कुछ स्वाभिमान आपकी प्रगति में बाधक हो जाता है। वक्त से लाभ उठाने की क्रिया आप नहीं जानते।

कन्या राशि के स्त्री व पुरुष अधिक सीधे या सरल तो नहीं होते, लेकिन इनकी क्रोध और कठोरता प्रत्यक्ष भी नहीं हो पाती, इस नाते अधिकांश लोग फायदा उठा लेते हैं। अपने साथ-संगति को परखिये। चापलूस, धोखेबाज, मिथ्याभाषी, आडम्बरी और विश्वासघाती लोगों का साथ पूर्णतः परित्याग कर दीजिए। हर अच्छे-बुरे लोग के दिल की बात जान लीजिए। नाटक-अभिनय संगीत, वाद्यपदार्थ, लेखनी-खनिज-पदार्थ प्रेस पत्रकारिताऔर मन्त्रालय से सम्बन्धित कार्य में परिपक्व सफलता हस्तगत कर सकते हैं। उत्तम वस्त्रों के शौकीन होंगे और उत्तम भोजन से प्रेम रखेंगे। औसत विद्वजनों के बीच समादरित होते रहेंगे।

ससम्मान जीना आपके कन्या राशि की विशेषता है। अपने परिश्रम तथा उपार्जित द्रव्य से सन्तुष्ट रहें तो निजी बल पर यश प्राप्त करेंगे। मेन्टीनेन्स बनाये रखने में आप अपनी सारी ताकत लगा देंगे। आपके जीवन से लोग शिक्षा लेंगे, आपकी श्रेष्ठता केवल उम्र बिताना ही नहीं, अपितु संकटों पर विजय प्राप्त कर सहायकों के सहित भावी जीवन को सुखी बनाना भी है। दूसरे देशवासियों से सम्बन्ध हितकारी होगा। वकालत-लेखन-शिक्षण में रूचि रखेंगे, एक सम्वाद कई जगह पहुँचाने का कार्य कर सकते हैं। ग्रन्थ-अध्ययन और निर्माण में सफलता पूर्वक श्रेष्ठ रूचि होगी तथा कई प्रकार की ज्ञान शक्ति का भण्डार होना कन्या-राशि का गुण है। आपकी अपनी ही पारिवारिक परिस्थिति स्वार्थ की भावना देने वाली होगी। ऊँचे दरजे के सार्वजनिक कार्यों में सहयोग प्राप्त न होने से आप बहुधा असमर्थ रहते हैं। आपके शरीर में लीवर-तिल्ली-गुर्दा-चर्मरोग-नासिका रोग सम्भव है। मानसिक रोग, अतिसार-संग्रहणी और पीठ की हड्डियों में कभी-कभी रोग-व्याधि का भय असह्य एवं कष्टकारी होगा।

प्रतिवर्ष मार्च का महीना एवं प्रतिमास ८, ११, २३, ३० तारीखों की प्रतिकूलता रहेगी। शनिवार का दिन, मेष-सिंह-धनु राशि वाले व्यक्ति और लालरंग के वस्त्रादि प्रयोजनीय सभी पदार्थ आपको ठीक नहीं है। आपके स्वभाव में वैश्यों की तरह भरपूर व्यावसायिक गुण हैं, सरलता और निष्ठा मौजूद है।

आप अपने जीवन-कल्याणार्थ प्रतिदिन श्रीरामचरितमानस का मासपरायण तथा श्री शक्ति पाठ करने का अभ्यास डालें। रामायण के पाठ से कष्ट दूर होगा। कीचड़ में कमल सदृश खिल उठेंगे। ''बीचर'' के शब्दों में—''मानव की शक्ति और आनन्द इसी में है कि वह गम्भीरता से यह पता लगाये कि परमेश्वर किस राह जा रहा है ? और उसी राह पर चलते चलें।'' इसे स्वीकार करना आपके लिए परम आवश्यक है।

आपकी कन्या राशि का स्वामी बुध आपके आजीविका धर्म-व्यवसाय का भी अधिपति है। आपकी जीविका में नौकरी हो चाहे व्यापार, घरेलू पीड़ा से जीविका-क्षेत्र में उतार-चढ़ाव देखना ही पड़ेगा। बुध तीव्रगामी ग्रह है, इसलिए दुर्घटनाओं से बचिये, तेजी से प्रगति करते समय अन्धाधुन्ध मुसीबतों का भी सामना करते रहेंगे, बाद में पछताना ही पड़ेगा। यद्यपि कोई भी उपाय विनाशकारी घटना को पूर्णतया टाल नहीं पायेगा, बचाव हो नहीं सकता, शत-प्रतिशत भ्रमपूर्ण तथ्यों एवं अपघातों की रोक-थाम एक कठिन समस्या है, इसका समाधान बहुव्ययी काम है। वैज्ञानिक तरीकों से यदि आप विस्तारपूर्वक समुचित सफलता पाने के लिए योजनायें बनाने में कटिबद्ध हैं तो गुरु कृपा से आपकी समस्यायें काफी हद तक हल होती रहेंगी।

याद रखें कि कर्मठता के साथ हँसते-खेलते-जीने के लिए आपको जीवन मिला है। चिन्ता, भय, शोक, क्रोध, निराशा, ईर्ष्या, तृष्णा एवं वासना में विलखते रहने की मूर्खता न करें। आपके अन्दर दूसरों के मनोभाव को पहचानने की अच्छी शक्ति विद्यमान है, अतः आपसे जो जिस तरह का व्यवहार करे, बेहिचक आप भी वैसा ही कीजिए। दूसरों की कामनायें आप से पूर्ण होती रहेंगी। आपके उद्देश्य का मार्ग कठिनाइयों एवं कटु आलोचनाओं के मध्य गुजरते हुए लक्ष्य पूर्ति तक पहुँचने वाला है। वे कठिनाइयाँ आपको चमकाने और तेजस्वी बनाने के लिए पर्याप्त हैं। समस्यायें आनी ही जायेंगी। अतः आपको बुध ग्रह का प्रिय रत्न पन्ना और श्री बटुक भैरव कवच आस्थापूर्वक निश्चित रूप से धारण कर लेनी चाहिये। चूँकि व्रत-पूजन में भी आपकी रूचि व आन्तरिक आस्था है, इसलिए भैरव की उपासना एवं शक्तिविनायक मन्त्र

का जप कर सकते हैं। आजीवन वैनायकी श्री गणेश चतुर्थी का मास-व्रत आपके लिए हितकारी होगा।

२५ से ३० तक, ४२ से ५० तक की आयु में समय कष्टदायक है। गृहकलह, अवरोध-विरोध, मानसिक-तनाव की वृद्धि होगी। स्वाभिमान पर ठेस लगेगा। व्यापार में सामान्य लाभ होगा। कोमल स्थानों में रोगों का भय कष्ट देगा। धर्म-कर्म शिथिलता रहेगी। सवारी का उत्तम सुख मिलेगा। लाभ-व्यय की चिन्तायें बनी रहेंगी। सुदूरवर्ती यात्रा से कष्ट का योग है। ३०-३१ वर्ष की आयु में चिन्ता, रोग, समस्या बढ़ेगी। साधारण धनलाभ-धर्महानि तथा सवारी के लाभ का योग है। स्त्री-पुत्र का सामान्य सुख प्राप्त रहेगा। उन्माद और वायुरोग से कष्ट, दुर्व्यसन और ऋण की बाधा तथा राजकोप द्वारा मानहानि का योग है। नाभि से उपरी अंगों में आपरेशन का भी योग है। २५ से २७ तक एवं ३० से ३२ तक तथा ३६ से ३८ तक की आयु में शत्रु पीडा, राजकोप, दन्तरोग, नेत्ररोग, सम्भव है। २८, २९, ३३, ३४, ३५, ३९, ४० वर्ष में अर्थागम, द्रव्यसचय, सन्तान लाभ का योग है। ५० से ६० वर्ष तक प्रबल शक्ति उदित होकर शत्रुनाश एवं यश की प्राप्ति होगी। स्त्री-सुख, साहस के साथ विविध कार्यों में उत्साह की वृद्धि होगी। ४८ से ५८ वर्ष तक यात्रा से प्रारब्ध का चमत्कार एवं परोपकार में रुचि होगी। साधारण तौर पर ४१ वर्ष की उम्र के बाद ही अत्यन्त मन्दगति से सुरुचिकर कार्यों का सम्पादन होगा। भविष्य निर्माण का आधार उत्तम है।

आम तौर पर आप कन्या राशि के स्त्री या पुरुष हैं तो आप पूर्णतया विश्वसनीय, भरोसेमंद तथा विवेकशील हैं। स्त्रियाँ दिल से चाहती हैं कि हर काम बढ़िया तरीके से पूरा किया जाय और उसमें कोई त्रुटि न हो। आप हमेशा कार्य का ऊँचा स्तर निर्धारित करती हैं और स्तर तक पहुँचने के लिए पूरी मेहनत करती हैं, साथ ही दूसरों से भी यही उम्मीद करती हैं। स्त्री-पुरुष दोनों हो समान भाव से प्रबन्ध करने की तथा दूसरे के मामलों को सुल्झाने की योग्यता रखते हैं, इसी कारण आपके आसपास के व्यक्ति आप पर बहुत निर्भर करने लगते हैं। बिना किसी प्रदर्शन तथा विनम्रता के साथ आप कार्य करते हैं, आपसे

हमेशा सलाह दी जाती है। ज्यादातर आपको चिन्तन करने के लिए समय और शान्त वातावरण की आवश्यकता होती है। अपनी क्षमता पर दूसरों को हावी न होने दीजिए।

कन्या द्विस्वभाव राशि है, अतः चर राशि की स्त्रियों तथा पुरुषों से आपका स्थाई सम्बन्ध नहीं रह सकता, आपस का मेलन्जोल भी बार-बार टकराहट के कारण टूटता रहता है, भावनायें ध्वस्त हो जाती हैं। किसी पर भी अधिक भरोसा न कीजिए, अन्यथा आप ऐसी स्थिति में पहुँच जायेंगी, कि आप करें और नाम दूसरों का हो। स्वार्थी तत्व जुड़े ही रहेंगे। बुद्धिमान, विश्वसनीय और पूर्ण रूप से अखण्ड ईमानदार होने के कारण इस राशि के व्यक्ति १०० प्रतिशत विश्वास योग्य होते हैं।

कन्या राशि ही राशिचक्र का कुशल शासक है। इस कारण आपके हाथ में सत्ता की बागडोर है। कोई भी कार्यप्रणाली घड़ी की सूई की तरह कार्यरत रहा करती है। बुद्धिमानी, विचारबुद्धि, तथा तर्कशक्ति प्रबल है, इन्हीं गुणों के कारण आप समस्याओं एवं दुखी व्यक्तियों की गुत्थियों को धीरे-धीरे सुलझा लेती हैं। विस्तृत एवं तर्क संगत दृष्टिकोण के कारण आप निःसन्देह अपनी बात दूसरों को समझा व सिखा सकती हैं। ध्रुव सत्य है कि आप के अन्दर मानवीयता बहुत ज्यादा श्रेष्ठ है, जिसके कारण दूसरों की सहायता करने में आपको हृदय से बहुत अधिक सन्तोष मिलता है। ऑडिटर, सचिव, ज्योतिषी, एकाउन्टेन्ट, खजांची आदि के रूप में आप योग्यता व शासकीय प्रतिभा का उपयोग कर सकती हैं।

ध्यान दें कि अपनी सम्प्रेषणीय योग्यता और बुद्धिमता को खुलकर शिक्षक या आलोचक के कार्य में उपयोग कर सन्तुष्ट रह सकती है। कन्या राशि के स्त्री-पुरुषों का विवाहित जीवन सुखमय नहीं रहता। पुरुषों की अपेक्षा इस राशि की महिलाओं में कृषि, बागवानी, पशुकल्याण, रसायनशास्त्र आदि विषयों में मूलतः विशेष अभिरुचि होती है। योन-सम्बन्ध में कन्या राशि ज्यादातर असन्तुष्ट ही रहती है।

•

तुला राशि का जीवनफल

आपके जीवन में संकट, विपत्ति और कठिन परिस्थतियां चाहें जितनी क्यों न हों ? जीवन की रक्षा, विकास, विस्तार एवं ठोस उन्नति का शुभ प्रयत्न बराबर करते चलिये, इसी में आपके जीवन की सार्थकता है। ज्योतिषशास्त्र का संकेत है—

पुमांश्चरश्चित्र समोदयोष्णः प्रत्यङ्मरूत्स्निग्धरवोन वन्यः।
स्वल्पप्रजासंगमशूद्र उग्रस्तुलो द्युवीर्य्यो द्विपदः समानः॥

अपने बहुमूल्य जीवन को ही अपना सम्पूर्ण संसार समझने की कोशिश करें। कायरभाव की दीनता दूर कीजिए, वीरता एवं आत्मविश्वास के साथ धैर्य को धारण कीजिए। यदि आपकी तुलाराशि है तो आपके हृदय में कर्तव्य-कर्म की ज्योति जगमगा रही है, वह तो हमेशा प्रदीप्त रहेगी। मूढ़ प्राणियों के मन का अन्धकार दूर करेंगे, पतित और दुराचारी वेष वाले लोगों की संगति से बेचैन रहेंगे। ईश्वर भक्ति में अग्रसर होंगे। सात्विक गुण, देवार्चन-भक्ति तथा श्रेष्ठ ब्राह्मण-साधु-सन्त की सेवा में अग्रगण्य रहेंगे। अपने ही धर्म का आचरण करने में प्रसन्न स्वधर्म-तत्पर, मांसल जंघा, सुन्दर शरीर, ऊँची नाक, गहरा दिल होगा। आर्थिक लेन-देन प्रवास और जनसम्पर्क में रूचि होगी। वितण्डा करने में चतुर, शास्त्र और विज्ञान के अनुयायी होंगे। गम्भीर होते हुए भी वाक्पटुता में सरस-हँसमुख स्वभाव होगा। अपने न्यायकर्म की प्रतिभा के कारण कुछ लोगों के मध्यस्थ चुने जायेंगे। ससम्मान झगड़ा दूर करने की प्रवृत्ति आपके तुलाराशि की विशेषता है। पुत्र-कन्या की ओर से पति-पत्नी दोनों चिन्तित रहेंगे। रोगी सन्तति का सुख होगा।

आपको प्रारब्ध और प्रयत्नों का फल अवश्य मिलेगा, वह सुन्दर मिलाप और व्यावसायिक योग्यता की वृद्धि में सहायक होगा। आपकी पत्नी कुण्ठित

रहेगी, धर्मपत्नी की अल्पायु हो सकती है, शिव की आराधना के बल पर आप पत्नी को सुखी-प्रसन्न, निरोग एवं दीर्घायु भी बना सकते हैं। तुला राशि के जातक कभी भी जल्दी हताश होकर चुप नहीं बैठते, निराश होकर भी अपने लक्ष्य के प्रति सतर्क और बहादुर बने रहते हैं। संसार के प्रत्येक कार्य में कुशल होते हैं और प्रत्येक वस्तु के प्रति अस्थाई मोह रखने वाले होते हैं। गृहस्थ जीवन सुखमय बनाने में तटस्थ रहेंगे, प्रगति की प्रबल इच्छा रखेंगे। आपके हृदय में कठोरता और गुस्सा का प्रभाव हमेशा नहीं, बल्कि समय-समय पर उचित होगा। मानव मन की भूख शान्त करने के उद्देश्य से योजनायें बनायेंगे। आप अपने तन-मन-धन का सर्वत्र उपयोग करेंगे। कुछ गम्भीर विचारों के कारण, संकल्प के धनी होकर ऊँचे व्यक्तियों से सम्पर्क पाने की इच्छा रखेंगे। आप अपने कार्य-व्यवसाय एवं कला क्षेत्र में निपुणता, दक्षता और योग्यता अवश्य प्राप्त करेंगे। तुरन्त कुछ भी सौ-फीसदी सही निर्णय लेने में आप सक्षम होंगे।

गम्भीर स्वरूप होने के कारण आपको सच्चे मित्र तथा ईमानदार साथी नहीं मिल पायेंगे। किसी श्रेष्ठ गुरु से दीक्षा लेकर ध्यान लगाने में, चित्तवृत्ति को एकाग्र करने में तथा गुरु के निर्देशानुसार इष्ट उपासना करने में कुछ समय लगाना आपके लिए अनिवार्य है, इन प्रक्रिया से सचमुच आप आश्चर्यजनक आत्मशान्ति और मनोबल प्राप्त करेंगे। रोग-ऋण-शत्रुता एवं तनाव को सुनियन्त्रित करने वाला वह कदम होगा। पशु-पक्षियों एवं तरह-तरह के पौधों से आपका विशेष लगाव होगा। कुशल राजनीतिज्ञ, राज्यकर्मचारो, शिक्षक, ज्योतिषी या कलाकार बनकर औसत अनुपात में सफलता प्राप्त कर लेंगे। हमसफ़र मित्रों की संख्या कम होगी। पाँव सम्बन्धी चोट-दर्द और बीमारी उत्पन्न होकर आपके लिए कभी-कभी परेशानीकारक सिद्ध होगी। आपके जीवन में शायद कुछ न कुछ समस्या एवं मानसिक असन्तुलन बना रहेगा।

तुला राशि के पुरुषों को मेष, कर्क, तुला, धनु, मकर राशिवाली स्त्रियों में माता-बहन, पत्नी-पुत्री आदि नाते-रिश्तेदार हों तो इनमें आपसी सहयोग एवं

स्वाभाविक मेलजोल बहुत अधिक रहता है। भविष्य में इनसे ठोस सम्बन्ध स्वार्थपूर्णता में भी कायम रहेगा। तुला राशि का मूलांक ६ है, तदनुसार स्पष्ट-वादी थोड़ी दिक्कत एवं मामूली-सी बाधायें आने पर भी अधिक घबड़ा जाने का स्वभाव होगा। तुच्छ विचार वाले स्त्री-पुरुषों से मन मर्माहत रहेगा। तुला राशि के अधिकांश जातक विपरीत सेक्स के प्रति जरा भी झुक जाने पर प्रबल आकर्षण तो रखते हैं, लेकिन समय रहते स्त्रियों के समाज से सम्बन्ध धीरे-धीरे बढ़ाने के बजाय एकाएक तोड़ लेना अधिक पसन्द करते हैं।

आपकी अपनी विवाहिता पत्नी अच्छी हैं। पत्नी में सम्बन्ध निर्वाह का पूरा स्थायित्व होने के साथ-साथ छलावा-जल्दबाजी, औसतन क्रोध एवं बिना आगे-पीछे सोचे कार्य करने की गहरी आदत भी है। यशस्वी, प्रसन्नचित्त, भावुक व्यक्ति आप हैं। गुणवान, दानी, विनम्रस्वभाव, हर्षयुक्त एवं समाज के बीच मान्य रहेंगे। शान्त स्वरूप, कोमल आकृति, पुष्ट शरीर एवं बहुत काल तक जीने की ताकत आपके पास होगी। गुरुभक्त, शिल्पशास्त्र-निपुण और अपने आसपास कई लोगों से गौरव प्राप्त करने वाले व्यक्ति आप हैं।

प्रगति की दृष्टि से आपका भाग्य एवं तुला राशि ठीक नहीं है, परन्तु वाद-विवाद, चिकित्साकर्म तथा बौद्धिक विकास में राश्येश शुक्र ग्रह सहायक है। आपके शरीर में गुप्तेन्द्रिय रोग, चर्मरोग, शर्करा की न्यूनाधिकता रहेगी। पथरी, शीतज्वर आदि से यदा-कदा आप पीड़ित रहेंगे। प्रति वर्ष अप्रैल मास ठीक नहीं है। प्रत्येक मास ४, १४, १९, २४ तारीखें, गुरूवार का दिन, वृष, कन्या, मकर राशि के स्त्री-पुरुष और लालरंग के वस्त्रादि पदार्थ आपके लिए ठीक नहीं है, परहेज जरूरी है। आप स्वभावतः सेवा वृत्ति की भावना से प्रेरित रहेंगे। आप अपने दैनिक क्रियाकलाप में जीवन के कल्याणार्थ श्रीराम-स्तुति और श्रीशक्ति पाठ का प्रतिदिन पाठ करें।

आकाश मण्डल में स्पष्ट दीखने वाला तराजू और उसका दो पलड़ा आपकी तुला राशि का प्रतीक है। शुक्र का प्रभाव आपको रजोगुणी स्वभाव देता है। सेक्स व काम शक्ति, शारीरिक आकर्षण, स्त्री सम्बन्ध एवं विद्याध्ययन में श्रेष्ठ रहेंगे। बसन्त ऋतु में प्रसन्न रहने के बजाय शरीर कष्ट झेलेंगे। नित्य कर्म तथा

नौकरी-व्यवसाय में आकस्मिक व्यवधान और कठिनाई उपस्थित होती रहेंगी। शुक्र के प्रसन्नार्थ हीरा रत्न अथवा 'त्रिपुर सुन्दरी गायत्री कवच' धारण करने से आपके कई कठिन प्रयास आसान बन सकते हैं। जब आप किसी विषय पर जोर देकर ध्यान देते हैं और कामयाबी चाहते हैं तो उसके विभिन्न पहलुओं और सम्बन्धों पर मनन भी करते हैं, उस समय आपकी चेतना विचार शून्य होकर निष्क्रिय बनने के बजाय विषय को विचार केन्द्र बनाकर सफलता पाने के लिए सक्रिय रहती है। आप केवल किसी एक प्रश्न पर अपना ध्यान जमाकर कोई ठोस निष्कर्ष नहीं निकाल सकते, बल्कि एक साथ कई प्रश्न सामने रखकर यह महसूस करते हैं कि आप प्रश्नों के बीच घिरे हुए हैं। अतः 'त्रिपुर सुन्दरी गायत्री कवच' अवश्यमेव आपको धारण करना चाहिये। दुर्गा कवच, अर्गला व कीलक का नित्य पाठ एवं शुक्रवार का व्रत करना भी हितकर होगा।

यदा-कदा द्रव्य लाभ श्रेष्ठ होगा और ख्याति वृद्धि होते हुए भी विष-अग्नि एवं दुःसाध्य रोगों से शरीर कष्ट मिलेगा। आपरेशन का योग है। परोपकार से अपमानजनक परिणाम मिलेगा। देश-देशान्तर भ्रमण, प्रवास, यात्रा तथा कुटिल प्राणियों के संगति का योग है। अधिक खर्च से भी पीड़ित होकर शोकाकुल रहेंगे। युवावस्था में पित्त-वायु से कष्ट होगा। कर्ण रोग सम्भव है। सिद्धि-उपासना में अरूचि, धर्म-कर्म-दान पुण्य में बाधा, साधारण द्रव्य लाभ, पारिवारिक क्लेश, अनियमित दिनचर्या से मन दुखी रहेगा। स्त्री-पुत्र आदि का पूर्ण सुख होने पर भी पृथक् निवास का योग है। नौकरी कार्य करने वालों की पदोन्नति, शासन पक्ष से लाभ, कभी-कभी शत्रु बाधा से कष्ट मिलेगा। यौवन के बाद वृद्धावस्था में शस्त्राग्नि पीड़ा, धन-व्यय, पुत्र सहयोग या पत्नी-सहयोग की प्राप्ति सामान्य तौर पर होगी। भूमि भवन-वाहन का सामान्य सुख है। अन्न-द्रव्य-वस्त्रादि से भण्डार गृहस्थ जीवन में परिपूर्ण रहेगा। घर में विवाह आदि उत्सव होंगे। किसी दो-तीन यात्रा से विशेष सम्मान एवं धन लाभ का योग है। प्रौढ़ावस्था में अभीष्ट-सिद्धि, असम्भव प्रगति तथा विशिष्टजनों के सहयोग से आयोजनों की पूर्ति निश्चित है। कला और न्याय के क्षेत्र में अधिक प्रसिद्धि प्राप्त करेंगे।

"जिन्होंने शासन करने का स्वाद न चखा, उन्हें वह स्वादिष्ट लगा, पर इस स्वादिष्ट लगने वाले मधु में जहर है।" अतः तुला राशि के स्त्री-पुरुषों को "इल-उल-वर्दी" के इस कठोर सत्य कथन पर ध्यान रखते हुए जहरीले मिठास के प्रति सदैव सतर्क रहना चाहिये। यह सत्य मान लें कि आपकी जिन्दगी चलते-फिरते रेल के इंजन की तरह है। चलते जाइये और चलते-चलते काम निभाते जाइये तो पूरी-पूरी सफलता मिलेगी, जरा-सा भी रूक गये तो गाड़ी जाम होकर सारा काम चौपट हो जायेगा, मतलब की आलस्य और आराम से दूर रहिये। मानना होगा कि आप में बड़ी भारी पुरुषार्थ शक्ति है, हिम्मत है, दिमाग की चालाकी है, धीरज है। आपका जीवन साहस और उत्साह से भरा हुआ है।

अपने आपको समझने की कोशिश कीजिए, अकल ठीक है तो हर मुश्किल कामों में आप सफल होंगे। धन-दौलत संग्रह तो नहीं कर पायेंगे, रुचि भी नहीं होगी, मगर हर जरूरत वक्त पर पैसों की कमी भी नहीं होगी। अपने मन की हर शंका, व्यथा एवं वहम निकाल फेकिये और व्यर्थ का मानसिक तनाव न बढ़ाइये। जरा सा भी चूक जाने पर पागलपन जैसा कुछ प्रभाव, रोना, घूमते रहना, कविता कहानी करना, घर से पृथक् हो जाना और शहर छोड देना इत्यादि कई शिकायतें पैदा हो जायेंगी और दीर्घकाल तक पीछा नहीं छूटेगा। मेहनत ज्यादा करेंगे, स्वार्थ और कंजूसी करने में पीछे नहीं हटेंगे। किसी महिला से प्रेरणा पाकर आप वांछित उन्नति की दिशा में आगे बढ़ेंगे, कालान्तर में सम्भव है कि एक विशेष नवीन कार्यप्रणाली के प्रवर्तक भी माने जायँ। एक ओर आपकी मनोभावना रूढ़िवादिता में जकड़ी रहेगी तो दूसरी ओर आपकी बुद्धि यथार्थ की खोज में लगी रहेगी। परम्परायें एवं सामाजिक प्रथायें आप पूरी तरह निभायेंगे।

आपका मन तत्वदर्शी और आध्यात्मिक है जो कि सामाजिक कुरीतियों को सुधारने में लगा रहेगा। आपके द्वारा किसी का अहित नहीं होना है, यदि आपके अहित का बारम्बार कोई यत्न करता है और आपका नुकसान हो जाता है तो कल-बल-छल से बदला लेने में आप नहीं चूकेंगे। पूरे परिवार और ईष्ट-मित्रों

पर आपकी धाक और इज्जत बनी रहे, यही आकांक्षा रहेगी। दूसरों को दबाने और अपमानित करने में आप प्रतिशोध से प्रेरित होकर ही कुछ सुख का अनुभव अवश्य करेंगे। आपको अपने परिवार से ज्यादा सुख-शान्ति महसूस नहीं होगी, गुरुजन की कृपा और अपने आत्मबल एवं पुरुषार्थ की शक्ति से बहुत बड़े-बड़े काम आप कर गुजरेंगे। अपने जीवन में खास तौर से दौलत कमाने की इच्छा ज्यादा रहेगी। पिता की ओर से थोड़ा-बहुत हर समय सहारा मिलेगा। बड़े जोर-शोर से अपना कारोबार चलायेंगे। गुलामी पसन्द नहीं है। गुलामी नहीं करेंगे, फिर भी मजबूरीवश यदि कोई नौकरी करनी पड़ी तो किसी उलझन में पड़कर किसी समय आपका दिमाग पागलों जैसा भी हो जाया करेगा अर्थात् चिन्ताओं, संकटों, आपदाओं और परेशानियों में आप घिरे रहेंगे।

स्वामी शुक्र, शूद्रवर्ण, वायुतत्व, चंचल स्वभाव है। चर-संज्ञा, गर्म स्वभाव, वायु प्रकृति है। घरेलू कलह एवं मन-मुटाव से युक्त रहेंगे। पत्नी के रोग से चिन्तित, सन्तान एवं निर्धनता से दुखी रहेंगे। विनम्र वाणी, दया-पुण्य से युक्त एवं चंचल दृष्टि होगी। अपनत्व वाले सुन्दर स्त्री-पुरुषों एवं बालकों से प्रेम करते रहेंगे। अनेक चालबाजी और स्वार्थसिद्धि की विद्याओं से परिपूर्ण, महान् पराक्रमी पुरुषार्थी, आलसी तथा हिम्मती जीवन है। उत्साह से ज्यादा खर्च करने वाले और शीघ्र ही दुश्मनों को भी मित्र बना लेने वाले अच्छी श्रेणी के आप व्यक्ति होंगे। गड्ढों, जलाशयों, घाटों और नालों से आपको सदैव सतर्क रहना चाहिये, वर्ना जल-दुर्घटना का शिकार होना पड़ेगा। जीवन में कई बार यात्राओं के प्रसंग में झंझट, स्त्री को कष्ट, द्रव्यों की चोरी सम्भव है। गृह-भूमि-मकान के निर्माण व मरम्मत में संकट, मुकदमा वगैरह में पैसों का खर्च तथा घर में इष्ट-मित्रों की भीड़-सी लगी रहेगी।

ध्रुव सत्य है कि जिसके साथ आप भलाई करेंगे, वही आपकी बुराई करेगा। धर्म के वास्तविकता को आप समझें, धर्म का पालन न करने से स्त्री, सन्तान, स्वास्थ्य-परिवार, व्यापार, नौकरी का संकट बढ़ेगा। धर्म-कर्म, सट्टा, जूआ की ओर से आपको बहुत ज्यादा परेशान होना पड़ेगा। शत्रुओं के द्वारा छूरे-गड़ासें

और पिस्तौल-बन्दूक जैसे घातक शस्त्रों से आपको कई बार चोट-चपेट धोखे में ही लगेगा। १९-२७ वर्ष तक की उम्र में आपकी शादी होगी, किन्तु कभी विलम्ब हो जाने पर तुलाराशि वाले व्यक्ति अविवाहित भी रह जाते हैं। ज्यादा मुसीबतों से घबरा जाने के कारण वैरागी, साधु-सन्यासी भी बन सकते हैं। सन्तान के पक्ष में आपको कई तरह से ज्यादातर चिन्तित ही रहना पड़ेगा। परदेश यात्रा करने से रोजी-रोटी चलेगी। कमीशन-ऐजेन्सी, कारोबार, नौकरी के क्षेत्र में बराबर सफलता मिलेगी। कुछ कर दिखाने की प्रबल आकांक्षा होगी। साथ ही नये आविष्कारों को रचने में आपकी क्षमता सबसे उत्तम होगी।

आपकी कार्यक्षमता में विशेष कल्पना, भावुकता एवं नीतिनिपुणता बनी रहेगी। सम्वेदनशील स्वभाव के कारण मनोबल घटता-बढ़ता रहेगा, किन्तु स्थितियों पर काबू पाना भी आपका विशेष गुण है। स्थिति डगमगा जाने पर भी क्रमशः अपने निश्चय की ओर आप आगे बढ़ते रहेंगे। महिलाओं से प्रेरणा पाकर आप बड़ी जल्दी प्रयत्नों में कामयाब हो सकते हैं, किसी नवीन कार्य-प्रणाली के प्रवर्तक माने जा सकते हैं। अकेले तो कुछ नहीं कर सकते। महिला की प्रेरणा न मिले तो इच्छा को क्रियान्वित करने के लिए आप में दृढ़ संकल्प का अभाव होगा। अपने मन में उत्पन्न आक्रोश के कारणों को स्पष्ट (अभिव्यक्ति) करने में आप प्रायः असमर्थ रहेंगे। यह एक दोष है, इसी कारण अधिकांश जगह आप (पारस्परिक) विरोधी बाते करेंगे। आपके लिए प्रति सप्ताह शुक्रवार का दिन सर्वश्रेष्ठ है। पश्चिम दिशा की यात्रा करने से ज्यादा लाभ और सन्तुष्टि होगी।

अप्रैल का महीना ४, १४, १९, २४ तारीखें और गुरुवार का दिन अच्छे प्रयत्नों में हमेशा खराब रहेगा। इतना याद रखें कि इन दिनों सावधानीपूर्वक सभी कार्य ध्यान देकर ही करना चाहिये। मेष, मिथुन, तुला और कुम्भ राशि वालों से फायदा होना है, अवश्य होगा। दोस्ती भी बनी रहेगी। आपकी स्त्री पतिव्रता एवं आज्ञाकारिणी होंगी, अल्पायु स्त्री होने पर सम्भव है दो या तीन विवाह करने पड़ें। जन्म से १७ वर्ष तक की अवस्था में माता-पिता सहित

विविध रोगों से ज्यादा परेशानी होगी। एक-दो बार ऐसी बीमारियाँ भी प्रबल कष्टप्रद होंगी, जिसमें आप मरते-मरते बचेंगे। विद्या-पढ़ाई और बुद्धि के क्षेत्र में किसी-किसी को कोई खास महत्वपूर्ण सफलता नहीं मिलेगी। फिर भी काम चलाऊ पढ़ाई करके रोजी-रोटी पूरी कर लेंगे।

१८ से २७ वर्ष तक का समय स्थिति सुधारने वाला समय है। पढ़ाई के पश्चात् आप अपनी जीविका खुद चलाने लायक हो जायेंगे। साझेदारी का व्यापार हानिप्रद होगा और प्राइवेट नौकरी आपके लिए खतरनाक सिद्ध होगी। स्वतन्त्रतापूर्वक स्वत: के व्यापार में ज्यादा सफलता मिलेगी और सरकारी सर्विस में भी उन्नति के चान्स भाग्य के अनुसार ज्यादा मिलेंगे। २८ से ४२ वर्ष तक आपको रुपये-पैसे की कोई खास कमी न होगी, दिक्कत नहीं पड़ेगी। भाग्योदय होगा और प्रत्येक बिगड़ता हुआ काम भी बन जायेगा। स्त्री की प्रेरणा से ज़मीन-जायदाद तथा घर-परिवार का अच्छा सुख मिलेगा। चिन्ताओं से और रोज-रोज के परेशानियों से छुटकारा न होकर भी बड़े-बड़े लोगों के सम्पर्क से अपना स्वार्थ निकलेगा, भाग्य भी साथ देगा। ४३ से ६८ वर्ष तक सम्पत्ति नष्ट हो जाने का योग है। आपके साथी लोग आर्थिक प्रसंग में गहरा धोखा देंगे, बुद्धि बिगड़ जायेगी, खर्च का भरमार रहेगा। इधर-उधर बचाव न देखकर भाग जाने की और एकान्तवास की भावना मन में आयेगी। दिल की धड़कन, पेट में वायुगोला या पथरी, खून की खराबी, सर्दी-खाँसी और पित्त-रोग से बहुत ज्यादा दुखी हो जायेंगे। आपरेशन सम्भव है। चारो ओर से निराशा, बेबसी, मजबूरी और अन्धकार दिखलाई देगा, संघर्ष करना पड़ेगा। इस प्रकार चिन्ताओं और मुसीबतों का समय बिताते-बिताते ७२ वर्ष ९ मास १७ दिन की अवस्था में मलेरिया, कालाजार, हृदय-कण्ठ आदि की बीमारी से परम पद की प्राप्ति सम्भव है।

जीवन के आरम्भ काल से शरीर के अन्तकाल तक आपके मन में उत्तरोत्तर महत्तम कार्य करने का संकल्प बना रहेगा। धार्मिक वृद्धि, आध्यात्मिक चिन्तन, कर्तव्यनिष्ठा और अद्भुत साहस यदि आपमें संचित है तो प्रगति के दुर्लभ साधनों

को अवश्य प्राप्त करेंगे। कलात्मक नवीन कृतियों की रचना करने में भी सक्षम रहेंगे। मानव-जीवन के सुख-दुख से परिपूर्ण प्रत्येक कर्तव्य और दिनचर्या में शरीक रहते हुए आप नानाप्रकार का अनुभव प्राप्त करेंगे। प्रत्येक नये-साल के आरम्भ में रोगी रहते हुए अन्त समय में भी बिमारी से आप की मृत्यु होगी।

तुला राशि वाली स्त्रियाँ प्रायः कामकाजी होकर भी जरूरी काम कम करती हैं और फिजूल बातें ज्यादा करती हैं। खर्च करने की तगड़ी आदत होती है। सम्भवतः दिल की कमजोर और स्वभाव से शरारती होती हैं। सन्तान और पति के विश्वास में न होने से आचरण पर सन्देह करने वाली होती हैं। गुणी, दयालु और पूजा-पाठ में अग्रणी, तथा गुरु से प्रीति व भक्ति भी रखती हैं। तुलाराशि की महिलायें रोमान्स के मामलों में गर्वीली, बेखटक, अगुवा व साहसी होती हैं। सांसारिक ऐश्वर्य-प्रसाधन के प्रति लोभ-लालच रखने वाली एवं समाज में प्रसिद्ध होती हैं। परिवार तथा गृहस्थ जीवन में स्वप्रयत्नों से ही यश प्राप्त करती हैं। इनके परिश्रम द्वारा कमाये धन-यश-इज्जत का लाभ प्रायः दूसरे लोग ज्यादा उठाते हैं। सम्मेलनों का गठन करने में अग्रसर, ईर्ष्या एवं प्रतिस्पर्धा से युक्त एवं अपनी बातों से प्रायः सबको प्रभावित और आकर्षित करने में समर्थ होती हैं। गृहस्थ जीवन में कुछ बाधायें और परेशानियां लगातार जीवन भर रहेंगी आपकी खास-खास रूचियाँ सब लोग नहीं जान सकते। समयानुसार स्वभाव बदलने, परिस्थितियों से समझौता कर लेने में भी चतुर होती हैं।

पति का स्वभाव प्रतिकूलता लिए हुए कुछ कठोर, साहसी एवं नीतिवादी होगा। एकदम विपरीत स्वभाव वाले बनावटी कपटी व्यक्ति से आपकी पटरी नहीं बैठेगी। तुला राशि की महिलाओं को याद रखना है कि मेष, कर्क, सिंह, कन्या, तुला, धनु, मकर राशिवाले पुरुष वर्ग में पिता-भाई-पति-पुत्रादि हों, मित्र और रिश्तेनातेदार हों तो परस्पर सहयोग सद्भावना एवं मित्रतापूर्ण सद्व्यवहार प्रदान करने के लिए श्रेष्ठ सिद्ध होंगे। तुलाराशि का मूलांक ६ है, तद्नुसार कृतज्ञ, कठिन स्थितियों, कठिनाइयों एवं संघर्षों से जूझने वाला व्यक्तित्व होगा। अविवाहित महिलाओं को श्याम रंग के पर-पुरुषों से प्रेम-सम्बन्ध बनाने के प्रति

सदैव होशियार रहना चाहिये । १६ वर्ष के पश्चात् २० वर्ष से पहले विवाह होने पर वैवाहिक सम्बन्ध अनुकूल रहेगा । विवाहित जीवन उलझने पर या किसी खास मोड़ पर जब कोई परेशानी पैदा हो तो पति द्वारा ही उसका निदान और सही समाधान निकलेगा ।

आपके पति में सौन्दर्य-माधूर्य और दिखावापन है, उनमें जोश के साथ सहज ही चुम्बकीय आकर्षण होगा । समाज में भी पति का मान-जान होगा । सौभाग्यवश यदि पति को राज-भय न हो तो वे घर-परिवार के लिए अपना सर्वस्व शक्ति-भक्ति निछावर कर देने को भी हर पल तैयार रहेंगे । सारांश में तुलाराशि वाले स्त्री-पुरुष उत्तम क्षमता से युक्त होते हैं । मन में चंचलता रहती है । कर्तव्यनिष्ठा, साहस, धार्मिक तत्व, गुरूजन के प्रति आस्था एवं व्यवहार कुशलता सर्वोपरि होती है प्रगति का साधन स्वयं बनाते हैं, स्वयं जुटाते हैं । भावुकता और कल्पना के साथ नीति निपुणता महत्वपूर्ण होती है । पारिवारिक सन्दर्भ में तीव्र संवेदनशील रहने के कारण बाहरी लोगों में झुकाव पैदा हो जाता है । इनके जीवन में बिना गुरु या मार्गदर्शक के काम नहीं चलता, सुयोग्य की तलाश जारी रहती है । आगे ईश्वर ही सर्वज्ञ हैं ।

आमतौर पर आप तुला राशि के पुरुष या महिला हैं और आपने अगर ऐसा कैरियर चुना है जिसमें आप खुलकर स्वयं बहुत लोगों के सम्पर्क में नहीं आती हैं तो यह सत्य समझ लीजिए कि आप अपनी अमूल्य प्रतिभा की वृद्धि और सदुपयोग नहीं कर रही हैं । कन्या और वृश्चिक राशि की अपेक्षा आपके अन्दर दूसरे से काम लेने तथा आपसी लोगों में सहयोगी वातावरण पैदा करने की आश्चर्यजनक क्षमता है । कन्या व वृश्चिक राशि को मददगार मान सकते हैं ।

तुला राशि के व्यक्तियों का एक विशेष गुण यह भी है कि न्याय और अन्याय दोनों ही पक्ष गम्भीरता से स्वीकार करते हैं, परन्तु अपनी अन्तरात्मा से न्याय चाहते हैं, न्याय करते हैं, फिर भी इनपर अन्याय सदैव हावी रहता है, विलक्षण मानसिकता बन जाती है । इनमें कामोत्तेजना बलवान कही जा सकती है । ऐसे प्रश्नों पर पति-पत्नी के बीच झड़प भी होती है, आवश्यकता पूर्ति के लिए कृत्रिम साधन भी अपनाते हुए देखे गये हैं ।

सच कहा जाय तो तुला राशि वाले स्त्री-पुरुषों को परिवार व समाज में कहीं भी अपेक्षित न्याय नहीं मिलता। इनके व्यक्तित्व में एक दूसरा सैद्धान्तिक पक्ष और है, कि किसी भी समस्या के दोनों पहलुओं को देख पाने की क्षमता अधिक होती है। व्यक्तिगत मामलों में इस गुण-अवगुण के कारण कभी-कभी अनिश्चय की स्थिति उत्पन्न हो जाती है, परन्तु दूसरों की सहायता करने में यह वस्तुतः अमूल्य गुण साबित होगा। स्वच्छन्द विचारों के धनी व्यक्ति हैं। आपके अन्दर किसी भी कार्य या समस्या के आवश्यक पहलुओं को समझने और दूसरों को तर्क के द्वारा न्यायपूर्ण अपनी बात समझाने की अद्भुत क्षमता है, इसी को उत्तरोत्तर बढ़ाने की कोशिश आपको करनी चाहिए।

तुला राशि की स्त्रियाँ सुरूचि सम्पन्न, कर्मठ-सुसंस्कृत, विद्वान तथा उच्च स्तर के बुद्धिमान लोगों से स्वार्थवश सबसे अधिक प्रभावित होती हैं। दबाव या अंकुश बरदाश्त करना पड़ जाता है। किसी भो कार्य में बहुत अधिक कुशलता व सरलता प्राप्त करने के गुणों के कारण कभी आप उस कार्य के सक्रियता के प्रति लापरवाह हो जाती हैं या अपने कार्य से ऊबकर सम्बन्धित सामाजिक चक्र में घिर जाती हैं। अपनी विलक्षण प्रतिभा का भरपूर उपयोग करने के लिए आपको सप्रयत्न इस तरह की प्रवृत्ति से बचना चाहिये। इस प्रकार जोवन में आप पायेंगी कि आप बहुत अधिक प्रगति करती ही जा रही हैं।

अध्ययन, अध्यवसाय, कर्मकाण्ड, धर्म, अध्यात्म, ज्योतिष, न्याय, कानून आदि विषय में आपका स्वाभाविक आकर्षण और हरजगह मध्यस्थता की योग्यतायें श्रेष्ठ होंगी। जनसम्पर्क, माडलिंग, राजनीति, डिस्प्ले आदि कार्यों में सहायक होंगी। आपकी अखण्ड निष्पक्षता, न्याय-निर्णय, परामर्श आदि कार्यों में ज्यादातर अमूल्य सिद्ध होंगी। स्वदेश की अपेक्षा प्रवास अनुकूल होता है। इस राशि के व्यक्तियों में कास्मेटिक्स, कलात्मक पोशाक, पुष्पसज्जा आदि की अभिरूचि होती है। आजीवन किसी एक ही गुरु का शिष्य बने रहकर उनसे मार्गदर्शन लेते हुए जीवनक्रम चलाना चाहिए।

वृश्चिक राशि का जीवनफल

अकेले ही छटपटाकर मात्र थोड़ी ही दूर चहलकदमी करते थक जाने वाली वृश्चिक राशि होती है। ज्योतिषशास्त्र की दृष्टि में :—

स्थिरः सितः स्त्रीजलमुत्तरेशो निशारवोनो बहुपात्कफी च।
समोदयोवारिचरोऽति संगप्रजः शुभस्निग्धतनुर्द्विजोऽलिः॥

केवल ऊपर ही ऊपर सबको भयभीत रखने में यह राशि माहिर होती है, वास्तव में यह राशि हर किसी से स्वयं ही भयभीत रहती है। आपका जीवन प्रायः रोजगार, पति-पत्नी और परिवार-सम्बन्धी उलझनों एवं विवाहित जीवन की परेशानियों से घिरा रहेगा। शरीर के अन्यान्य रोगों से आप बहुत ज्यादा प्रताड़ित और दुखी रहेंगे। खून की खराबी, चर्म रोग, पेट-पीठ-पैर और आँखों की बीमारियों तथा सेक्स के प्रश्न से प्रायः दुखी रहेंगे। परिवार में विग्रह, झगड़े और पढ़ाई-लिखाई को उपयोग करके चलने में कम सफलता मिलेगी। मानसिक अशान्ति रहेगी। स्वयं आप अपनी मनमानी प्रवृत्ति से जिन्दगी का मजा किरकिरा समझेंगे। छोटी-मोटी यात्रायें ज्यादा होंगी। आपके अन्दर भोग-विलास करने की शक्ति प्रबल होगी। कई जगहों से नाजायज फायदा भी सप्रयत्न स्वयं ही उठायेंगे।

वृश्चिक राशि के पुरुष कभी सचेष्ट तो कभी मौके पर असावधान रहते हैं। सक्रिय रहने वाले हैं, परन्तु प्रायः सब प्रकार के स्त्री-पुरुषों के प्रति अपनी लालसा बनाये रखते हैं। कामुक भावना वाले, भावुकहृदय, असमान और अनियमित जीवन जीने वाले होते हैं। शिक्षा मिलने वाले सभा-सम्मेलनों में रूचि कम होगी। सबसे सब कुछ लेना आपका स्वभाव नहीं है, भटकाव इसी से होगा। यदा-कदा उपस्थित विपत्तियों को झेलकर ही निःसन्देह आप अपने को धन्य मानेंगे, जीवन में सफल हो सकेंगे। आप न तो किसी से हल्का मजाक करेंगे

और न किसी के द्वारा हल्का मजाक आप सहन कर पायेंगे। वृश्चिक राशि के कुछ लोग वाहन-परिवहन के व्यवसाय, समुद्री जहाज से सम्बन्धित आजीविका, रस-तरलद्रव-रसायन और अंग्रेजी दवा से सम्बन्धित कार्य करके सफल रहेंगे।

वृश्चिक राशि के पुरुषों को वृष, सिंह, कन्या, वृश्चिक, मकर, कुम्भ राशि वाली स्त्रियाँ माता-बहन-पत्नी-पुत्री आदि रिश्तेदार नातेदार हों तो परस्पर एक दूसरे के लिए सहायक और मैत्री निभाने योग्य सम्बन्ध के द्योतक होंगे। वृश्चिक राशि का मूलांक ९ है, तदनुसार आत्मनिर्भर, हिम्मती, साहसी होकर शतरंजी दिमाग से सीमित साधनों में जीवन व्यतीत करेंगे।

वृश्चिक राशि की महिलायें प्रत्यक्ष आकर्षण की धनी होती हैं, अप्रत्यक्ष रूप में सेक्स के प्रति तीव्र आकर्षण से व्यथित रहती हैं। यदि पुरुष का सहयोग मिलता रहे तो गुलाब की तरह कोमल, स्निग्ध, शान्त एवं आनन्ददायक बनती हैं भावनायें अन्यत्र कहीं भटकने के बजाय सफल जीवन बनाने की दिशा में ही केन्द्रित रह सकती है और अनेक सद्गुणों को ग्रहण भी कर सकती हैं। अविवाहित कन्याओं पर मंगल का बाधाकारी प्रभाव रहता है, मंगल की बाधायें विशेषतः २५, २६ वर्ष के बाद से ही जोर पकड़ती हैं। अतः २५, २६ वर्ष की उम्र तक विवाह हो जाय तो ठीक है, न होने की स्थिति में किसी उच्चजाति के समझदार विद्वान व सद्गृहस्थ पुरुष की छत्रछाया और निर्देशन में अपना जीवन समर्पित करके स्वावलम्बी व सुयोग्य बनने का प्रयास करना चाहिये। घर-परिवार-समाज और पड़ोस के प्राणी विवाहित और अविवाहित रहने की दोनों स्थिति में आपको चैन से जीने न देंगे। विवाहित होने पर पति-पत्नी दोनों का स्वभाव भिन्न होगा, नरम-गरम रहेगा, तभी वास्तविक सामंजस्य बनकर संसार की मंजिल पर पहुँचना सम्भव होगा।

मानना पड़ेगा कि जैसे-जैसे आपका जीवन आगे बढ़ेगा, वैसे-वैसे आपका सांसारिक ज्ञान परिष्कृत और सज्ञान होता जायेगा। कठिन से कठिन परिस्थितियों में भी स्वतः नियंत्रित रहेंगे। नियंत्रण कर सकने में समर्थ एवं योजना कार्यों में निपुण होंगे, परन्तु आपको जितनी जल्दी गुस्सा किसी एक बात पर आयेगा,

उतनी ही जल्दी उतर भी जाया करेगा। आपकी स्मरण-शक्ति, विवेक शक्ति, अधिक कमजोर नहीं होगी। दिमागी परेशानियों से बचना चाहिये।

वृश्चिक राशि का मालिक मंगल है, ब्राह्मण वर्ण, जलतत्व, स्थिर संज्ञा है, शीतल स्वभाव, कफ प्रकृति होगी। मित्र के साथ व्यापार एवं वार्तालाप करने में चतुर हैं। देवी-देवताओं के विशेष भक्त हैं। अपने आप-प्रशंसक, मित्रों में सर्वश्रेष्ठ, सर्वगुण-सम्पन्न, परदेश-यात्रा में कुशल, दान और परोपकार में आगे रहकर काम करने वाले हैं। बाल्यावस्था से ही अनेक कष्टों को भोगने वाले हैं। क्रोधित विचारों के धनी, भाई से पीड़ित, शूरवीर हैं, अर्थात् दुश्मनों पर भी विजय प्राप्त करने वाले हैं। अनेक स्त्रियों से धोखा खाकर भी सम्पर्क रखने वाले, अभिमानी और कठोर सिद्धान्तों को अपनाने वाले शक्तिशाली मनुष्य आप होंगे। हठपूर्वक धन प्राप्त करने वाले, माता-पिता के प्रति गलत विचार धारणा बनाकर रखने वाले तथा गलत लोगों का साथ रखेंगे। सन्तान की पैदाइस, सम्मानाकांक्षा, सर्वत्र प्रतिष्ठा, मकान-जायदाद और व्यापार के लिए आपको हमेशा चिन्तित और उदासीन रहना पड़ेगा। आपका मन गृहस्थ जीवन को त्याग देने के लिए उतावला और बेचैन रहेगा। उत्तराधिकार अथवा आकस्मिक सम्पत्ति की प्राप्ति होगी। स्वभावतः जल-क्रीड़ा के प्रति आस्था और शुभ कार्यों में पैसे ज्यादा खर्च करने की आदत होगी।

महान गुप्त कार्य करने की हिम्मत है, साहस और मेहनत से प्रतिष्ठा-यश-इज्जत-धन दौलत-जमीन-जायदाद अंशतः—न्युनतम ही प्राप्त करेंगे। जिन्दगी के अन्दरूनी हिस्से में आप एक बहुत बड़ी कमी और उलझन महसूस करेंगे। रोजगार-नौकरी के क्षेत्र में कभी-कभी बहुत ज्यादा तरक्की थोड़े समय तक ही होगी, मगर किसी-किसी समय उन्नति की तह से नीचे गिर जाया करेंगे, इसे भाग्य की देन समझें। आप निश्चय ही प्रखर प्रतिभा-सम्पन्न हैं, समाज में अग्रगण्य हैं, विशिष्टवर्ग या ब्राह्मण जाति वाले विशेषज्ञों से सम्बद्ध होकर असाधारण ख्याति अर्जित कर सकते हैं। अपनी कर्मठता बढ़ाकर जिन्दगी में अधिक रुपये कमायेंगे, लेकिन सब फूंक-ताप कर स्वाहा कर देगें। सामाजिक

जीवन में अपनी पहचान बनाने के लिए किसी भी सभा-संगठन एवं परिचर्चा में भाग लेते रहना उचित होगा। प्रयास करने पर आप गुणग्राही मनोवैज्ञानिक बन सकते हैं। पुरुषों से प्रभावित विशेष ज्ञानशक्ति द्वारा महिलायें अन्वेषक बन सकती हैं। जिस विषय से महिलायें अधिक सतर्क बनकर बचना चाहेंगी, दुर्भाग्यवश उसी विषमता में घिरती चली जायेंगी।

वृश्चिक राशि की महिलायें पुरुषों को परखने में बड़ी कच्ची होती हैं, अच्छे को बुरा और बुरे को अच्छा समझना स्वभाव होता है। इसी बात से परिवार के लोग चिढ़े रहते हैं। किसी विवाद में प्रवेश लेते समय आपका व्यक्तिगत आक्रोश अक्सर ही उमड़ जाया करेगा। पुरुष वर्ग को अपने युवावस्था में प्रायः सर्वत्र पारस्परिक सहयोग की भावना का अभाव होगा और प्रयास करके भी अपने परिवार में पारिवारिक विचारों को सही मान्यता नहीं दे पायेंगे। किसी प्रेरणा से कभी-कभी आपको बारम्बार पापी मनुष्यों के साथ रहना पड़ेगा और आपके ईर्द-गिर्द निजी सम्पर्क में प्रायः दरिद्र व्यक्ति भी रहेंगे, इनसे झगड़ा-झंझट, वाद-विवाद-कलह-वैमनस्य, अपयश और धन-हानि होती रहेगी। आपके सहयोगी लोग ज्यादा धोखा देते रहेंगे। विवाहित जीवन में आप पति-पत्नी को प्रायः कोई न कोई बीमारी या चिन्ता लगी रहेगी। प्रायः कमजोर होकर आप शान्तिपूर्वक अकेले एकान्त में रहकर अपना कार्य करना पसन्द करेंगे। मात्र अपने ही लिए खर्च बहुत ज्यादा करते रहेंगे।

१६ से २२ अथवा २६ से ३२ वर्ष की उम्र में विवाह सम्भव है। विवाह में दो-तीन स्त्रियों से सम्पर्क रहेगा। दो या तीन से ज्यादा सन्तानों का जन्म होना सम्भव है। बच्चों का सुख प्राप्त होगा। मंगलवार का दिन आपके लिए सबसे अच्छा है। दौलत-शोहरत-इज्जत प्राप्त करने की विधि आपको विप्रों से ही प्राप्त होंगी। जहाँ तक हो सके प्रयत्नपूर्वक आप मेष, कर्क, सिंह, धनु और मीन राशि वाले लोगों से ही वांछित मित्रता करें तो यदा-कदा आपको ज्यादा लाभप्रद होगा।

मई का महीना १, ५, १५, २५ तारीखें और प्रत्येक सप्ताह शुक्रवार का दिन आपके लिए ज्यादातर खराब रहेगा। जन्म से २७ वर्ष तक पूर्वार्द्ध जीवन में आपका समय अनेक प्रकार के रोगों-बीमारियों, उलझनों और परेशानियों से युक्त है, कष्ट के साथ गुजरेगा। कर्ज का लेन-देन ज्यादा करेंगे। छोटी-मोटी नौकरी कर सकते हैं या व्यापार से रोजी-रोटी का प्रश्न हल होता रहेगा। प्रायः "र-स-न" नामाक्षर वाले धोखेबाज के चक्कर में फँसकर बदनामी और परेशानी भी मोल खरीदनी पड़ेगी। "दिया सो खोया, लिया सो कमाया" यही स्थिति आपकी रहेगी। लापरवाही के कारण कानूनी उलझनों में भी पड़ सकते हैं।

२८ से ४४ वर्ष तक का समय कुछ भाग्यशालियों के नसीब को चमकाने वाला है और कन्या राशि वालों से तकदीरी खेल-खेलाने वाला समय होगा। इन अवस्थाओं में अगर अच्छी संगति न मिला तो जूआ, सट्टा, तस्करी, दलाली, लाटरी और अन्य सरल साधनों से धन कमाने की बड़ी इच्छा रहेगी। सन्तान रहने पर भी सन्तान की ओर से कोई आशा, लाभ और सुख प्राप्त होना मुश्किल है। धर्म-कर्म में, उपासना व्रतादि में रूचि कम रखेंगे। मकान खरीदेंगे या बनवायेंगे या कहीं से प्राप्त होगा। अनुसन्धान, अध्ययन, रोजगार-नौकरी में शायद अधूरी सफलता पायेंगे। अनाज, कपड़ा, लोहा, लकड़ी, मेडिसिन्स, लेखनी, मशीनरी या सौन्दर्य प्रसाधनों का कारोबार करेंगे तो भाग्यानुसार धन प्राप्त होगा। कभी-कभी गहरे स्वार्थ की आकांक्षा और प्रतिशोध की भावना आपके हृदय से टकराती रहेगी। सम्वेदनशील मनोबल होने पर भी स्थितियों पर काबू पाना आपका विशेष गुण होगा।

एक बार जिस किसी को आदर्श पुरुष या आदरणीय मान लें तो फिर उससे कतराने की कोशिश न करें। बड़े नसीब से ही आत्मीयता रखने वाले सच्चे मार्गदर्शक के रूप में कोई महापुरुष आपको मिलता है, यदि आप उन्हें अपने अनुकूल न समझकर छोड़ देते हैं तो यह आपके जीवन की सबसे बड़ी गलती होगी, जो आपको दिन-रात कठोर परिश्रम करने की सीख दें और परिश्रम कराये, उसे आप अपने जीवन का सच्चा सहयोगी और महापुरुष समझें, नादानी

से ऐसी संगति को छोड़ना मूर्खता होगी। स्वजाति के लोग आपको उपेक्षित रखेंगे। उच्चजाति वाले संस्कारी और अनुभवी महापुरुष ही साथ देंगे। आपमें खर्च करने की ताकत हिम्मत से बाहर होगी, फिजूल की छोटी-मोटी यात्रायें स्वेच्छा से ज्यादा करेंगे। मुकदमा, परीक्षा या इण्टरब्यू वगैरह में काफी देर से बहुत प्रयत्न एवं ज्यादा मेहनत करने पर ही सफलता मिलेगी।

४५ से ६१ वर्ष तक का समय सामान्यतः अच्छा भी रहेगा और खराब भी। कार्यों की सिद्धि और सन्तोषजनक सुसंगति से आमदनी होगी, मगर इतना ज्यादा आप दुखी रहेंगे कि अपनी आमदनी का वास्तविक अनुभव नहीं कर सकेंगे। निराशाओं और मजबूरियों में आप जकड़े रहेंगे। वृद्धावस्था में ६२ से ७१ वर्ष तक आप कालरा-क्षय या अँतड़ियों की बीमारी से बहुत ज्यादा रोगी होकर परेशान हो सकते हैं। सम्भवतः शरीर के किसी अंग का चीरफाड़ भी होगा, आपरेशन भी हो सकता है। इन्हीं सब रोगों की वजह से ७३ वर्ष ४ माह २१ दिन की अति वृद्धावस्था में आपकी मृत्यु होगी।

वृश्चिक राशि वाली स्त्रियाँ प्रायः अपने चरित्र एवं योग्यता का सदुपयोग नहीं करती हैं। क्रोध-लालच और धन इकट्ठा करने की भावनायें हृदय में ज्यादा रखती हैं। अपने पति और सन्तानों से शिकायत रखने वाली होती हैं। दूसरों के लिए खर्च करने में कंजूस तथा घर-गृहस्थी के संचालन और सन्तान-पालन करने में स्वभावतः चतुर होती हैं। सम्भवतः विधवा होने का भी दुर्भाग्य देखना पड़ता है। ग्रहों के विधिपूर्वक शान्ति का उपाय कराने से वैधव्य का यह दुर्भाग्य टल भी सकता है। वृश्चिक राशि की श्यामवर्ण वाली महिलायें अपने लक्ष्य के प्रति सचेष्ट और हिम्मती होती हैं। जीवन की बहती नदी में बहते हुए नदी को पार करने की चाहत लेकर भी किनारे पर ही खड़ी रहने को विवश होती हैं, मन ही मन रोती रहती हैं। धार्मिक कार्यों में यथासम्भव अग्रसर रहती हैं। सुरुचिकर और चटकार साफ-सुथरा भोजन तथा आरामदेह रहन-सहन का ये विशेषतः ध्यान रखती हैं। घरेलू आवश्यक कामों की अपेक्षा सामाजिक कामों को करने की ज्यादा इच्छुक होती हैं। समाज के दंद-फंद में ही आपका गहरा विश्वास होगा। आप जीवन के जिस क्षेत्र में भी सफलता चाह

रही हों, उस क्षेत्र में निजी प्रयत्नों से पूर्णता प्राप्त कर लेंगी। पुरुष समाज से वास्तविक प्यार पाने में आप ८० प्रतिशत असफल रहेंगी। वकालत में रूचि होगी।

यह सत्य है कि वृश्चिक राशि की महिलाओं को वृष, सिंह, कन्या, वृश्चिक, मकर, कुम्भ राशि वाले पुरुष वर्ग, पिता-भाई-पुत्रादि, सम्बन्धी हों तो परस्पर एक दूसरे की सहजता के लिए भाग्योदय कारक एवं सहदायक होते हैं। सुलह-समझौतापूर्ण व्यावहारिक स्नेह-सम्बन्ध कायम रहेगा। वृश्चिक राशि का मूलांक ९ है, तद्नुसार निडर बने रहना आपका गुण भी है, अवगुण भी। जीवन की उलझी हुई गुत्थियों को जिस ढंग से आप सुलझाना चाहती हैं, वह तरीका गलत है। जहाँ तुरन्त फैसला करना चाहिये, वहाँ आप भाग्यभरोसे छोड़कर अवसर से चूक जाती हैं। "अ-म-न-स-ग-र" नामाक्षर वाले लोग बार-बार आपके सम्पर्क में आकर उलझाते रहेंगे। गहरा विश्वास करके उन्हीं नामाक्षर वाले लोगों के द्वारा जीवन का बहुमूल्य समय नष्ट कर लेंगी। सम्भव है आपके कदम भी डगमगा जायँ? कुशल अनुभवी पुरुष की तलाश करके उनसे शिक्षा व मार्गदर्शन प्राप्त कर सकें तो आपके बहुआयामी व्यक्तित्व का समादर, समाज में अवश्य हो सकेगा। "क-च-ट-त-भ-व" नामाक्षर के प्राणी आपकी उम्र से अधिक हों तो उनका संरक्षण आपको ऊँचा उठाने में सहायक होगा।

आप स्वभावतः मितव्ययी हैं और कभी-कभी सीरियस हो जाने का स्वभाव होगा। विवेकपूर्ण, शिक्षित, विदुषी, चातुर्ययुक्त एवं सहनशील होकर भी सफल गृहस्थजीवन के प्रति उदास रह सकती हैं। तथा मानसिक रूप में ज्यादा ऊँचा उठना चाहें तो अवश्य उठ सकती हैं। एकाएक पहली ही बातचीत में विवाह तो हो जाना सम्भव नहीं है। किसी पुरुष के पहले ही प्रेम-प्रसंग में विवाह सम्पन्न हो जाना भी असम्भव है, दाम्पत्यजीवन के लिए शुभत्व की आकांक्षा सफल नहीं होती। विवाह समय जब तक कोई ट्रेजेडी न आये, तबतक विवाहित होने के बाद भी जीवन सुखी नहीं रहता। वैवाहिक जीवन की लम्बी यात्रा तैं करने के लिए भलोभाँति सोच लें, एक रथ के दो पहिये के समान, पति व पत्नी के बीच समझोता-पूर्ण सामंजस्य रहना, सहनशील बनना अनिवार्य है।

विवाह-बन्धन में बध जाने के बाद दोनों एकाकार होकर आपस में एक दूसरे के लिए पति-पत्नी को सहायक होना आवश्यक है।

दूसरों की आलोचना और तानाकसी तो जारी रहेगी, उसपर ध्यान न देकर अपने पारिवारिक हित की बातें सोचना और करना अधिक हितकर सुखप्रद व श्रेष्ठ होगा। सामाजिक मर्यादा के अनुसार विवाह करना जरूरी होता है, किन्तु सम्मान, स्वाभिमान और जीवन की रक्षा के लिए विवाह आवश्यक नहीं है। किसी कार्य में उपार्जित विद्या को सदुपयोगी बनाते हुए विद्या के ही माध्यम से जीवन में बहुत ऊँचाई तक उठने के लिए किसी एक बाहरी व्यक्ति की आत्मीयता और संरक्षण पाने का प्रयास हितकारी होगा।

"देकन" के शब्दों में—"बोलने में समझदारी से काम लेना वाक्पटुता से कहीं ज्यादा अच्छा है" यह बात आपको अपने हृदय में उतार लेनी चाहिये। यदि पुरुष हैं और आपकी वृश्चिक राशि है, तो कुटुम्ब के परवरिश की प्रेरणा ही आपके जन्म व जीवन का मुख्य कारण है। आपके पुरुषार्थ व ज्ञान की पूरी ताकत अपने कुटुम्ब-पास-पड़ोस, समाज व देश के प्राणियों की सेवा में संलग्न रहेगी। आपके हृदय में पुरुषोचित राष्ट्रविद्या, राष्ट्रधर्म, स्वसंस्कृति और स्वाभिमान जागृत रहेगा। राशिचक्र के अनुसार बाल्यावस्था में रोगी, मजबूत और साधारण ऊँचा शरीर होगा। शूरवीर, पराक्रमी, गम्भीर, साहसी, स्वभाव होगा। त्याग की विलक्षण प्रतिभा होगी। विस्तृत कुटुम्ब, स्वार्थ-भावना की तीव्रता से युक्त, भाई एवं मित्रों से अनुपयुक्त व्यवहार, चिकित्सा कर्म में रुचि, स्त्रियों की सेवा में अनुरक्त एवं खदान खाद्यान्न के काम से एकाध बार विशेष धनलाभ होगा। कन्या सन्तान की ओर से विशेष सुख रहेगा।

गुप्तरूपेण बदला लेने की प्रवृत्ति, मायावी लोगों के जाल में अनायास फँसना, तदनुसार असन्तुष्ट हृदय और अस्वस्थ मन रहना वृश्चिक राशि का ही प्रमुख लक्षण है। आपका भाग्य धनोपार्जन करते समय योग्य मार्गदर्शक मन्त्री है। यथासमय आपके हृदय में अलौकिक वृद्धि, विलक्षण प्रतिभा, शक्ति और धैर्य का संचार धीरे-धीरे बराबर हो रहा है। आप अपने आगत-अनागत संकटों का सामना धैर्यपूर्वक स्वयं ही कर सकते हैं। सेनापतियों जैसा उत्साह, फौजियों

जैसा कर्मठ, डाक्टरों की तरह सेवक होना आपकी विशेषतायें हैं। वयस्क हो जाने पर भी निजी जीवन के मामलों में आपकी समझदारी ठीक नहीं है। कच्ची उम्र से पड़ी मनमानी और स्वच्छन्द आदतें आपको कहीं भी खतरे में डाल सकती हैं। धीरे-धीरे हर बात समझ कर तर्कसंगत फैसले पर पहुँचने का स्वभाव हो तो ठीक है। यह भी जरूरी है कि आप स्वतंत्रता का पूर्णत: त्याग करके किसी एक ही के अंकुश, अनुशासन, आदेश, संरक्षण और मार्गदर्शन में अपना जीवन गुजार दें। दर-दर भटकने से मन में हीन भावना बैठ जायेगी। माता-पिता-भाई-बहन-कुटुम्बियों ने अपनी शक्ति और बुद्धि के अनुसार आपके प्रति कर्त्तव्य का निर्वाह तो किया ही है। आप अपने स्वभाववश उनसे उपेक्षित हो सकते हैं, क्योंकि आप लोहे की तरह कठोर हैं। शस्त्र से प्रेम है, अग्नि कर्म से विशेष सम्बन्ध है, मानसिक असन्तोष रहना ही है। फिर भी दूसरों का हित चाहना वृश्चिक राशि का गुण है।

वृश्चिक राशि के प्रभाव में जीवन है। जीवन के सार्वजनिक आन्दोलनों में भाग लेने की प्रेरणा भी प्राप्त है, समाज का नेतृत्व करेंगे। समाज में निम्नवर्ग के सलाहकार बनेंगे। चतुर लोगों की अनुकूलता प्राप्त करेंगे। स्वतन्त्र वृत्ति की प्रबल इच्छा होगी। मार्मिक रचना-निर्माण तथा मार्गदर्शक होना आपके लिए सम्भव है। स्वास्थ्य की दृष्टि से आपके शरीर में लिंग-भग-गुदा सम्बन्धी रोग सम्भव है। जंघा-कमर-नाड़ी और नेत्र सम्बन्धी पीड़ा भी सम्भव है। ज्वर, घाव, कटने, जलने से भी कभी-कभी पीड़ित रहना पड़ेगा। स्मरणीय है कि प्रतिवर्ष मई का मास, प्रतिमास १, ५, १५, २५ तारीखें, शुक्रवार का दिन अहितकर रहेगा। मिथुन-तुला-कुम्भराशि वाले व्यक्ति, नीला व हरा रंग के वस्त्रादि पदार्थ दैनिक जीवन में आपके लिए अनुकूल नहीं है।

आपके स्वभाव में ब्राह्मणों जैसा भरपूर गुण अवश्य ही कुछ विद्यमान होगा। एकाध बार कुत्ता के काटने से "हाइड्रो-फोबिया" रोग होने या विषैले रोगों का भय रहेगा। मन में सदैव न्यूनाधिक वहम भी बना रहेगा। सांवले रंग के स्त्री-पुरुष शुभ नहीं हो सकते। गौर वर्ण के स्त्री-पुरुषों का सम्पर्क सुदृढ़ हो तो अप्रत्यक्ष आपका प्रत्येक हित होता रहेगा। सेनानायक मंगल

आपकी राशि का स्वामी है। आपके जीवन के हर मार्ग में या हर आयु में सफलता पहले प्राप्त हो या कुछ विलम्ब से परन्तु शत्रु-संघर्ष का सामना तो प्राण प्रण से ही कदम-कदम पर करना पड़ेगा। नौकरी-व्यापार-परिवार आदि कोई भी क्षेत्र, मार्ग या प्रश्न हो वह शत्रु बाधा से खाली नहीं है। मंगल के प्रसन्नार्थ मूँगारत्न के साथ मंगलाष्टक श्री कवच एवं लक्ष्मी श्री कवच धारण करना अनिवार्य है। मंगलवार का व्रत, हनुमान जी एवं जगत् जननी दुर्गाजी की उपासना से भी आपको अद्भुत शक्ति प्राप्त होती रहेगी। उपरोक्त सशक्त एवं सार्थक उपायों द्वारा यह आप अनुभव करने लगेंगे कि आपका मालिक मंगल आपसे प्रसन्न होकर पराक्रमी, कुलदीपक, वाद-विवाद में विजयी, स्वाभिमानी, स्फूर्तियुक्त और हर विषय में तत्ववेत्ता बना रहा है।

२०, २९, ३८, ४७, ५६, ६५ वर्ष की आयु में शनि के प्रभाव एवं गुरुकृपा से भाग्य ठीक है, किन्तु राहु और बुध का विशेष अशुभ फल भी प्राप्त होगा। प्रयत्नों से श्रेष्ठ (गुरुतर) आमदनी होने पर भी कठिनाई से ही परवरिश होगी, स्त्री-सुख में बाधायें रहेंगी। शुभ-विवाहादि कार्यक्रमों में बाधा आयेगी। नौकरी व्यापार की असाधारण चिन्ता लगी रहेगी। २३, ३२, ४१, ५०, ५९, ६८ वर्षायु में झंझट और क्लेश अधिक होगा। गृहस्थी में अन्न-धन से परिपूर्ण भण्डार रहते हुए भी अग्नि-शस्त्र-रोग-ऋण और शत्रु से लगातार पीड़ा का योग है। राजकीय और कानूनी कामों में कुछ सफलता भी मिलेगी। २२, २५, २७, ३१, ३६, ३७, ४०, ४३, ४८, ५२, ५५ वर्ष की आयु में आपकी बुद्धि सक्रिय प्रतीत होगी। एक ओर आपकी मनोभावना रूढ़िवादिता में जकड़ी रहेगी, दूसरी ओर आप स्वयं यथार्थ की खोज में लगे रहेंगे। स्थिति डाँवाडोल रहने पर भी आप धीरे-धीरे किसी एक निश्चय की ओर आगे बढ़ेंगे। सुरक्षा, संरक्षण और जीवन निर्वाह के प्रश्नों पर गम्भीरता से विचार करने के बजाय अपनी दिशा निर्धारित कर लेना अधिक अनिवार्य है। दिशा निर्धारित करने में कोई गलती न कर बैठें। लिखने-पढ़ने का ही कार्य करें तो अवश्य सामाजिक संस्था में कोई नया पद-अधिकार भी प्राप्त हो सकता है।

२६, ३५, ४४, ५३, ६२, ७१ वर्ष की आयु में राजमान्य जीवन, धन-लाभ, धनागम, अधिकार प्राप्ति, स्वर्णाभूषण का क्रय, रत्न लाभ एवं कार्य-सिद्धि होगी, परन्तु आचार-विचार का अभाव रहेगा। दरिद्र लोगों की अवांछित कुसंगति से रोग तथा अधिक व्यय का भी योग है। ऋण के लेने-देने में सावधानी जरूरी है। ६४ वर्ष की आयु के बाद जीवन की अवशिष्ट आशायें पूर्णता को निश्चय ही प्राप्त होंगी। आप अपने जीवन-कल्याणार्थं गणपति-स्तुति प्रतिदिन करें, अस्तु।

आमतौर पर आप वृश्चिक राशि के पुरुष या महिला हैं तो जो कुछ आप करना व पाना चाहती हैं, वही करना वही पाना आपकी प्रेरणाशक्ति होगी, क्योंकि जब एक बार आप अपने मन में लक्ष्य निर्धारित कर लेती हैं तो उसे शीघ्र परिवर्तित करने की चाह नहीं होती। बन्धन, अनुशासन और अंकुश आपके लिए अनिवार्य होता है। किसी एक के अधीन उनके कुशल निर्देशन और संरक्षण में जीवन का निर्वाह कर लेना समझदारी होगी। शीघ्र ही उचित स्थान और व्यक्ति का चुनाव करके पक्की समझदारी के साथ अपना सम्पूर्ण जीवन समर्पित कर देना चाहिये, अन्यथा अधिक भटकाव का परिणाम घातक हो सकता है। दिशा और लक्ष्य निर्धारित करें तो उसकी ओर जी-जान से जुट जाइये, जरूरी है। अनवरत अध्यवसाय, विशेष लक्ष्य को प्राप्त करने की अदम्य लालसा आपका राशिगत गुण है।

एक उपयुक्त लक्ष्य को चुनिये और उसे प्राप्त करने के लिए जी-जान से जुट जाइये। सत्य है कि वृश्चिक राशि खोजकर्ता का चिह्न माना जाता है, जो कि ''क्यों और कैसे'' के बारे में जानना चाहता है। इस तरह की प्रवृत्ति नयी-नयी खोजों के द्वारा वास्तविक समस्या तक पहुँचने में मददगार होती है। किसी एक से अनेक की ओर अग्रसर होना ठीक नहीं। यदि आप महिला हैं तो निश्चय ही इस तरह की प्रवृत्ति के कारण कभी-कभी दूसरों से मतभेद की स्थिति आ जाती है, क्योंकि आप बिना खोज किये दूसरों के विचार मानने को तैयार नहीं होती हैं। अतः ऐसी स्थिति से बचें।

वृश्चिक राशि वाले व्यक्ति आसानी से कम्प्रोमाइज करने को तैयार नहीं होते हैं, इसलिए कभी अपने हेड या बॉस से उलझने की कोशिश मत कीजिए, क्योंकि इससे आपके कैरियर को नुकसान पहुँच सकता है। गुरुजन के प्रति भक्ति जरूरी है। चरित्र और निर्णय शक्ति के मामले में राशि चक्र का सबसे शक्तिशाली चिह्न वृश्चिक माना जाता है। इसलिए अपनी शक्ति को समझदारी के साथ इस्तेमाल कीजिए। ऊँचा लक्ष्य निर्धारित कीजिए, लेकिन उस लक्ष्य को प्राप्त करने के लिए मनमौजी आदत छोड़िये, मनमानी और स्वच्छन्दता का त्याग कीजिए। पारिवारिक सदस्यों से बचकर स्वतन्त्र निर्णय करने का रास्ता होशियारी से चुनिये और कोशिश कीजिए कि लोग आपके शत्रु न बनें। आपके जीवन में कभी-कभी ऐसा भी होगा कि आपका मन बहुत निष्क्रिय हो जायेगा। छोटे-छोटे विचार भी ग्रहण नहीं कर पायेंगे और कभी-कभी पूरी बात और पूरा सिद्धान्त आपकी समझ में आ जायेगा। यही वृश्चिक का जल-चिह्न है। करीब-करीब सभी जल-चिह्नों में ज्वार-भाटा देखने में आता है। इस राशि के लोग सेक्स आकर्षण से जल्दी प्रभावित होते हैं।

आपकी राशि बहुत ही संवेदनात्मक है, अतः विवाहित या अविवाहित होने की किसी भी स्थिति में सेक्स की आपूर्ति आवश्यक है। इसकी पूर्ति भी एक ही से हो सकती है, अनेक की जिज्ञासा बड़ी भयंकर हो सकती है। "क-ल-र-व" नामाक्षर के लोगों में कोई एक आपका सच्चा साथी बन सकता है। आपके संघर्ष पूर्ण प्रायोगिक जीवन में यदि आप हिन्दू हैं तो ब्राह्मण जाति मित्रता के लिए सर्वश्रेष्ठ हैं। किसी भी अन्य जाति से मनोनुकूलता सम्भव नहीं है। कोई फैसला करने में देर न हो जाये, पछतावा ही हाथ न लगे, इसलिए जबतक अपने रोमांटिक जीवन में समझदारी से स्थायित्व नहीं ला पाते तब तक अपने कैरियर पर आप भली-भाँति पूरा ध्यान नहीं दे सकते हैं। वेदांग साहित्य के अध्ययन एवं लेखन की जिज्ञासा आपको शोध, विज्ञान, औषधि, भविष्यकथन, इंजीनियरिंग और मनोविश्लेषण में सहायता अवश्यमेव प्रदान करेगी। इस राशि के व्यक्तियों में प्राच्य ज्योतिष, दर्शन, कला और धर्म की विशेष रुचि होती है। अतएव क्रियात्मक जीवन बनाने की ओर पूर्ण ध्यान दें।

धनु राशि का जीवनफल

एक वीर पुरुष हाथ में कसे हुए तीर के साथ धनुष लक्ष्य-साधन की ओर चैतन्य है। लक्ष्य पर दृष्टि है तो निशाना चूक नहीं सकता। न्याय तथा अधिकार की लड़ाई जीवनभर चलती रहती है। यदि आपकी धनुराशि है तो आपका जीवन एक गतिशील ध्रुवा है जो कि प्रत्येक अवस्था में निरन्तर प्रगति की प्रेरणा देता है। शास्त्रीय वचनानुसार—

ना स्वर्णभाः शैल समोदयोऽतिशब्दो दिनं प्राग्दृढ़रूक्षपीतः।
राजोष्णपित्तो धनुरल्पसूतिसंगो द्विमूर्त्तिर्द्विपदोऽग्निरूग्रः॥

आप अपने जीवन, उसके उद्देश्य, उसके लक्ष्य तथा उसके साधन पथ की खोज में सराहनीय तपस्या करेंगे। आपका जीवन धार्मिक आस्था, विश्वास, साहस, उत्साह और दृढ़-निष्ठाओं की शक्ति से भरा-पुरा है। आप अपनी उन्नति और भाग्यवृद्धि हेतु प्रत्येक कठोर-साध्य परिश्रम करने वाले मार्गों पर चलने को तैयार रहते हैं। वचन के धनी और पक्के होंगे। चंचल होने से पलपल में प्रतिक्षण विचार बदलते रहने वाले व्यक्ति आप हैं। कुछ गूढ़ एवं जटिल रहस्यों एवं विषयों को सरस-सुबोध एवं सर्वजनसुलभ बना देना आपकी चरमसिद्धि होगी।

मानना होगा कि आपकी विचारधारायें दार्शनिक, धैर्ययुक्त, रुचिपूर्ण एवं ज्ञानवर्धक हैं। बाते करने और बनाने में निपुण हैं, विवाद और पूर्वाग्रहों से रहित आपकी मान्यतायें होंगी। आप अपने हृदय से शिव एवं मातृशक्ति के उपासक हैं, योगसाधना से सुपरिचित रहेंगे। आर्य-धर्म, हिन्दू-संस्कृति और वैदिक संस्कृति के मानवीय संस्कृति पर आपकी अधिक आस्था है, जो हमेशा रहेगो। आप अध्ययन प्रिय, कला-प्रेमी, एकान्त-प्रिय तथा स्वच्छता-प्रिय हैं। आराम पसन्द, सौन्दर्य-पसन्द, उदार, सहानुभूति पूर्ण तथा स्पष्टवक्ता हैं।

विनम्र, शान्त, दयालु एवं परोपकारी भी हैं। ज्यादातर सौन्दर्य-प्रेमी, व्यवहार-कुशल, समय के पाबन्द, गम्भीर, परिश्रमी और कठिन संकट में भी गहराई तक सोचने की शक्ति रखते हैं। कलाकार, शिक्षक, नेता, लेखक बनने की क्षमता है। क्लर्क, मैनेजर, डाइरेक्टर या नेता होने की शक्ति आपमें भरपूर पाई जाती है, पूर्ण कर्मयोगी हैं। वेद-शास्त्र पुराण एवं धर्मों में रूचि होगी।

स्वामी गुरु, क्षत्रिय वर्ण, अग्नि तत्व है। ईश्वरीय तत्व, द्विस्वभाव संज्ञा, सुन्दर स्वभाव हैं। पित्त प्रकृति होगी। कठोर सिद्धान्तों को अपनाने और मानने वाले, सात्विक वृत्ति और विचार वाले, श्रेष्ठजनों के प्रिय, लेखन-भाषण में दक्ष होंगे। शिल्पकलाओं में निपुण, दिव्य स्त्री से युक्त, अभिमानी, गलत कार्यों को सोच समझकर निःसंकोच करने वाले होंगे। मनोहर बोली, तेजस्वी और स्थूल शरीर, चतुर एवं अत्यन्त दूरदर्शी प्रकृति होती है, धर्म परायणता से आपका कठिनतम कार्य भी आसान बन सकता है। अपनी अर्थव्यवस्था सुधारने व विकसित करने के लिए अत्यधिक परिश्रम करना आवश्यक होता है। अभिनय, नृत्य, गायन, प्रवचन एवं शिक्षण-प्रशिक्षण की दिशा आपकी आजीविका में सहायता कर सकती है। दिल-दिमाग से काम करने वाले आप बुद्धिजीवी भी बन सकते हैं।

आपका निजी पारिवारिक जीवन अनेक प्रकार के अन्तर्द्वन्द्व के बीच व्यतीत होगा। माता और पिता के बीच भी कुछ असमानता के साथ अन्तर्द्वन्द्व रहने का योग है। अपने जीवन के कठोर परिश्रम से ख्याति प्राप्त करने वाले व्यक्ति आप होंगे। माता-पिता से वांछित स्नेह व सुख मिलेगा। मान-प्रतिष्ठा, मकान, मोटर, नौकर-चाकर तथा रोजगार-हाल का सुख भाग्य के मुताविक सुन्दर होगा। हृदय और स्वास्थ्य की सुरक्षा कर पाना आपके लिए जरूरी है। जरा भी लापरवाही मँहगी पड़ेगी। परदेश-यात्रा से आपका भाग्योदय होगा। मित्रों की भरमार आपके जीवन में रहेगी। आतिथ्य-सत्कार के अनेकों अवसर मिलेंगे। विदेशों से सम्पर्क होगा। यदि शिक्षा, मेडिकल या टेक्नालॉजी में विशेष योग्यता

पाना चाहें तो उच्च शिक्षा के लिए विदेश यात्रा का अवसर मिलेगा। कुछ भाग्यशालियों को नौकरी के माध्यम से या निजी व्यापारिक उद्देश्य के लिए भी विदेश जाना पड़ सकता है। दुर्भाग्यवश पारिवारिक व्यवहार आपके लिए कष्ट-कारक रहेगा। नशीले पदार्थों का पर्याप्त सेवन आप करेंगे तो विशेष मानसिक कष्टों का सामना करना होगा।

लगभग १७ से २६ वर्ष की उम्र तक विवाह के योग पाये जाते हैं। पत्नी के साथ का दाम्पत्य जीवन कलह और दुख से भरा-पूरा होगा, परिवार का सुख कम मिलेगा। अपनी जिन्दगी में कई बार देश-विदेश की यात्रायें करनी पड़ेंगी। दिमाग आपका कभी स्थाई नहीं रहेगा, लड़कपन जैसी विचारधारा हमेशा रहेगी। स्वभाव शरारती, जिद्दी और हँसमुख होगा। बोल-चाल, खेल-कूद, और मनोरंजन के क्षेत्र में निशानेबाज सिद्ध होंगे। आपका लगाया हुआ निशाना शायद ही खाली चला जाये। सम्भवतः आपकी चाल-ढाल तथा अन्य सभी काम हमेशा कुछ टेढ़ा और पेचींदा ही बना रहेगा, ताकि कोई भी आपके रहस्य का पता न लगा सके। धनु राशि के पुरुष महानुभाव अपना लक्ष्य कभी भी आँखों से ओझल होना कदापि पसन्द नहीं करते। अपने लक्ष्य, उद्देश्य एवं सिद्धान्त पर कायम रहना आपका स्वभाव है। व्यसन-विलासिता, रतिक्रिया में भी तटस्थ रहेंगे। एक ही विन्दु पर अधिक देर तक एकाग्र नहीं रह सकते। नई-नई रुचियों को अपनाने वाले, आत्मीयता और कल्याण की भावना से युक्त रहेंगे। आर्थिक स्थितियों में सुधार हेतु गलत तरीकों का उपयोग कभी न करेंगे।

आपके हृदय में स्त्री-सुलभ पीड़ा, तथा अत्यधिक सम्वेदनशील स्वभाव होने के कारण कलात्मक हाव-भाव में अधिक रुचि रहेगी। आपमें छिछलापन नहीं होगा, इसलिए आपको शान्त एवं गम्भीर प्रकृति का कहा जा सकता है। राज-नीतिक वक्ता और नेता के रूप में धनुराशि के अधिकांश लोग प्रतिष्ठित होते पाये जाते हैं। धनुराशि के पुरुषों को मिथुन, कन्या, तुला, धनु, कुम्भ एवं मीन राशिवाली स्त्रियाँ माता-बहन पत्नी-पुत्री आदि रिश्तेनातेदार हों तो सबसे अच्छी सलाहकार और हितैषी सिद्ध हो सकती हैं।

धनुराशि का मूलांक ३ है, तदनुसार चंचल एवं मिलनसार स्वभाव होगा। वैवाहिक दाम्पत्यजीवन अंशतः सफल रहेगा। समाज में रहते हुए भी आप मन ही मन उफनते रहते हैं, क्रोध का ज्वारभाटा मंथन किये रहता है, बाहर से ठंढे और अन्दर से गरम बने रहते हैं। अधिकतम सीमा तक सत्यवादी बने रहकर समस्याओं पर विजय प्राप्त करना चाहते हैं, अपने नवीन खोज और अनुसंधान में सफल होकर मान-प्रतिष्ठा के साथ समाज में अपना प्रभुत्व भी जमाना चाहते हैं, ऐसे प्रयत्नों में ४० से ६० प्रतिशत तक सफल रहेंगे। कठिनाई और अभाव-ग्रस्तता होना आपके जीवन में अभिशाप नहीं, वरदान है। यदि वे दोनों वरदान प्राप्त हैं तो बुद्धिमत्ता से ठोस उन्नति की दिशा में आगे बढ़ते जाना सुनिश्चित भी है। सम्भवतः आप पर स्त्रियों का विशेष प्रभाव रहेगा। आप परिश्रमी, न्यायप्रिय एवं धर्मभीरू जातक हैं। पूर्वजों की धन-सम्पत्ति मिल सकती है, मगर धन-सम्पत्ति मिल जाने पर स्वामित्व स्वच्छन्दता के साथ अनेक विकार पैदा हो जायेंगे, जो कि सराहनीय उन्नति के लिए अवरोधक सिद्ध होगा।

आपकी मानसिक और बौद्धिक क्षमता अच्छी है, सजगता और सहिष्णुता के साथ समझदारी बढ़ना जरूरी है। हृदय से ईमानदार अवश्य हैं, लेकिन अनेकों बार विचलित कर देने वाली स्थितियाँ क्रमशः जो आपके जीवन में आती-जाती रहेंगी, उससे जल्दी स्थायित्व आपके जीवन में कदापि नहीं आ पायेगा। दूसरों का दिल दुखाना आपको पसन्द नहीं होगा। आप में विशिष्ट पुरुषोचित गुण है, अतः स्त्रियोचित गुणों से सम्पन्न कन्या के साथ विवाह सम्पन्न होने की स्थिति में ही वैवाहिक जीवन के लक्ष्य की प्राप्ति हो पायेगी। आप वास्तव में स्वतंत्र विचारधारा के स्पष्ट बोलने वाले जल्दबाज जातक हैं, मनमानी करने की आदत एवं स्वभाव त्याग दें। अपने मन में स्वयं के प्रति हीनता की भावना को कदापि स्थान न दें। पिता व दादा के परम्परागत सम्मान का ध्यान रखते हुए आप स्वेच्छया जो भी आचरण करेंगे, उससे आपका शुभेच्छु जीवन पूर्णतः बलवान बनेगा। सबके प्रति आप हितैषी भावना रखते हुए हर किसी से कुछ न कुछ अवश्य पायेंगे। जितना आप दूसरों के बीच बाटेंगे, उसका

चारगुना अप्रत्यक्ष रूप में आप स्वयं प्राप्त कर लेंगे। सन्तान बहुत ज्यादा पैदा होंगे या बिल्कुल सन्तानहीन रहेंगे, अथवा सन्तान पक्ष से आपको गहरी चिन्ता बनी रहेगी। अर्थात् किसी भी प्रकार से आप को सन्तान की तरफ से वांछित सुख नहीं मिलेगा। मानसिक तनाव को कम करने के लिए व्यावहारिक मनोविज्ञान अर्थात् बिहेवियर-थेरेपी द्वारा डी-कण्डीशनिंग आवश्यक हैं। अन्यथा कभी भी "फोबिया" हो जाने का भय बन सकता है।

जून का महीना ३, ९, १८, २४ तारीखें और शुक्रवार का दिन आपके लिए हमेशा घातक हैं, अतः इन दिनों सावधानी पूर्वक रहने की आदत डालें। पुराविद, कथाकार, समीक्षक, लेखक या इतिहासकार के रूप में धनु राशि के स्त्री-पुरुष प्रतिष्ठित हो सकते हैं, किन्तु "सुकरात" का कहना है कि 'जिसमें सोचने की शक्ति खत्म हो गई है, समझ लिजिए वह व्यक्ति बरबाद हो चुका है।' अतः धनु राशि वाले स्त्री-पुरुषों को अपने सोचने की शक्ति सदैव सही अनुपात में सन्तुलित रखनी चाहिये। जहाँ तक हो सके मेष, सिंह, धनु और कुम्भ राशि वाले प्राणियों से ही मित्रता करें तो लाभदायक होगा। पूर्व दिशा की यात्रा गुरुवार को करें तो निश्चय ही कार्य सिद्ध होता रहेगा। विवादास्पद प्रतियोगिताओं, परीक्षाओं और मुकदमों में आपकी जीत होती रहेगी, बशर्ते कि आप अपने धनु राशि का यन्त्र धारण कर लें।

किसी अपराधी को शीघ्र क्षमा प्रदान करना आपके स्वभाव में नहीं है। पारिवारिक कारणों से जब कभी मन खिन्न रहे तो अपनी कार्य व्यस्तता अत्यधिक बढ़ाकर एक ही ओर अपना ध्यान लगा लें। पैदल चलने का अभ्यास भी आपको खिन्नता को कम करेगा। छोटी-मोटी बातों को नजर-अन्दाज करते जाना अच्छा होगा। तनाव का कोई स्वरूप नहीं होता। जब कभी विपरीत सोच का एहसास किया जाय तो उससे तनाव का स्वरूप निर्मित हो जाता है। यदि आप किसी घटित या अघटित घटना के सम्बन्ध में जरा भी विपरीत परिणाम की कल्पना न करें तो आप सदैव तनाव से मुक्त रहेंगे। किसी एक ही विषय पर सोचते रहने से प्रायः आपका मन दुःखी रहेगा। दौड़-धूप और यात्राओं

के लिए आपको परिश्रम पूर्वक आना-जाना जीवन भर करना ही पड़ेगा। अधिक भोजन और चटकार चीजें बहुत रुचि के साथ खाने की आदत रहेगी। आप अपना स्नान-ध्यान, भोजन, जलपान, सोना-जागना, बैठना-उठना ठीक नियमित समय पर नहीं कर पाते, इसी वजह से कभी-कभी आलसी बनकर आप अपने को बीमार करार करते हैं।

जन्म से १७ वर्ष तक, तथा ४८ से ५१ वर्ष तक, एवं ५५ से ६० वर्ष तक आपका मन एकाग्र नहीं रहेगा। बिना नियम-संयम के अपना प्रत्येक आवश्यक कार्य करते रहेंगे। रुपये-पैसों की कमी से चिन्ता रहेगी। परेशानी और मुसीबतों के बढ़ने से अभाव का सामना करना पड़ेगा। विद्याध्ययन, परीक्षा, व्यापार और नौकरी के प्रश्नों पर इन सभी क्षेत्रों में बहुत ज्यादा मेहनत करने पर ही सफलता मिलेगी। साधारण तौर-तरीका से ही रहेंगे, परन्तु आपके निजी सम्पर्क में रहने वाले लोग धोखा देते रहेंगे। प्रत्येक प्रसंग में खर्च बढ़ा-चढ़ाकर करने की आदत होगी।

१८ से ३७ वर्ष तक की अवस्था में परिश्रम पूर्वक सन्तोषजनक धन का लाभ होगा। ख्याति-मान-प्रतिष्ठा बढ़ेगी भाग्योदय होगा। धार्मिक प्रवृत्ति विकसित होगी। जमीन-जायदाद की खरीद-बिक्री करेंगे। देश-विदेश की यात्रायें होंगी। कारोबार करते हों अथवा नौकरी, कृषि हो, अथवा मशीनरी व्यवसाय हो, भाग्यानुसार ऐसी सफलता प्राप्त होगी, जिसकी वजह से कितने जलने-भुनने वाले 'दुश्मन' लोग आपको नुकसान पहुँचाने की हर मुमकीन साजिस और कोशिश करने लगेंगे। ३८ से ५७ वर्ष तक की अवस्था में आपको परिवार का दुख होगा। घर के उलझनों-परेशानियों से डटकर सामना करना पड़ेगा। आर्थिक कठिनाइयाँ बढ़ती जायेंगी और कानूनी फसादों की स्थिति पैदा हो जायेगी। खर्च तगड़ा होगा, मित्रों से बारम्बार विशेष धोखा मिलेगा। दुश्मनों से हानि होगी। निजी सम्पत्ति की चोरी इत्यादि अनेक प्रकार के विपरीत प्रभाव एवं बुरे फल देखने पड़ेंगे।

६१ से ६९ वर्ष तक का समय चारो ओर से धनोपार्जन करायेगा, दौलत दिलाने वाला होगा। सट्टा, जूआ या लाटरी से अधिक रुपया मिलेगा। संक्षेप

में कहें तो सभी दुख और दरिद्रता दूर हो जायेगी, मगर शरीर सुखी एवं स्वस्थ नहीं रहेगा, उल्टे गिरावट आयेगी। खासतौर से हार्ट, हार्निया, स्टोन्स, लीवर, अपच, टाइफाईड एवं इन्सोमिनिया आदि की कष्टप्रद लम्बी बीमारी लगी रहेगी, इसी दौरान ७५ वर्ष २ मास ७ दिन की अवस्था में आपकी अचानक रोगों से मृत्यु भी होगी।

धनु राशि वाली स्त्रियाँ व्रत-पूजा-पाठ में रुचि, दान-उपकार, धर्म-कर्म भलाई और मदद करने में दक्ष रहती हैं। गीत-संगीत-शिल्प, नृत्य-घर-गृहस्थी-सन्तान-पालन आदि सन्दर्भ में श्रेष्ठ होती हैं। मनबहलाव के लिए किसी स्थान पर कुछ देर के लिए रुक तो सकती हैं, किन्तु ज्यादा देर ठहर नहीं सकतीं। "हमको मिटा सके, जमाने में दम नहीं। हमसे है जमाना, जमाने से हम नहीं।" सम्भव है आपका भी कुछ ख्यालात ऐसा ही हो, परन्तु चालाक दुश्मनों के सामने आप इस प्रकार दम न भरा करें और दम्भ न रक्खा करें। विनम्रता से आप हर जगह अपना काम बना सकती हैं। सहनशील बने रहकर पारिवारिक जीवन का निर्वाह अवश्य कर सकती हैं। चित्रकारी, दस्तकारी, रसोई, सिलाई आदि विविध कलाओं में पूर्ण विद्वान बन सकती हैं और अपने पति के पूर्व ही आप सुलक्षणा स्वर्ग सिधारने का सौभाग्य भी प्राप्त करती हैं। अर्थात् अखण्ड सौभाग्य प्राप्त होता है।

राशि चक्र के अनुसार धनु राशि की महिलायें जुबान की पक्की होती हैं। सुरुचिपूर्ण चयन करने में असमर्थ रहती हैं। अप्रत्यक्ष में दयालु स्वभाव होता है, भौतिक जीवन पसन्द करने वाली होती हैं। परिश्रम और ईमानदारी के अच्छे-बुरे सब तरह के गुणों को अपना कर ही आर्थिक स्थिति अनुकूल बनाती हैं। अपने संचित जमा धन-राशि एवं सभी पूँजी के प्रति गौरवान्वित रहती हैं। ज्ञान एवं पाण्डित्य पूर्ण बातें आप में प्रायः विद्यमान रहती हैं। स्वभावतः आप भावुकता से युक्त होने के कारण प्रायः दिमाग से कम और दिल से ज्यादा काम करती हैं, अधिक सोचने को विवश रहती हैं। आपके पति प्यार के भूखे होंगे। सरल व्यक्तित्व, परिश्रमी, सीधे एवं सात्विक विचारों वाले पति के सुख की

चाहत रहेगी। विभिन्न सामाजिक-शैक्षणिक संस्थाओं के प्रतिनिधित्व करने में रुचि रहेगी।

धनुराशि की महिलाओं के जीवन में यदि मिथुन, कन्या, तुला, धनु, कुम्भ, मीन राशि वाले पुरुष हों, पिता, भाई, पति, चाचा, मौसा, पुत्रादि-नाते-रिश्तेदार हों तो सुखी-समृद्ध और व्यावहारिक जीवन कायम रहेगा। अंकशास्त्र में धनुराशि का मूलांक ३ है, तदनुसार समाजसेवी और लोकमान्य जीवन होगा। समय-समय पर किसी प्रसंग को लेकर मन ही मन घुटने का स्वभाव होगा। कभी भी अपने सामान्य स्थिति में मुँह से अनुचित शब्द नहीं निकाल सकतीं। आपके पति भाग्यशाली, स्वाभिमानी, कर्मठ व स्वावलम्बी होंगे। यदि आप घर-गृहस्थी के कार्य में दक्ष हों, बाल-बच्चों की सेवा-सुश्रुषा आदि में कुशल हों, पति और अतिथि अभ्यागतों के स्वागत-सत्कार में तत्पर बन सकें तो घरेलू जीवन में पति का भरपूर स्नेह आप प्राप्त कर सकेंगी। अपने पति और परिवार पर निश्चय ही आपका थोड़ा आधिपत्य रहेगा ही।

भविष्य की ओर सहज ही ध्यान एवं रुचि का शीघ्र आकर्षण हो जायेगा; परन्तु किसी भावी आशंका से आपका हृदय सशंकित होता रहेगा। ऐसी शंकाओं से तथा लड़ने-भिड़ने की सहज प्रवृत्ति से आपको बचकर रहना चाहिये। बहुत जल्दी उत्तेजित होने या जल्दी गुस्सा आने की आदत होगी। संगीत, नृत्य, चित्रकला, तंत्र-मंत्र, उपास्य देवता की उपासना, गणित व राजनीति से आपका लगाव सम्भव है। झूठी तोहमद, कलंक, अपयश, पुलिस-प्रशासनिक आरोप तथा आपत्तियों का भय आपको और आपके पतिदेव को अथवा दोनों को सम्भव है, तदर्थं सतर्क रहना चाहिये। साधारण स्थूल-रोगयुक्त-मजबूत-इकहरा भव्य शरीर, ऊँचा माथा, लम्बी नाक, गौर-रक्त, गेहुँआ रंग एवं मनमोहक आकृति हो सकती है। गम्भीर हृदय, उदार, तेजस्वी, शिल्पकर्म में रुचि, न्यायप्रिय तथा बन्धुद्वेष से पैतृक सम्पत्ति में अवरोध सम्भव है। दुख-सुख सहकर ससुराल में ही रहने वाली स्त्रियाँ सजग और चैतन्य कही जायेंगी। मायके का सहारा या गर्व होने पर ससुराल से उपेक्षित और तिरस्कृत हो सकती हैं।

अविवाहित रहने पर भी एक अवधि के पश्चात् माता-पिता के न रहने पर आप कितना भी चाहे, परिवार का कोई अन्य सदस्य न आपका सम्मान करेगा और न संरक्षण देगा। यदि सौभाग्यवश विवाह हो जाता है तो वैवाहिक जीवन में धन का न्यूनाधिक सुख, प्रेम के वशीभूत होकर सबकी प्रेमी बनेगीं, परन्तु हठी स्वभाव होने से जबरदस्ती किसी के काबू में न आयेंगी। अपने परिवार में गौरव प्राप्त करेंगी। तन्त्रोपाय द्वारा अधिक पुत्र सन्तति का सुख और शत्रुओं पर विजय प्राप्त करते रहना धनुषाकृति वाले तेजस्वी धनुराशि का लक्षण है।

आपका भाग्य आपत्तिकाल में उचित सलाह एवं मार्गदर्शन देने वाला एक सच्चा मित्र है। आप प्रायः सात्विक-राजसी-तामसी तीनों गुणों से सम्पन्न हैं, उसी से प्रभावित व्यक्ति हैं। सुख दुःख के प्रवासकाल में बुद्धि व प्रयत्न के बल से जैसा भी आप चाहें, सत्व-रज-तम में से किसी भी गुण को स्वीकार कर सकते हैं। आपका व्यक्तित्व आकर्षक होकर जनसाधारण के लिए प्रयोजनीय होगा। वकील, न्यायाधीश, धर्मोपदेशक, ज्योतिषी, शिक्षक, और धनी बनना, अथवा वैसे लोगों की संगति करना धनुराशि का गुण है।

ग्रहमण्डल के सभी राशियों में धनुराशि परस्पर सहायक, उत्कर्षदायक, उच्च व नीच स्थितियों का दाता, भाग्य-निर्माण तथा आपको सत्ताधिकारी बनाने में समर्थ है। आपके शरीर में कठिन रोग-पीड़ा, कटिरोग, कर्णपीड़ा, स्मरणशक्ति की कमी, चेतनाहीनता, मस्तिष्क विकृति, पेट में पाचन विकार, गैस आना, जोड़-जोड़ में दर्द, ज्वरादि प्रकोप से कभी-कभी पीड़ित रहने का प्रबल योग है।

प्रतिवर्ष जून मास, प्रतिमास ३, ९, १८, २४ तारीखें, शुक्रवार का दिन जटिलता देगा। कर्क-वृश्चिक-मीन-राशिवाले व्यक्ति, नीला, काला रंग के वस्त्रादि पदार्थ आपके दिनचर्या के लिए उपयुक्त नहीं हैं। निर्देशित निषेधीकरण के साथ न्याय के तराजू पर भाग्य और कर्म को तौलिए। "एमर्सन" का कहना है—"शासन कार्य में भाग लेने से इनकार करने पर दण्ड यह मिलता है कि गिरे

हुए लोगों के शासन में रहना पड़ता है।" इसे मानने के बाद ही आप यह समझें कि आप किसी भी जाति और धर्म में पैदा क्यों न हुए हों, लेकिन स्वभाव के अन्दर तो राजपूत क्षत्रियों जैसा साहस अवश्य होगा। व्यावहारिक मनोविज्ञान द्वारा अपना मनोबल बढ़ाने का प्रयत्न कीजिए। परामनोवैज्ञानिक (आध्यात्मिक) महापुरुषों एवं शिक्षाविदों की संगति मिलने पर जीवन की गुत्थियों को आसानी से ही सुलझा लेंगे। अनुत्तरित प्रश्नों का उत्तर भी प्राप्त कर लेंगे। आपका जीवन किसी की सहायता से प्रगति के लिए गति चाह रहा है, मन की शान्ति भी किसी अच्छी संगति से ही मिल सकती है। अतः श्रेष्ठ संगति की तलाश अवश्य करें।

आपका राश्याधिपति वृहस्पति शुभग्रह होने के नाते शुभफल तो देता ही रहेगा, किन्तु गुरु जब अपना अशुभफल देता है तो सर्वथा विनाशकारी ही हो जाता है। गुरु का सीधा अर्थ है भारी। गुरु का अशुभफल विश्व का कोई भी प्राणी सहन नहीं कर सकता। गुरु महाराज का अशुभ प्रभाव तो तत्क्षण होता है, किन्तु उनके शुभ फल-प्राप्ति में ज्यादा से ज्यादा विलम्ब हो जाता है। गुरु महाराज के प्रसन्नार्थं गुरुवार का नियमित व्रत, किसी ब्राह्मण की नित्य सेवा, एवं गाय को नित्य रोटी देना हितकारी होता है। धर्म गुरुओं की छत्रछाया में रहने का सौभाग्य मिल जाय तो सौभाग्य सूचक समझना चाहिये। दीन-हीन-गरीब लोगों के बीच अपनी ममता बाँटिये और पराये लोगों को अपना बनाकर उन्हें समुचित संरक्षण प्रदान कीजिए। जब कभी आपको कोई कष्ट और असुविधा हो, अथवा किसी धर्म-संकट या प्राण-संकट में पड़ जायँ तो श्रीमद्भगवद्गीता और श्रीरामचरितमानस का पाठ प्रेम से कीजिए। ७ रत्ती का पुखराज रत्न अथवा आज्ञाचक्र जागृत पीताम्बरा श्री कवच धारण करना विशेष प्रभावशाली और उत्तम होगा। उपरोक्त उपायों द्वारा गुरुमहाराज आपको कर्मठ, ज्ञानी, धनवान, सामर्थ्यशाली और बलवान बना देंगे, इसमें सन्देह नहीं हैं। अपनी मूलत्रुटियों को सुधारने के लिए अत्यावश्यक प्रयास कीजिए। विघ्न-बाधाओं के रोक-थाम की आरम्भिक योजनायें भी गुरु की सलाह से

बनाते रहिये। राजकोय आरोप-अभियोग की समस्या उत्पन्न होने पर कठिनाई से बचने हेतु तन्त्रोपचार से ही समाधान मिलेगा।

कभी-कभी मानसिक चिन्तायें एवं ऋण-चिन्तायें रहेंगी। एलर्जी, विसूचिका रोग, खुजली पीड़ा आदि फल प्राप्त होंगे। नौकरी-व्यापार-परिवार में आत्म-सन्तोष की स्थिति सामान्य रहेगी। विज्ञान के विद्यार्थी उन्नति करेंगे। महिलायें-पति व बच्चों के लिए विशेष चिन्तित रहेंगी। युवावस्था में विद्यालाभ, यश प्राप्ति, व्यापारिक प्रगति सप्रयास होनी है। शिल्प-कृषिकर्म में उन्नति, द्रव्य लाभ, स्त्री-पुत्र का स्नेह-सुख मिलेगा, परन्तु कफ-वात और अम्ल पित्त से शरीर पीड़ा का प्रबल योग है। मृत्युकष्ट तथा राजकीय अवरोध एवं कुटुम्ब में विरोध का भी योग है। वृद्धावस्था में धन व सुख की हानि होगी। परदेशगमन करेंगे, गुप्त शत्रुओं से सम्मान पर धक्का लगेगा। नौकरी वाले सुखी रहेंगे, परन्तु व्यापारियों को कभी-कभी दुखी होना पड़ेगा। सन्तान को जल से भय, स्त्री को मानसिक रोग, तथा स्वयं को अचानक ही शत्रु से कष्ट का योग है। ५६ वर्षायु के बाद व्यापारिक-आध्यात्मिक प्रगति होगी। राजनीतिक-आर्थिक और पारिवारिक सभी प्रकार उन्नति होगी। भविष्य जीवन की स्थिति सन्तोषजनक रहेगी। प्रतिदिन शक्ति पाठ को तीन बार अवश्य पढ़ें। अस्तु।

आमतौर पर यदि आप धनु राशि के पुरुष या महिला हैं तो आप अवसरों के भरपूर खोज में रहिये और यही अवसर आपको अवश्यमेव बार-बार मिलेगा। विचारों एवं उद्योगों के निहित स्वार्थ तथा सम्भावनाओं को पहचानने में आपकी दूर दृष्टि सराहता है, तथा योग्यता सफल होने का हर अवसर आपको यथा-समय प्रदान करती है। पिता व भाई आपके शाश्वत शुभाकांक्षी होंगे। कभी-कभी आप खतरे और चेतावनी को दृढ़पूर्वक ताक पर रखकर किसी नये उद्योग को हाँथ में ले बैठेंगे, सक्रिय बने रहने पर इसमें प्रायः भाग्यशाली सिद्ध होंगे। इच्छित उन्नति करेंगे।

याद रखिये कि आपको कार्य करने के लिए निर्देशन, बहुत बड़े कार्यक्षेत्र एवं जगह की आवश्यकता होती है, जरूरी है, नहीं तो आप घुटन महसूस करने लगते हैं। इसलिए ऐसा कोई काम मत चुनिये, जिसमें ये सुविधायें जरा भी न

हों। धनु राशि के पुरुषों की अपेक्षा स्त्रियों को उन बातों पर अधिक ध्यान देना चाहिये। यदि आप धनु राशि की स्वच्छन्द महिला हैं तो बड़ी से बड़ी चुनौती आप स्वीकार करने में समर्थ होंगी, पर किसी संकुचित, कठोर ढाँचे के भीतर आजीवन आपको काम करना पड़े तो आप जल्दी थककर चूर हो जायेंगी। हाँ, बड़ी योजनाओं में आपका उत्साह व उमंग बना रहेगा।

अध्ययन की दुर्बलता कष्टकर होगी, परन्तु आत्मनिर्भरता आपका विशेष गुण है, वही पूंजी है, जिसकी वजह से किसी भी कार्य को अकेले करने में स्वयं ही आप सक्षम हैं। पूर्णतः आप एकांत पसन्द करने वाली महिला या व्यक्ति नहीं हैं, आपको भी दूसरों की आवश्यकता अक्सर पड़ती है। विवाहादि का सम्पादन बिलम्ब से होता है। चरित्र, स्वभाव एवं सद्गुणों की सुरक्षा करते हुए नौकरी या व्यापार की कोई एक दिशा निर्धारित करें। पिता या भाई के समानान्तर कर्मक्षेत्र का चुनाव सर्वाधिक हितकारी हो सकता है, सहनशीलता अनिवार्य समझें। अपनें जीवन शैली को एकदम अनोखा बनाइये। नाक पर गुस्सा चढ़े रहने से सफलता नहीं मिलेगी। लेखन और रचनात्मक कार्य में स्थिरतापूर्वक जुटे रहने से लोकप्रियता प्राप्त होगी। विनम्रता को अवश्य अपना लें।

धनु राशि विद्रोह का चिह्न माना जाता है, महिला हैं तो शायद पाबन्दियों को आप पसन्द नहीं करेंगी। सदा दौड़ते रहना, यात्रा और खेल सम्बन्धी कार्य आपके वास्तविक गतिशीलता की आवश्यकता को सन्तुष्ट करेंगे। सच है कि आपके अन्दर पत्रकारिता, विज्ञान, कानून, वित्त एवं अनिवार्य घरेलू हस्तकलाओं में सफल होने की प्रतिभा है। लेखन, सम्पादन, प्रकाशन, शेयर्स और स्टॉक एक्सचेंज में विशेष रुचि लेनी चाहिये। साथ ही अपनी आर्थिक स्थिति सुदृढ़ रखनी चाहिये।

●

मकर राशि का जीवनफल

अपनी सुध-बुध खोकर अहम्, अधिकार एवं स्वाभिमान के लिए हठवश लड़ाई जारी रखनें वाली यदि आपको मकर राशि है तो आप अपने कर्तव्य के प्रति वफादार रहेंगे। शास्त्रीय प्रमाण के लिए—

मृगश्चरःक्ष्माद्वैरवोशायमाण स्त्रीपिंगरूक्षः शुभभूमिशीतः।
स्वल्पप्रजासंगसमीररात्रिरादौ चतुष्पाद् विषयोदयो विट्॥

हिमालय के पिघलते हिमखण्ड आप नहीं देख सकेंगे। आपकी जिन्दगी यथार्थ है और एक महत्वपूर्ण व्यक्तित्व से भरा हुआ है। सारी सफलतायें आपके हाथ में है, परन्तु यथासम्भव कुछ खास कठोर आदतों की वजह से अपने कार्य में पूरी-पूरी सफलता, यश और प्रसिद्धि नहीं पायेंगे। शारीरिक स्वास्थ्य साधारणतः सुन्दर रहेगा। मकर राशि के पुरुष दिमाग से तेज होते हैं, तुरंत निर्णय लेने की क्षमता से युक्त एवं सदैव सुरूचिपूर्ण चयन करने में समर्थ दिखाई देते हैं। निष्काम सेवा, स्नेही, सरल, सीधे एव सात्विक विचारों के धनी होते हैं।

विविध कार्यों में तत्पर, खाद्य पदार्थों के शौकीन, हृदय में विशेष कोमलता प्रेम और सौन्दर्य में अग्रणी रहेंगे। आपकी धर्म में आस्था रहेगी। कुशल सारगर्भित वक्ता और सुख-दुख के क्षणों और प्रसंगों में कुछ स्वार्थी सिद्ध हो सकेंगे। हठी स्वभाव होने के कारण तब तक अपने हस्तगत जरूरी कार्य को नहीं छोड़ते, जब तक वह कार्य आपकी इच्छानुसार सम्पन्न न हो जाय। मकर राशि वालो के पुरुषोचित गुणों की पूलना में स्त्रियोचित गुण, धर्म, हाव-भाव एवं कामुकता आपके अन्दर अधिक होगी। आप घरेलू जीवन में कभी-कभी ऐसे काम भी करके लोगों को आश्चर्य में डालेंगे जो आपकी पत्नी या अन्य कोई स्त्री नहीं कर सकती। बड़े बुजुर्गों की आज्ञा को मानना, सेवा करना और उन्हें सम्मान देना आप अपना धर्म समझेंगे।

मकर राशि के सचेष्ट व कर्मठ पुरुषों को मेष, कर्क, तुला, वृश्चिक, मकर, मीन राशि वाले स्त्रीवर्ग में माता-मौसी-नानी-बहन-पत्नी-पुत्री-रिश्ते-नातेदार और भागीदार हों तो उनसे आदर्शपूर्ण आत्मीयता, आदान-प्रदान एवं स्नेह सम्बन्ध कायम रहेगा। मकर राशि का मूलांक ८ है, तद्नुसार कर्मठ जीवन, आकर्षक व्यक्तित्व, संगति के अनुसार परिवर्तनशील स्वभाव, वर्किंग माइण्ड और ऊँची भावुकता में श्रेष्ठ कल्पना शक्ति होगी। ईमानदारी और न्यायप्रियता से आपको सहज ही कोई विशिष्ट सफलता मिलती रह सकती है। जिन्दगी के छिपे रहस्यों एवं पहलुओं की खोजकर उनकी गहराइयों तक पहुँचने की हिम्मत आप में भरपूर है। जल्द ही उत्तेजना ग्रहण कर लेते हैं। सूक्ष्मद्रष्टा और मर्मज्ञ बनने के स्तर तक पहुँच कर भी पीछे हट जाते हैं।

मकर राशि के कुछ मनुष्य अध्ययनशील होते हैं, कुछ व्यवसायी बन जाते हैं और कुछ सतर्कता सेवाओं में चले जाते हैं। अच्छे-बुरे दोनों अर्थों में आप हठवादी जातक हैं। अगर जिद्द ठन गई तो कोई डिगा नहीं सकता। मित्रवर्ग स्वभावतः आप पर गर्व करेंगे। आपका यश-अपयश कल्पनातीत है। आपके कर्तव्य द्वारा भाग्य प्रभावित होता रहेगा। कई प्रसंगों में आप व्यक्तिगत हित अधिक चाहते हैं, किसी सत्यता या वास्तविकता से परिचित होना उचित नहीं समझेंगे। किसी एक जिद्द या आवश्यकता की पूर्ति के लिए आपकी कितनी गम्भीर हानि हो चुकी है, या होने वाली है, उसे जानना या समझना आपको जरूरी नहीं होता। बार-बार ठोकरें खाना, उपेक्षा और तिरस्कार सहना, अभावग्रस्त हो जाना आप स्वीकार कर लेंगे, परन्तु अपना स्वभाव नहीं बदल सकते। यदि पति-पत्नी दोनों ही कड़े स्वभाव के हुए तो साधारण बात पर भी मतभेद होने पर असाधारण घटना घट जायेगी। आपकी पत्नी में बजट बनाकर गृहस्थी के संचालन को पूरी क्षमता है, फिर भी गृहस्थी से आप निश्चिन्त नहीं रह सकते। आप और आपकी पत्नी दूसरों की चिकनी-चुपड़ी बातों में जल्दी नहीं आ सकते। छल-कपट को बातों को जल्दी ही समझ भी लेते हैं। कार्य-भार की अधिकता हमेशा शरीर स्वस्थ नहीं रहने देगी और चैन से कभी किसी क्षण बैठ नहीं सकेंगे। आलस्य और ज्यादा मेहनत की शक्ति दोनों पूर्ण रहेंगी।

आप देखेंगे कि वायु-पित्त, पेट और आँख सम्बन्धी रोग आपको ज्यादा परेशान करेगा। आप कुछ विवादास्पद विषयों से ज्यादा दिलचस्पी रखते हैं। आपका दिमाग हमेशा अभीष्ट-सिद्धि में लगा रहेगा, अभी कुछ सोचेंगे-थोड़ी देर बाद कुछ और सोचेंगे। आत्मगौरव अधिक होने के साथ-साथ आप महत्वाकांक्षी हैं और अपनी हर बात किसी से तुरन्त मनवाना चाहते हैं। आत्म-प्रदर्शन, बनावट, स्वच्छता आदि की भावना प्रबल होती है। धैर्यपूर्वक वांच्छित वस्तु पाने की आशा करना आपके स्वभाव में नहीं है। आपकी भाषा और वाणी में सरसता न होने से घर के प्राणी विरुद्ध हो जाते हैं। किसी वास्तविकता से लगाव नहीं रहता। कारोबार या नौकरी के क्षेत्र में एक जगह स्थाई नहीं रह सकेंगे। काली एवं हल्की नीली वस्तु ज्यादा प्रिय होगी।

स्वामी शनि, वैश्यवर्ण, पृथ्वीतत्व, चर-संज्ञा हैं। शीतल स्वभाव एवं वायु प्रकृति है। पारिवारिक मन-मुटाव, स्त्री की आज्ञा मानने वाले, विद्वान, संगीत-गायन-वादन में अभिरुचि, स्वार्थ-युक्त तथा लालची होंगे। गुप्त निवास करने वाले, माता की प्रिय, धनवान, पुत्र कम, कन्यायें ज्यादा, धनो एवं कंजूस होंगे। त्यागी, अधिक बोलने वाले, बहुतेरे मित्रों वाले, सुख और धन प्राप्ति का निरन्तर चिन्तन और सोच-विचार करने वाले एवं अतिशीघ्र नाराज हो जाने वाले व्यक्ति आप होंगे। "काल्ड्रेयन" का कहना है—"सुकर्म कभी खत्म नहीं होता, यह निधि कर्म की आवश्यकता के लिए सुरक्षित रखी रहती है।" अतः आप यथा प्रयास सत्कर्म को बढ़ावा दीजिए।

आपका व्यावहारिक सिद्धान्त अत्यन्त कठोर, स्वाभिमानी तथा लोगों के लिए अरुचिकर होगा। स्वाध्याय एवं विद्यार्जन तथा अपने हाथ की कलाओं में आप विशेष ख्याति प्राप्त करेंगे। स्त्री के स्वास्थ्य में कभी-कभी ढीलापन तथा शारीरिक स्थूलता से कष्ट होगा। स्थाई सम्पत्ति का उपयोग सुन्दर होगा। पारिवारिक माहौल शायद माता-पिता के कारण अशान्त बन सकता है। आने-जाने वाले अधिकांश लोग घर के भेदिया बनकर एकाधिपत्य जमाने को कोशिश में सुख-शान्ति नष्ट कर बैठते हैं। मनुष्य के असली-नकली स्वरूप की

सही पहचान आपमें बिल्कुल ही नहीं है। आपमें एक दोष यह भी है कि जो वास्तव में भरोसेमन्द है और उस पर विश्वास करना चाहिये, उसे आप अपना शत्रु समझकर तिरस्कृत तथा उपेक्षित कर भगा देते हैं। तो कैसे वातावरण शान्त और स्नेह-स्निग्ध रहेगा ? खर्च करने की स्थिति कृपणता के साथ प्रबल रहेगी। आप अपनी व्यवस्था एवं कार्यशैली दूसरों पर लादने की कोशिश न कीजिए, बल्कि मन के अन्दर दृढ़ता लाकर कठिन अनुशासन एवं किसी बड़े के दबाव में जीवन गुजारने का प्रयत्न कीजिए। अपनी दिनचर्या में कुछ ऐसा ही बदलाव ले आइये कि थोड़े समय में अधिक साफ-सुथरा-सर्वजनोपयोगी रचनात्मक कार्य अधिक सम्पन्न हो।

१५ से २१ वर्ष की उम्र तक विवाह के योग पाये जाते हैं अथवा २६ से ३२ वर्ष तक शादी होगी। सन्तानसुख के सम्बन्ध में प्रायः निराशा ही हाथ लगेगी। यदि सन्तान हो भी जाय तो उनसे किसी प्रकार के सुख-स्वार्थ की आशा नहीं रखनी चाहिये। माता-पिता एवं भाई-बन्धुओं की ओर से प्रायः सैद्धान्तिक एवं व्यावहारिक मतभेद बना रहेगा। आप किसी भी बात पर बड़ी गम्भीरतापूर्वक दार्शनिक-पद्धति से काफी सोच-विचार कर उचित निर्णय लेने वाले अध्ययन-प्रिय व्यक्ति बनिये। कागज, कपड़ा, लेखन-भाषण, पुस्तक प्रकाशन, या विक्रय अथवा न्यायिक निर्णय देने वाले वकील-जज-मजिस्ट्रेट-कमीश्नर या सरकारी अन्य नौकरियों में प्रायः अच्छे पद पर रहने वाले व्यक्ति आप हैं। कृषि, स्वयं हाथ की कलाकारी या फिल्म क्षेत्र में दिलचस्पी भी रख सकते हैं। आप या तो बहुत धनी होंगे अथवा बिल्कुल गरीबी और सादगी के साथ जीवन व्यतीत करने वाले होंगे। निश्चय ही अच्छे अर्थ में अच्छी प्रगति के सम्बन्ध में आपके अन्दर दृढ़ संकल्प की कमी है। अच्छी बातें अक्सर भूल जाते हैं। चिन्ता, तनाव या विवाद वाली बात कभी नहीं भूलते। अवसर पाते ही धारा प्रवाह सारी बात उगल देते हैं।

यदि अपनी स्मरणशक्ति का उपयोग विद्या, व्यवसाय, लोकोपकार एवं रचनात्मक कामों में करें तो उचित होगा। अपने आप उन्नति की चरम सीमा

तक पहुँचकर अथवा बहुत बड़ी दौलत प्राप्त करने का शुभ अवसर नष्ट कर देंगे। आपके लिए शनिवार का दिन सर्वश्रेष्ठ है। दक्षिण दिशा की यात्रा करते रहें तो लाभ होता रहेगा। जुलाई का महीना, ९, १२, २२, ३० तारीखें और मंगलवार का दिन आपके लिए हमेशा घातक है। अपने मौलिक विशेषताओं के कारण मकर राशि के स्त्री-पुरुष यत्र-तत्र चिरस्मरणीय रहेंगे। आपकी मौलिकता आव्यवसायिक प्रतिष्ठा के शिखरों को छूने में समर्थ है। कुछ खास ही लोग आपकी प्रबुद्ध प्रतिभा को पहचान सकते हैं। मन में सोची हुई कामनायें आप बड़ी चालाकी और धीरज से स्वयं पूरा कर लेते हैं। ज्यादातर दूसरों को लेने-देने की आवश्यकता आपको नहीं पड़ेगी। एकान्तवास एवं धन-संग्रह में ज्यादातर दिलचस्पी रखेंगे।

जन्म से १६ वर्ष तक एवं ३३ से ४९ वर्ष तक का समय अत्यधिक आनन्द, सुख-वैभव-सम्पत्ति प्राप्त कराने वाला है, किन्तु इन्हीं अवस्थाओं में माता-पिता के लिए मृत्यु कारक योग भी प्राप्त होंगे। कुछ चिन्तित भी रहना पड़ेगा। १७ वर्ष से ही आपके व्यक्तित्व में गति और परिवर्तनशीलता का योग है। स्वार्थ-भावना आपको छूती रहेगी। समस्याओं को सुलझाने के लिए आप अपनी शारीरिक मानसिक बौद्धिक सभी शक्तियों को लगाते रहेंगे। जो जरा भी विश्वास करने योग्य नहीं है, उसे आप घर के अन्दर तक प्रवेश की छूट देकर मुंह लगाने की कोशिश न करें, वरना घर का सर्वनाश होते देर नहीं लगेगी। रिश्तेदार, पड़ोसी या मित्र कोई भी हों, उनसे मिलने का कक्ष अलग ही रखिये। अजीज को भी रसोइया, शयनकक्ष तक न आने दीजिए। इन नियमों का कठोरता से पालन कोजिए। १७ से ३० वर्ष की उम्र तक धन कमाने का अच्छा अवसर मिलेगा। व्यवसाय, घरेलू उद्योग या नौकरी में भरसक पूरी सफलता मिलेगी।

आपके व्यक्तित्व, प्रतिभा, जनसम्पर्क और कार्य-प्रणाली में नया चमक आयेगा। सभी लोग वाह-वाही करेंगे। आपको आर्थिक और पारिवारिक सन्तुलन बनाये रखने के लिए अपनी समझदारी और परिश्रम शक्ति बढ़ाते हो

जाना है। आर्थिक और व्यापारिक कार्यों में प्रतिदिन अत्यधिक परिश्रम करके प्रत्येक कार्य-प्रशंसनीय और व्यवस्थित रूप में करना है। यह सब सुव्यवस्थित दिनचर्या पर ही निर्भर करता है। जमीन जायदाद की वृद्धि तथा देश-विदेश की यात्रायें भी करनी होगी। आपकी व्यवहार कुशलता दुष्ट लोगों को ज्यादा प्रिय रहेगी। बड़े-बड़े लोगों से प्रेम-सम्पर्क बनेगा। आप में स्वाभिमान और विद्वता का गर्व भी बना रहेगा। ५० और ५१वां वर्ष महान् शारीरिक असाध्यरोगों से ग्रसित कराने वाला समय है। इन समयों में अण्डवृद्धि, अतिसार, खून की कमी ज्वर, सिरदर्द, तथा शारीरिक सूजन के रोगों से परेशान हो सकते हैं। सम्भवतः चीर-फाड़ की भी स्थिति उत्पन्न हो सकती है, यदि इससे बच गये तो ५२ से ७७ वर्ष तक आनन्दपूर्वक सुखी समय व्यतीत करते हुए ७८ वर्ष ७ मास २९ दिन की अवस्था में मृत्युपद प्राप्त करेंगे। जहाँ तक हो सके-अधिक-से-अधिक गरीब ब्राह्मणों की मदद किया करें और श्री शिवजी की परम आराधना सदैव करते रहें। ध्यान देने योग्य बात यह है कि आप अपने को स्वच्छन्द या विश्राम-प्रिय न बनाइये, इससे आप हर कदम पर होने वाली गम्भीर क्षति को रोक सकते हैं। हर एक निर्णय परिवार के मुखिया पर छोड़ दीजिए, अगर स्वयं निर्णय लेना आवश्यक है तो भी परिवार के प्रत्येक छोटे-बड़े सदस्य को सम्मति अवश्य लीजिए।

मकर राशि वाली स्त्रियाँ बहुत ज्यादा सौभाग्यशाली, पतिव्रता, व्रत-पूजन तीर्थयात्रा में अनुरक्त, शत्रुओं पर भी विजय प्राप्त करने वाली, बहुत तगड़ा खर्च करने में निपुण और पति-सन्तान से प्रेम बनाये रखने वाली होती हैं। तेजस्विनी, मनमोहिनी, बुद्धिमान, शिल्प-संगीत इत्यादि विविध कलाओं में निपुण तथा अपनी सुन्दरता का प्रदर्शन करने वाली होती हैं। राजनीति में भी अच्छी रुचि होती है। मकर राशि की महिलायें अपने निर्णय को अन्तिम समय तक निभाने वाली, एक जगह कुछ देर टिक कर बैठने में असमर्थ, समस्त मानव मन की हृदयग्राही, धोखाधड़ी से डरने वाली होंगी। दूसरों को न धोखा देंगी, न मूर्ख बना सकेंगी, परन्तु स्वयं अक्सर दूसरों से धोखा खाती रहेंगी। गृह की

सजावट में निपुण, पाकशास्त्र में कुशल, व्यवसाय में यदि रुचि पैदा हो जाय तो खूब धन कमाने का चान्स मिल सकता है। प्रायः असंयमित भोजन में अधिक रुचि होने से वायु-विकार एवं अजीर्ण रोगों की पीड़ा सहन करनी पड़ेगी। निश्चय ही आगन्तुकों के स्वागत, व्यवहार, खान-पान और रहन-सहन में आप पर्याप्त उदार हैं, परन्तु भावुकता और जोश में घर-फूंक तमासा देखने की कहावत चरितार्थ न कीजिए।

अपनी आर्थिक स्थिति, आमदनी के साधन और रसोई का स्टाक देखकर ही औपचारिकता का निर्वाह कीजिए। रिजर्व रहने और हर परिचित-अपरिचित आगन्तुक से सीमित वार्ता करने का अभ्यास सुखद होगा। अपने आमदनी-खर्च का लिखित विवरण रखकर हर दिन का रोजनामचा बनाइये। कुशल एयर हौस्टेस, सफल रिसेप्सनिष्ट, जनप्रिय आर्टिस्ट एवं लोकप्रिय लेखिका बननेवाली महिलायें अधिकतर मकर राशि में ही जन्म लेती हैं। बाहरी कामकाज ठीक से करती हैं, परन्तु घरेलू जिम्मेदारियों को सम्भालने में लापरवाह, दूसरों की बात झटपट काटने में निपुण और मनमानी आदतों से दुखी रहती हैं। गृहस्थ जीवन की बाधाओं तथा परेशानियों से आप कभी-कभी विचलित होकर भी अनियंत्रित नहीं होंगी, न हताश होंगी न निराश।

आपमें नेतृत्वशीलता एवं वाचालता पर्याप्त होगी। अपने मित्र और रिश्तेदार को या किसी भी परिचित-अपरिचित पड़ोसी आदि को अधिक देर तक अपने पास या अपने बच्चों के पास मत बैठने दीजिए। प्रेमपूर्वक अपनी व्यस्तता या परेशानी बताकर फालतू आगन्तुकों को टालना सीखियें। रोग-ऋण-शत्रुता से बचने का यही उपाय है। जहाँ पारिवारिक लोग आपके कामों में बाधक होंगे, वहीं सामाजिक लोग आपके कामों की प्रशंसा भी करेंगे। घरेलू मामला और सभा-सोसाइटी का थोड़ा काम आप बखूबी कर सकती हैं। गरीबों की सेवा, देवदर्शन, कीर्तन, भजन, और दान-पुण्य आप हमेशा नहीं, बल्कि कभी-कभी करेंगी, उसमें ठोसपन होगा। मकर राशि की महिलाओं को मेष-कर्क-तुला-वृश्चिक-मकर-मीन राशि वाले पुरुष वर्ग में पिता-भाई-पुत्र-पति-रिश्ते-नातेदार हों तो उनसे सदाशय पूर्ण निर्मल स्नेह सम्बन्ध कायम रहेगा।

मकरराशि का मूलांक ८ है, तदनुसार मौलिक विचारों से सम्पन्न, प्रैक्टिकल काम करने में तत्पर, कुछ झगड़ालू स्वभाव होगा। घरेलू सुख और सफल गृहस्थ जीवन के अनेक द्वेषी आप के ईर्द-गिर्द रहेंगे। मेहमानबाजी पसन्द न करेंगी। मौलिक विचारधारा एवं उच्च विचारों की शक्ति से सम्पन्न बनने का यत्न कीजिए। किसी के अन्दर अवगुण, दोष और बुराई खोजने की चेष्टा कदापि न कीजिए। बल्कि अपनी खुद की दुर्बलताओं को दूर कीजिए। आपको दिन-रात कठोर परिश्रम करते देखकर बच्चे भी वही सीखेंगे। आपके अच्छे-बुरे कर्मों की प्रेरणा में आपका भाग्य नहीं, बल्कि कोई अदृश्य शक्ति कार्यरत रहेगी। सुख-दुःख और हानि-लाभ आपके जीवन में एक-समान है। धार्मिक वृत्ति एवं प्रेमालु अन्तःकरण है। भोजन प्रेमी हैं। यात्रा की प्रबल जिज्ञासा, लिखा-पढ़ी और रचनात्मक कार्यों का विशेष शौक होगा। पति-पत्नी का सुखमय दाम्पत्य जीवन रहेगा। परन्तु सन्तान-सुख से हीन होना अथवा रोगी पुत्र-कन्या सन्तान का सुख सम्भव होगा। अपने आस-पास कुँआ-नदी-तालाब देखकर बहुत भावुक प्रकृत्ति होने से घबराहट का अनुभव करेंगे।

प्रारम्भ से ही आप अपने घर में स्वयं को अत्यधिक सुरक्षित महसूस करते आये हैं, इसलिए घर से बाहर आप अपने को असुरक्षित महसूस करेंगे। भयाक्रान्त मानसिक कुण्ठा रहेगी। शरीर से कृशित, खासतौर से गलत लोगों के दुराचरण पर चिड़चिड़ा मिजाज, वायुरोग से पीड़ित, चंचल मन होगा। दूर के प्रवाह में रुचि, स्वार्थसाधना में अग्रगण्य रहेंगे। वनभ्रमण और पर्वतारोहण का शौक होगा। बुद्धि तेज, विद्याध्ययन-कमजोर और शिव-दुर्गा की भक्ति मकर राशि का लक्षण है। यह सच है कि आप पति-पत्नी में हर समय तुनकमिजाजी और तोर-मोर की आदत किसी भी समय अलगाव की स्थिति ला देगी, एक बार अलगाव हो जाने के बाद जुड़ना कठिन हो जायेगा और आजीवन पश्चाताप ही हाथ लगेगा। एक-दूसरे के प्रति मामूली-सी शंका और दो स्वाभिमान की आपसी टकराहट भारी विनाश की सृष्टि कर सकती है। इन बातों को आप गहराई से स्वीकार करें। आप मकर राशि के पति हों या पत्नी, अपने हरे-भरे

खुशहाल परिवार में शंका व स्वाभिमान से पैदा होने वाली चिनगारी को तुरन्त बुझाकर आग लगाने से बचा लें। ध्यान न देने पर शंकायें कायम रहेंगी। जिससे दोनों के दिमाग में हर समय टेन्सन रहेगा। वहीं टेन्सन अलगाव का कारण बनेगा। अतः प्रयत्नपूर्वक आप पति-पत्नी अपने दाम्पत्य जीवन को शंकाओं से परे रखकर सन्तुलित अनुपात में निर्वाह योग्य बनाइये, जिसका उदाहरण अन्यत्र शायद ही प्राप्त हो। जीवन को सुखी बनावें।

"रोशे" के शब्दों में स्मरण रहे कि "अपनी स्मरण-शक्ति की हर कोई बात-बात में हर पल शिकायत करता है, अपनी निर्णायक बुद्धि की शिकायत कोई नहीं करता।" अतः बचपन से अब-तक आपको स्मरण-शक्ति चाहे जैसी भी हो, किन्तु आप अपनी निर्णायक बुद्धि अवश्य ही कोशिश करके दुरुस्त बनाइये। आपकी कर्मशक्ति आपत्तिरूपी समुद्र को पार करने वाली नौका है। भाग्य भरोसे न रहकर कर्म को ही विशेष महत्व देना उचित है। मौका पड़ने पर दिल खोलकर अतिथि सत्कार की कामना मन में बनी रहेगी। बारम्वार मुँह लगे रहने से हानि उठानी पडेगी।

जीवन साथी के प्रति विपरीत स्वभाव रखने की भूल कदापि न करें। ऋण या उधारी के भरोसे कोई काम कदापि न करें। सर्वज्ञ ईश्वर की शरणागति का आपके जीवन में विशेष महत्व है। अपने तपोबल और आत्मबल को जगत् कल्याण के निमित्त उपयोग करेंगे। खेती-खदान-मजदूरी-सेवावृत्ति, सरकारी नौकरी, ग्रन्थ-अध्ययन, ग्रन्थ निर्माणादि का योग आपके भाग्य में है। ऊँची श्रेणी के सार्वजनिक कार्यों में निरन्तर विघ्न, विद्याध्ययन में बाधा और स्वार्थभावना की प्रबलता रहेगी। आपके शरीर में घुटने का रोग, हड्डियों के जोड़ में दर्द, पेशाब सम्बन्धी रोग, गर्मी की अधिकता, घाव-फोड़ा-फुन्सी आदि से कभी-कभी पीड़ित रहना पड़ेगा। प्रेम, कर्तव्य तथा सामाजिक प्रतिष्ठा के बारे में अपना आश्चर्यजनक विचार सुदृढ़ बनाइये। आपके अधिक हँसमुख होने पर ऐसे-ऐसे कृतघ्न स्वार्थी आपके साथ संलग्न हो जायेंगे कि पीछा छुड़ाना कठिन हो जायेगा। अन्त में शत्रुता ठन जायेगी।

प्रतिवर्ष जुलाई मास, प्रतिमास ९-१२-२२-३० तारीखें, मंगलवार का दिन मेष-सिंह-धनु राशि वाले व्यक्ति, सफेद व लाल रंग के वस्त्रादि पदार्थ आपके लिए ठीक नहीं है। आपके स्वभाव में वैश्यवृत्ति की प्रधानता है। व्यावसायिक कामों में आप बहुत चतुर होंगे।

आपकी राशि का स्वामी शनि ऐसा ग्रह है जो बहुधा प्रसन्न, सुखी, तेजस्वी, पुण्यात्मा और शत्रुओं पर विजयी बनाने में समर्थ है, किन्तु जब शनि का विपरीत प्रभाव देखने में आता है तो फिर लक्षाधीश को दरिद्रनारायण बनने में देर नहीं लगती। सभी जानते हैं कि भगवान राघवेन्द्र को बनवास, लंकेशरावण को सीताहरण की दुर्बुद्धि, महर्षि वशिष्ठ के १०० पुत्रों का नाश, भगवान श्रीकृष्ण को स्यन्तक कलंक, सत्याभिमानी राजाविक्रमादित्य को असह्य दण्ड, पाण्डवों को बनवास, कौरवों का नाश केवल इसी शनि ने किया है। शनि ऋणी है तो केवल हनुमान जी का। हनुमानजी की उपासना से शनिदेव हमेशा शान्त रहते हैं। शनि के प्रसन्नार्थ उन सब कन्याओं को विशेष ध्यान देना है, जिनकी उम्र २७ वर्ष से ऊपर हैं, फिर भी विवाह नहीं हुआ है, वे कन्यायें स्वयं को धोखे में रखने की कोशिश न करें, बल्कि शनि कोप से बचने का प्रयास करें। उनके प्रयत्न को परिवार व समाज के लोग झूठी मर्यादा के लिए कुचल डालेंगे, फिर भी वे चुपचाप रहकर हर दिन, हर पल अन्याय बरदास्त करते हुए सुलगती रहती हैं। २७ वर्ष से ऊपर वाली अविवाहित कन्यायें जुल्म और अन्याय के विरुद्ध कड़ा रूख अपनाकर अपने जीवन को तबाह होने से बचा सकती हैं। इन्हें दर-दर भटकने की और ज्यादा दूर जाने की आवश्यकता भी नहीं है। आस-पास किसी ऐसे व्यक्तित्व की तलाश करें जो इनकी भावनाओं का सम्मान करते हुए यथोचित शिक्षा, संरक्षण और दिशा-निर्देश दे सकें। दाँत के दर्द और रक्तदोष की व्याधियों से अक्सर सर्वांग पीड़ा का अनुभव होगा।

आपमें संगठन की और व्यवहार की भावना प्रबल है, इसी कारण लोकप्रिय बनती हैं, किन्तु आपकी भावुकता घातक बन सकती है। शान्त्यर्थ बट-वृक्ष का नित्य-पूजन, सूर्यास्तकाल में तेल-दीप दान, शनिरत्न नीलम धारण करें, अथवा सर्वोत्तम उपाय यह है कि अनाहत चक्रजागृत पंचमुखी हनुमान श्री कवच, आप

स्त्री हों या पुरुष निश्चित रूप से धारण कर लें। १७, ३८, ४१, ६२, ६५ वर्ष की आयु कंटकीय मार्ग देने के कारण कष्टदायी होगी। स्त्री रोगी होगी। सन्तान चिन्ता रहेगी। अध्यवसाय में दैनिक विघ्न-बाधा एवं मकान के मरम्मत पर व्यय बढ़ जायगा, परन्तु सन्तोषजनक द्रव्य का लाभ होता रहेगा। सप्रयत्न सरकारी या सामाजिक सम्मान की प्राप्ति होगी।

२०, ३५, ४४, ५९, ६८ वर्ष की आयु में पति की आयु में बाधा या पत्नी की आयु में बाधा प्रत्यक्ष होगी। परदेश निवास, स्वजन-वियोग-शत्रुओं की प्रबलता, व्यापार में अधिक परिश्रम से भरपूर लाभ होने पर भी कठिनाई से ही परवरिश होगी। मित्र-दुराग्रह से एवं पड़ोसी दुश्मनों से धनहानि भी होगी। बेबशी और लाचारी से परेशान रहेंगे। २३, ३२, ४० वर्ष में सुख की वृद्धि, ५६, ६९ वर्षायु में अभीष्ट सिद्धि, सम्मान, सुख, धन, यश की वृद्धि, अर्थलाभ, घरेलू समृद्धि, नेतागिरी और उद्योग से भाग्योदय होगा। सम्भवतः शत्रुबाधा की समाप्ति जीवन के अन्त तक नहीं होगी। २६, २९, ५०, ५३, ७० वर्ष की आयु में भाग्योदय, कर्मोदय तथा गृह-परिवार के चतुर्दिक विकास की पूर्ण आशा है। आप अपने जीवन कल्याणार्थं प्रतिदिन श्री गणेश जी और बटुक भैरव जी की आराधना-उपासना अवश्य करें, साथ ही "श्रीयुक्त गणेश-बटुक कवच" धारण करें।

आमतौर पर मकर राशि वाले परिश्रमी, उच्छृङ्खल और अधिक कार्यकुशल व्यक्ति होते हैं। इस राशि के व्यक्तियों में प्रबन्ध और रचनात्मक संगठन की अद्‌भुत क्षमता होती है। जितना ज्यादा ध्यान देकर आप प्रयत्न करेंगी, उतनी ही ज्यादा आप सफल व सन्तुष्ट होंगी। वाणी और स्वभाव की कठोरता से कटुता बढ़ती जाती है। सत्ता का पद आपके लिए महँगा पड़ेगा मन के आक्रोश से आप उत्तरदायित्वों का आसानी से विरोध कर लेती हैं। मूल रूप से आप एक कर्तव्यनिष्ठ एवं निरंकुश व्यक्ति हैं, काम कितना भी हो आप उससे जी नहीं चुरा सकते, लेकिन अनुबन्धों का पालन भी नहीं कर सकते।

यदि आप महिला हैं तो मनमौजी काम कदापि न करें। अपने घर के लिए नहीं, आप दूसरे व्यक्तियों के लिये खुशी से काम और परिश्रम कर सकती हैं

तथा उनके निर्देशों का पालन भी करने में गौरवमान सकती हैं, लेकिन आपकी प्रतिभा का समुचित विकास व उपयोग तभी हो सकता है जबकि आप निरीक्षण के योग्य कार्य करने और प्रबन्ध करने वाले पद पर कार्यरत हों। घर से बाहर सर्वत्र दुर्भाग्यवश दूसरे व्यक्ति आपकी क्षमता और उत्तरदायित्वपूर्ण चरित्र को देखते हुए अपनी समस्याओं एवं विपत्तियों का बोझ भी आपके सर पर डाल सकते हैं। वहाँ चतुराई से आपको यह जानना चाहिये कि उसकी सीमायें क्या हैं, क्या करना है, और परिवार का उल्लंघन न होने दीजिये। मनमानी आदत से बचिये। सुरक्षा आपके खुशी रहने की महत्वपूर्ण शर्त एवं आवश्यकता है।

हो सकता है कुछ वर्षों तक आप अपनी इस अनिवार्य आवश्यकता की उपेक्षा कर दें, परन्तु अन्ततोगत्वा आप सुरक्षा के लिए बेचैन हो जायेंगी और फिर अपनी गलतियों का एहसास होने लगेगा। अधिक से अधिक पराधीनता, दबाव अंकुश एवं अनुबन्धों में रहकर तथा एकान्त में गम्भीरतापूर्वक साधना व चिन्तन करते हुए लोक-प्रियता पाने का सर्वाधिक कार्य कर सकती हैं। अन्यान्य कुटुम्बी, पड़ोसी व इष्ट-मित्र वर्ग भरोसे मन्द नहीं हैं। किसी को भी अधिक निकट न आने दें, हर जगह गम्भीर बने रहें। जीवन साथी और बच्चों के हित में धैर्य, गम्भीरता, सहनशीलता आवश्यक है। आपको इसकी जरूरत महसूस होगी। मितव्ययी बनकर आप अपने लिए इस तरह का कार्य क्षेत्र चुनिये, जिसमें आपके कठिन प्रयत्नों का पूरा उपयोग हो सके। खुद के व्यवसाय में आपके कठिन प्रयत्नों को पूरा पुरस्कार मिल सकेगा। सत्यता समझिये, मकर राशि पहाड़ी बकरी का प्रतीक है, इसका अर्थ है लगातार ऊपर चढ़ना। अपने आत्मविश्वास को स्वीकार करके आप इस कार्य को बखूबी कर सकती हैं। अपनी हँसी-खुशी जाहिर न होने दें, मन के अन्दर ही खुशहाल रहें। आपकी प्रतिभा के लिए उपयुक्त कार्यक्षेत्र में पाककला, लेखन, प्रबन्ध, व्यापार, अर्थशास्त्र, ज्योतिष, राजनीतिशास्त्र, दैविक उपासना, तर्कशास्त्र, इतिहास और हस्तकला प्रमुख है।

शिक्षा एवं पूंजी निवेश से सुरक्षा की सन्तुष्टि आपकी आवश्यकता होगी। भूमि, घरेलू व्यापार, कृषि, गृह, सम्पत्ति और लेख में अभिरुचि होनी चाहिये। दूसरों के अन्दर अवगुण न खोजें और अपने गुणों का बखान न करें। ●

कुम्भ राशि का जीवनफल

"कुम्भ" एक रहस्यमय तथा गोपनीयता प्रधान राशि है। कर्मठता, सरसता, सहजता एवं सशक्तता इस राशि की विशेषताएँ हैं। अधिक भार या दबाव से कुम्भ के टूट जाने का भय रहता है। निर्विवाद आकाशीय सभासदों के बीच कुम्भराशि का स्वरूप निम्नोक्त हैं—

कुम्भोपदोना दिनमध्यसंग प्रसूः स्थिरः कर्बुरवन्यवायुः।
स्निग्धोष्णखण्डस्वरतुल्य धातुः शूद्रःप्रतीचीविषमोदयोग्रः॥

अनेक समस्याओं और उलझनों में परेशान रहने के कारण आपका जीवन कोई ज्यादा सुखमय नहीं कहा जा सकता। बहुत दिनों से चले आ रहे संघर्षों के समाप्ति की आशा जब भी आप करेंगे, तब वही संघर्ष और वही परेशानी घटने के बजाय (उगते हुए सूरज के किरणों की तरह) अपने आप बढ़-चढ़कर चारो ओर से घेर लेगी, उसमें आप छटपटायेंगे, रोयेंगे और घुटन महसूस करेंगे, मगर कोई मददगार या कोई साथी उस वक्त काम नहीं आयेगा।

आपको यह बता देना जरूरी है कि आत्मत्याग या शरीरत्याग की भावना बनाने से अथवा घुट-घुट कर शरीर-मन-बुद्धि को मारने से कोई लाभ नहीं होगा। आपको सहारा और यथार्थ दिशानिर्देश की जरूरत है, गुरू-कृपा से सही मार्ग प्राप्त होगा।

स्वामी-शनि, शूद्रवर्ण, वायुतत्व है। मध्यम प्रकृति, स्थिर संज्ञा है। गर्म-स्वभाव, दान-पुण्य-धर्म एवं पूजा-पाठ कृत्यों में रुचि होगी। कृतज्ञ रहेंगे। पशु-पक्षी से प्रेम, कृपण, शुभ एवं चंचल दृष्टि, कड़ा दिमाग होगा। "कन्फ्यूशस" के शब्दों में...."ज्ञानी पुरुष का हृदय दर्पण के सदृश होना चाहिये कि जो किसी भी वस्तु को बिना दूषित किये हुए परावर्तित कर देता है।" यह ज्ञानवर्धक शिक्षा अपने जीवन में उतारने का प्रयत्न करें। मान और बुद्धि में उत्तम

व्यवहार रहेगा। प्रेम से हीन होकर पैसे-पैसे जोड़कर इकट्ठा करेंगे। दानी, भोग-विलास में तेज, शक्तिमान और निर्भय व्यक्ति आप होंगे। कभी-कभी कुछ लोगों को साधारण कष्ट भी बरदास्त नहीं होगा। अपना जीवन भार-स्वरूप लगने लगेगा। शरीर-मन-मस्तिष्क में जैसे छूत की बीमारी लग गयी हो। कुछ निराश प्राणी प्राणत्याग के लिए भी प्रयत्न करेंगे, परन्तु इन सबसे बचने का उपाय है, गुरु की शरण में जाने से ही कुछ उपाय प्राप्त होगा।

आपको अपने जीवन में दो या तीन बार शल्य-चिकित्सा करनी-करानी होगी। रुपये-पैसे की कमाई ज्यादा होगी, फिर भी खर्च की अधिकता से कर्ज का भरमार हमेशा बढ़ा-चढ़ा रहेगा। कमाई अच्छी खासी होते हुए भी आप कभी-कभी पैसे-पैसे के लिए मुहताज हो जायेंगे, मगर उस वक्त कोई मददगार तैयार नहीं होगा। धन-दौलत बहुत ज्यादा कमायेंगे, मान-प्रतिष्ठा भी कम नहीं रहेगी, मगर कभी-कभी बना-बनाया काम भी बिगड़ जायेगा। कदाचित आपकी स्थिति ऐसी हो जाया करेगी कि व्यापारिक कार्यों के लिए आप परेशान हो जायेंगे। स्वभाव शरारती, चंचल मन और परोपकारी स्वभाव आपका है। आप देखेंगे कि चारो ओर कार्य की प्रबलता का ही बोलबाला है। अपने जीवन में आप जितना अधिक कार्य करेंगे, उतने ही समृद्ध बनेंगे। आप के चारो ओर गिद्ध दृष्टि जमाये चाल चलने वाले और मायाजाल बिछाने वाले बहुत सारे प्रतिद्वन्द्वी भी दिखाई देंगे।

क्या आप विश्व के इस प्रपंचात्मक दुरंगी चालों का मर्मोद्घाटन कर सकेंगे? यदि नहीं कर सकते तो बचाव का प्रयत्न ही कर डालिए। संसार में छिद्रान्वेषकों की कमी नहीं है। जहाँ देखिये, वहीं वे आपके खानपान-रहन-सहन, यश और वैभव को देख अनायास ही सुलगते दिखाई पड़ेंगे। उनसे बदला लेने के लिए या उन्हें नष्ट करने के लिए चारो ओर दौड़ता हुआ दिमाग कभी-कभी धन की प्राप्ति का मार्ग भी चौपट कर दिया करता है। विद्या-क्षेत्र में कोशिश करें तो जीविकोपार्जन-योग्य सफलता मिलेगी, मेहनत कम करने पर पढ़ाई के क्षेत्र में आप बिल्कुल असफल रहेंगे। १५, १८, २१, २३, २५, या २७ वर्ष

में शादी के योग पाये जाते हैं। विवाह एक संस्कार है, व्यवसाय नहीं। हर किसी के लिए विवाह करना आवश्यक भी नहीं है। स्त्री हो या पुरुष, विवाह किये बिना भी बखूबी जीवन निर्वाह कर सकते हैं। विवाहित-जीवन को उत्तरोत्तर सुन्दर और सुव्यवस्थित रूप देने में जिन नियमों व धारणाओं का उपयोग तथा जिन कार्य व व्यापारों का सहयोग आवश्यक होता है, यदि समुचित पालन और निर्वाह हो सके तो कुम्भराशि के स्त्री या पुरुष अपना विवाह कर सकते हैं। पति-पत्नी का पारिवारिक सुख-सम्बन्ध यों तो सुन्दर ही रहेगा, मगर झगड़े और कलह भी हो जाया करेंगे।

आप रुपये-पैसे और इज्जत कमाने के मामले में जी-तोड़ मेहनत करेंगे। सफेद और हल्के नीले-रंग के पदार्थ आपको ज्यादा प्रिय होंगे। प्रायः आप अपने जीवन में रईसी अथवा मनोरंजन के कार्यों में अधिक खर्च करना पसन्द नहीं करेंगे। सफाई और सादगी में विशेष रुचि रहेगी। परिवार से खटपट, लेखन-कार्य तथा हस्त-कला के व्यवसाय में और सन्तान के मामले में सदैव चिन्तित रहना होगा। सर्विस के क्षेत्र में अधिकारियों से भय एवं कानूनी विवाद से सदैव कष्ट भोगना पड़ेगा। स्वार्थी और लालची दोस्तों की भरमार रहेगी। स्वाभिमान, बचत और इज्जत के लिए आप मरमिटने वाले व्यक्ति होंगे। अपनी जिन्दगी में सट्टा-जूआ के नतीजे पर आप गहरी हानि भी उठा सकते हैं। जो कुछ लाभ होगा उससे जरा भी आप सन्तुष्ट नहीं होंगे। प्रायः खर्च करते समय आप कुछ सोचते-विचारते नहीं, उतावले होकर आप अनायास फूंक-ताप स्वाहा कर देते हैं, बाद में पश्चाताप ही करना पड़ता है।

आप अपनी जिन्दगी में एकाएक बहुत धनी भी बन सकते हैं, मगर धनसंग्रह के मामले में आप ठंढे रहेंगे। यदि आप राजकीय या केन्द्रीय सेवा में कार्यरत हैं, तब तो आपको अनुशासन की शिक्षा देना बेकार है। जो लोग गैर-सरकारी संस्थागत नौकरी कर रहे हों, उन्हें पूर्णतः अनुशासित और कर्तव्य पालन में नियमित रहना अनिवार्य होगा। छोटी-मोटी बातों पर क्रोधित हो जाने का स्वभाव बना रहेगा। अगर आप जल्दी-जल्दी यात्रा करने और जगह बदलने

में दिलचस्पी रखें तो बहुत बड़ा धन लाभ कर सकते हैं। सन्तान के पक्ष में आपको प्रायः दुख और चिन्ता ही हाथ लगेगी। शनिवार का दिन ज्यादा लाभदायक है। अगस्त का महीना ५, १०, १५, ३० तारीखें और मंगलवार का दिन आपके लिए हमेशा घातक हैं, अतः इन दिनों आप जो भी कार्य करेंगे, उकमें नुकसान उठायेंगे।

जन्म से १४ या २१ वर्ष की उम्र तक का समय कुछ अच्छा और कुछ खराब बीतेगा। विद्यार्जन, जमीन, जायदाद, बुद्धि का बिकास तो होगा, परन्तु शरीर की विभिन्न बिमारियाँ, परिवार से कष्ट तथा चापलूसों क: संगति से हानि भी होगी। विचार कीजिए कि यह संसार मायामय है, काजल की कोठरी समझिये, इसमें सांस लेने वाला प्राणी दूध का धोया होकर भी लोकापवाद से कभी अछूता नहीं रह सकता। आप भी अपवादों से बच नहीं सकते। उपकार मानना तो दूर रहा, उल्टे दुनियाँ आपको दोषी ठहराती रहेगी। अहिंसा के पुजारी प्रेम-दया-माया के अवतार, करूणा के प्रतीक एवं चेतना के स्तम्भमानवों को परखिये। आपमें कुछ स्वार्थभावना भले ही रह जाय, परन्तु दम्भ-दर्प और अभिमान से बचिए। मानबता सिर उठाने लायक जोवित रह जाय, ऐसी मानव-धर्म की कसौटी पर स्वयं को कसिये। क्योंकि आपको चापलूसी और चालाकी आदि से नेष्ट घटनायें होती ही रहेगी। अधिक संकट यदि आ भी जाय तो टल जायेगा। फालतू खर्च की ताकत बढ़ी-चढ़ी रहेगी। कभी-कभी आप बिलकुल नये तरह के सांसारिक दुखों का अनुभव करेंगे। आपको संसार भी अन्धकारमय दिखने लगेगा। चारो ओर से निराशा के बादल घेर लेंगे, अतः समय रहते बचाव उपाय जरूरी है।

२२ से ४० वर्ष तक जायदाद, धन और परिवार बढ़ता ही रहेगा। अधूरे कार्य पूर्ण होंगे और आपके नसीब का सितारा चमकेगा। कहीं उत्तराधिकार में अधिक धन भी प्राप्त हो सकता है। आपका स्वास्थ्य सुन्दर रहेगा, कदाचित बीमारियों से परेशान भी रह सकते हैं। आप अपने उत्साह के साथ आगे बढ़कर कारोबार, नौकरी, मान-प्रतिष्ठा आदि हर क्षेत्र में काफी तरक्की

प्राप्त करेंगे। ४१, ४२ और ४३ वर्ष की उम्र में लोहा-लकड़ी आदि कठिन अस्त्र-शस्त्रों से आपको भयानक चोट पहुँचेगा। कमर और कन्धों पर अनायास चोट लग सकती है। आकस्मिक दुर्घटना, पारिवारिक सदस्यों की मृत्यु, यथा-सम्भव आपको भी मृत्युतुल्य कष्ट भोगना पड़ेगा। ४४ से ६७ वर्ष तक का समय मनमुताबिक भाग्योदय कारक है। आपकी धाक और प्रभाव गैर लोगों पर पड़ेगा। उस अवस्था में भी आप ज्यादा मेहनत करेंगे, अदालती और व्यापारिक कार्यों का बोझ ज्यादा रहेगा। लोहा, कोयला, यातायात के व्यापार में आपकी यदि दिलचस्पी हो तो करके आजमाइये, पूर्ण उन्नति करेंगे। ६८ से ७२ वर्ष तक आप बहुत ज्यादा असाध्य रोगों में परेशान हो जायेंगे। यथासम्भव अनेक खतरनाक, असाध्य बीमारी भी हो सकती हैं, इन बीमारियों पर दवादारू कुछ भी काम नहीं करेगा, केवल अनुष्ठान और यज्ञ कराने से रक्षा हो सकती है। ७० और ७१ वर्ष की अवस्था के मध्य ७० वर्ष ५ माह २९ दिन की आयु में आपकी मृत्यु होनी चाहिये।

अपने जीवनकाल में आपके लिए आवश्यक है कि योग, ध्यान, उपासना, गुरुभक्ति आदि माध्यमों से चित्त को शान्त रखने का उपाय करें। अज्ञानतापूर्वक शोक को नियन्त्रित न करें। धन-मकान, जमीन-जायदाद आदि जड़ वस्तुओं के लिए शोक करना व्यर्थ है। वह सब कुछ आपके भाग्य में है, जो आप चाहते हैं।

कुम्भराशि के जातक दूसरों के निर्णय और परामर्श को शीघ्र ही मान लेते हैं, अच्छे-बुरे की परवाह किये बिना सभी कार्य करने को आतुर हो जाते हैं। दूसरों को प्रायः गलतफहमी और भुलावे में रखते हुए भाइयों-सम्बन्धियों एवं रिश्तेदारों से तिरस्कार के सिवाय कोई सक्रिय सहयोग नहीं प्राप्त कर सकेंगे। हर किसी पर जल्दी विश्वास कर लेने का स्वभाव कभी-कभी नुकसानदायक सिद्ध होगा। खान-पान पर आपका विशेष नियन्त्रण नहीं रहेगा। घर को सही रूप में व्यवस्थित रखने का अधिक शौक रखकर भी आप प्रायः असफल होंगे। झूठ बोलते नहीं और कड़वा सच कहकर चारो ओर बुरा बन जाते हैं। मक्खन-बाजी आपसे हो नहीं सकती। कोई भी झूठ-सच अथवा तीन-तिकड़म स्वयं

करेंगे तो पकड़ में आ जायेंगे। सत्य और धर्म की विजय होती है, आपका यही विश्वास कहीं भी पराजय का आभास नहीं होने देता। बार-बार गिरकर ही तो आप सम्भलना सीखते हैं, इसलिए आपका आत्मबल बना रहता है।

आपका जन्म चाहे जैसे भी परिवार में हुआ हो, गरीबी और अमीरी से सम्बन्ध न रखते हुए आप मध्यमवर्गीय जीवन जीने के अभ्यस्त बनेंगे। स्वभावतः आलोचना व अन्याय बरदाश्त भी नहीं कर पायेंगे। कहाँ क्या-क्या साधन कैसे मिलेगा ? इसी की तजबीज में ज्यादा समय बीतेगा। आप चाहे जिससे और चाहे जैसे मजाक कर लेंगे; किन्तु दूसरे लोग आपसे यदि कोई हल्का मजाक करें तो उसमें आपको अपनी बेइज्जती महसूस होगी। प्रार्थना यही है कि व्यक्ति-विशेष की टीका-टिप्पणी में आप रुचि न रखा करें, किसी के गुण-दोष कथन के पहले उसके स्वरूप की सच्ची जानकारी अवश्य प्राप्त कर लिया करें। सिद्धान्ततः स्वरूप की पहचान किये बिना किसी व्यक्ति या वस्तु को भला या बुरा घोषित करना, अपनी मूर्खता का परिचय देना है। कुम्भराशि के पुरुषों को मेष, बृष, सिंह, बृश्चिक, धनु, कुम्भराशि वाली स्त्रीवर्ग में माता-बहन-पत्नी-पुत्री-रिश्ते-नातेदार हों तो उनसे सहानुभूतिपूर्ण सुखद सम्बन्ध रहेगा।

कुम्भराशि का मूलांक ८ है, तदनुसार स्वाभिमानी एवं योजनाबद्ध तरीके से काम करने में चतुर होंगे, अपने अस्तित्व से अपरचित रहेंगे। जैसा साथ मिले वैसे ही बन जाना स्वभाव होगा। ख्याति-लब्ध जीवन होगा। मेहमानबाजी में निपुण होंगे। कभी अनुकूल और कभी प्रतिकूल गृहस्थ जीवन रहेगा। विवाह से पूर्व विपरीत सेक्स के प्रति आकर्षण यदि बढ़ा तो विवाह के बाद धीरे-धीरे कम होने लगेगा। यदि आप थोड़े से भी स्वतन्त्र हैं और आपका रहन-सहन पाश्चात्य ढंग पर प्रभावित है, तो आप अपने स्वभाव के अनुकूल विवाह बन्धन स्वीकार नहीं कर पायेंगे। घर-गृहस्थी में चाहे जितने कष्ट का सामना क्यों न करना पड़े ? यदि आप अपनी पत्नी को सच्चा स्नेह दे सकें तो आपके जैसा सुखी विवाहित जीवन किसी का हो ही नहीं सकता। बस पत्नी को समझने की ही जरूरत है। किसी मजाक में अपने जीवन को मत भरमाइये। बुद्धि और

विवेक का अक्षय धन आपको इसलिए मिला है कि प्रतिचिन्तन सत्य की ओर आप अपने जीवन को अग्रसर कीजिए। बे-सिर-पैर की बात में उलझना और मजाक में बहुमूल्य समय नष्ट करना, बुद्धिमान का काम नहीं है। अपने सत्प्रयास से समाज व परिवार को सुसंगठित बनाइये।

कुम्भराशि वाली स्त्रियाँ प्रायः खूबसूरत, अच्छे कामों में रुचि रखने वाली, दान-उपकार, घर-गृहस्थी के संचालन और सन्तान पालन में निपुण होती हैं। यदि दुश्मनों के पास वे चली जायँ तो दुश्मनों पर विजय प्राप्त कर लेती हैं, मगर कभी-कभी ज्यादा क्रोध में महाकाली का रूप भी धारण कर लेने वाली होती हैं। सहनशक्ति का अभाव रहता है।

कुम्भराशि की महिलायें किसी भी निर्णय-विन्दु पर न डगमगाने वाली और न हिचकिचाने वाली, प्यार के क्षेत्र में अतृप्त, स्वयं के सुख-दुख की परवाह न करके दूसरों के सुख-दुख की चिन्ता करने वाली होती हैं। मित्रों की सीमित संख्या होती है। प्रेम-प्रसंगों में सरल, सीधी और निष्कपट रहेंगी। लोभ-मोह, छल-कपट, धोखा-अपराध एवं अमंगल कार्यों से प्रायः बचने की कोशिश आप करती रहेंगी। सबको सब कुछ देना आपका स्वभाव होगा। विपत्तियाँ तो आपके जीवन की अमूल्य निधि है, विरासत ही आपको प्राप्त हुई है। यदि कृष्णपक्ष में जन्म हो तो आपके अन्दर गुणों की कमी होती है। कार्य-व्यवसाय में भी आपकी विशेष रुचि स्पष्ट नहीं होती। जीवन की हर प्रवृत्तियों को बारम्बार बदलने की इच्छा बनी रहती है। हर कार्य के सम्पादन में उत्साहपूर्वक तीव्रता के साथ उत्तेजना पैदा होती है, फिर थोड़ी ही देर में आलस्य घेर लेता है, इन दोषों को अवश्य दूर करें। परिवार की असन्तोषजनक स्थिति का प्रतिकूल प्रभाव सीधे आपके मन को दूषित करने के लिए होता है। किसी उमंग और आकांक्षा पर चोट पहुँचाने का मतलब है विद्रोह बढ़ना, वही विद्रोह आपकी सहचरी है। निस्संदेह आपको सहन करना ही होगा। आप साहसी और धैर्यवान होंगी। कठिन-से-कठिन परिस्थिति आने पर भी

विचलित होना आपके स्वभाव में नहीं है। पति तथा बच्चों को हर सम्भव तरीके से सुख देने में आपका विश्वास होगा।

कुम्भराशि की महिलाओं को मेष, वृष, सिंह, वृश्चिक, धनु, कुम्भराशि वाले पुरुष वर्ग में पिता-भाई-पति-पुत्र-रिश्ते-नातेदार हों तो उनसे समन्वयवादी सुखद सम्बन्ध कायम रहेगा। कुम्भराशि का मूलांक आठ है, तदनुसार संघर्षशील जीवन होगा, परन्तु व्यर्थ की भीड़ और शान-शौकत पसन्द नहीं होगी। विवाहित जीवन में मनोवांछित प्रतिक्रिया न मिलने के कारण दाम्पत्य जीवन में एक दरार पैदा हो जाना सम्भव है। पति-पत्नी में एक गरम स्वभाव तथा दूसरा नरम स्वभाव का होना बहुत आवश्यक समझिये। आप अज्ञात आकर्षण से बँधी रहने पर भी अपने बढ़ते स्वाभाविक कौतुहल को रोक नहीं पातीं और अपनी जरा-सी बात को भी सत्य पाने पर आनन्दोल्लास से उछल पड़ती हैं, इस प्रकार के अपने स्वभाव पर काबू पाना भी आपके वश में नहीं है। अपनी भावनाओं, उमंगों, जरूरतों पर आपको नियंत्रण रखना चाहिये। हर काम करते या सोचते समय उसे व्यबस्थित और योजनाबद्ध रूप देने में अपनी रुचि बढ़ा लें तो अधिक उत्तम होगा।

कुछ गर्म स्वभाव होने के कारण आप तुनकमिजाज सिद्ध हो सकती हैं। आपमें दिमागी परेशानियाँ और बीमारियाँ सहज ही उत्पन्न हो सकती हैं। पति-पत्नी, पुत्र-पुत्री, भाई-बहन आदि चेतन प्राणियों के बारे में आपको चिन्तायें अधिक रहेंगी। समय-समय पर समाज के कुछ शीर्षस्थ एवं सम्मानित लोगों से बेवजह ललकारे भी जा सकते हैं। विलासमय जीवन में स्वर्गानन्द लुटने वालों से भी परेशागियाँ उठानी पड़ेगो। सुरक्षा का प्रबन्ध बुद्धिमानी से करना चाहिये।

यदि आपकी कुम्भराशि है तो आपकी सेवा भावना बलवती होगी। अपने जीवन में अनेक प्रकार का उतार-चढ़ाव अनुभव करेंगे। यदा-कदा प्रियवियोग का दुख झेलना पड़ेगा। उसी तरह अप्रिय-संयोग से शोकग्रस्त भी होना पड़ेगा। अपने इष्ट का विनाश और अनिष्ट की प्राप्ति होने ही न पाये, इसके लिए पहले से हो सजग होकर सही उपाय करें। दुख-शोक-चिन्ता-भय और व्याकुलता

से बचाव के लिए किसी सद्गुरु की शरण में जायें। सुन्दर चेहरा, विद्याभ्यासंगी, बड़े-बड़े अंगों से संयुक्त ऊँचा शरीर, काम-काज करने में चतुर, बुद्धिमान, एवं पराई स्त्री के बन्धन से पीड़ित रहेंगे। कठोर कर्म में रुचि, सुगन्धित पदार्थों से प्रेम, जूआ-सट्टा, लाटरी, शेयर्स और घुड़दौड़ वगैरह में रुचि होगी। कठोर हृदय, भाई-बहनों से प्रेम का अभाव, साम्पत्तिक हैसियत कमजोर होगी, परन्तु उद्योग द्वारा सम्पत्ति बढ़ाने की क्षमता श्रेष्ठ होगी। नशीले पदार्थों का सेवन करेंगे। सन्तति सुख में बाधा रहेगी। छोटी-छोटी बातों से नाराज होने तथा दिल तोड़ने की आदत और कभी-कभी विचार रहित होकर कोई भी काम कर डालने की प्रवृत्ति कुम्भराशि का लक्षण है।

जीवन पर्यन्त आपके निरन्तर अथक परिश्रम से भूमि भवन, वाहनादि चल-अचल सम्पत्ति का क्रमिक विकास हो सकता है। परिवार में परस्पर सम्बन्धों का ठीक न होना बाहरी लोगों को आँखमिचौली करने का बहाना देता है। सेक्स के सवालों पर मन अधिक देर तक डाँवाडोल नहीं रह सकता, स्वाभाविक या अस्वाभाविक तरीकों से सेक्स की पूर्ति अनिवार्य-सी हो जाती है। पागलपन तथा अवसाद जैसे रोगों से बचने के लिए वर्तमान सामाजिक व्यवस्था के अनुरूप या विरुद्ध सेक्सपूर्ति आवश्यक क्रिया है, उपेक्षा या अवहेलना प्रकृत्ति स्वीकार नहीं करती, यह शान्त रहने के बाद ही वाहन और व्यापार सम्बन्धी कुछ महत्त्वपूर्ण कार्य सफल होगा। आपके कठिन से कठिन समस्याओं का निर्णय करने के लिए आपकी पत्नी का परामर्श कारगर होगा। क्योंकि पत्नी के स्वभाव में सर्वश्रेष्ठ चिन्तन आधार भी न्याय का समन्वित है, भले ही आप उसे गलत समझें या पत्नी के परामर्श को न मानें, यह आपकी गलती है। ऋग्वेद का कथन है—मनुर्भव, अर्थात् तू सच्चा मनुष्य बन। भारतीय संस्कृति के अनुसार जीवन का यही लक्ष्य है। मनुष्य की गरिमा को पहचानिए और अपने जीवन का उद्देश्य निर्धारित कीजिए।

यदि आप अच्छे पद पर नौकरी करेंगे, शान-शौकत के साथ जीवन बितायेंगे तो समाज में आदर की दृष्टि से देखे जायेंगे। वाद-विवाद, चिकित्सा-कर्म,

बौद्धिकविकास आदि में सहायक होते हुए भी प्रगति की दृष्टि से कुम्भराशि अच्छी नहीं है, फिर भी मूल्यांकन-समीक्षा-पहचान-परख-परीक्षण-निरीक्षण आदि क्षेत्र में आपका महत्व रहेगा। केवल यह ध्यान दीजिए कि परिवार की उपेक्षा करना अपराध है, अतः परिवार को पूरा ममत्व दीजिए। समाज व परिवार के चरित्र का अध्ययन करना आपको बेहतर होगा। आपके शरीर में पैर के रोग, पाचन संस्थान की गड़बड़ी, पेशाब के रोग, जल्दी थकावट आदि से कभी-कभी पीड़ित रहना पड़ेगा। बच्चों को पसली चलने का रोग हो सकता है।

प्रतिवर्ष पारिवारिक सुरक्षा हेतु मृतसंजीवनी विद्या का अनुष्ठान करना आवश्यक है। अगस्त मास कष्टकर होता है, ५, १०, १५, ३० तारीखें, मंगलवार का दिन, वृष, कन्या, मकरराशि वाले व्यक्ति, सफेद व पीला रंग के वस्त्रादि पदार्थ आपके लिए ठीक नहीं हैं। यदि आप विद्याध्ययन में सफलता पाते हैं तो ऐसी शिक्षा ग्रहण करें कि जो आपको अतिदर्शी बनाकर जीवन के संग्राम में सक्षम बनाने का योगदान दे सके, जिससे सुविकसित व्यक्तित्व के साथ चरित्र की दृढ़ता, परोपकार की भावना एवं सिंह के समान पौरुष का विकास हो सके, यह सब आपको एक गुरु की कृपा से ही प्राप्त हो सकेगी। कुम्भराशि के ज्यादातर लोग अपने पाँव पर खड़ा होना ही नहीं जानते। बाहरी दुनियाँ के तौर-तरीके आपको रुचिकर नहीं होगा। आपमें असुरक्षा की भावना बढ़ जाने से मानसिक स्थिति में विकार आने लगेगा। कार्यस्थल और निवासस्थल नजदीक हो या दूर हो, घर के हित-मित्र किसी घोटाले या बढ़ती साजिश में आपकी मदद नहीं कर सकेंगे। अतः आप अपनी आत्मनिर्भरता बढ़ावें। सेवावृत्ति की भावना से अनुप्रमाणित व्यक्ति आप हैं—आपकी सेवाभावना लोक प्रसिद्ध होगी।

"सम्राट लुई" कहते हैं—"समय की पाबन्दी सुशीलता का चिह्न है"। अतः आपकी राशि का स्वामी वही शनि है, जिसने कुछ समय तक सारथी व अश्वसहित अपने पिता सूर्य को अन्धा बनाया, भूतभावन श्री भगवान शंकर को भी क्षण भर के लिए कैलाश में छिपने को बाध्य किया। आपके जीवन में शनि का भरपूर प्रभाव है, आपके सभी सुख-दुख का दाता, रक्षक और भक्षक

शनि है। अतः शनिदेव के प्रसन्नार्थं कुछ-न-कुछ उपाय हमेशा करते रहना चाहिये। प्रति शनिवार को होनेवाली शुभ और अशुभ घटनाओं की रिपोर्ट बनाकर अपने पास रखा करें। कई वर्षों की ऐसी रिपोर्टिंग से आपको बड़ा लाभ होगा। आपके मनोजगत् के प्रति माँ-बाप की कुछ अज्ञानता या उदासीनता रही होगी, इसी कारण आपको अपने आत्मसम्मान और गरिमा के हनन की प्रतीति बारम्बार हो सकती है।

आपका जीवन समस्याजनक है, प्रतिकूल प्रभावों के घेरे में आपका व्यक्तित्व अपमानित भी होता है। आपके सम्बन्ध में लोगों द्वारा गलत मिशालें पेश की जाती हैं। लोगों के पाखण्ड, बेईमानी, अशिष्टता आदि से आपके अन्दर अवांछित घृणित स्वरूप तैयार होता है। अतः हर शनिवार के दिन अन्ध-पंगु को कृष्णान्न दान, शूद्रवर्ण के नीलम के साथ एकमुखी श्री हनुमत कवच निर्माण कराकर धारण करना उत्तम होगा। बजरंगबाण का नित्य पाठ भी शुभफलदायी है। चेतावनी यह है कि कर्तव्यविमूढ़ होकर उन्नति के असली पथ से गिरने का उपाय न करें, ध्यानपूर्वक विचार करने से आपको अपने अन्दर पद-पद पर त्रुटियाँ दिखाई देंगी, उन दृष्टिगत कारणों को दूर करके ईमानदारी-परिश्रम और निष्ठा से अपने सही कर्तव्य पालन में तत्पर हो जायँ, इसी में आपका पारिवारिक कल्याण है।

१, १०, ११, २०, २१, ३०, ३१, ३८, ३९, ४२ वर्षायु में साधारणतः पीड़ा का योग है। नाना प्रकार की विपत्तियाँ, विवाद, दुराग्रह, रोग, व्यापारिक हानि, स्वजन बियोग, परदेश निवास आदि से चिन्तित रहना पड़ेगा। नौकरी वाले पुरुष और महिलायें कुछ सुखी, स्वस्थ और प्रसन्न रहेंगी। २, ९, १२, १९, २३, २८ वर्षायु में कष्ट ही कष्ट है। ३, ८, १३, १८, २२, २९, ३२, ३७, ४०, ४४, ४७, ४८, ५० वर्षायु में स्थितियाँ सुखदायी रहेगी। धनागम, सम्मान, बुद्धि, भाग्योदय एवं व्यापारिक प्रगति के साथ आत्मरक्षा का मार्ग प्राप्त होगा। आयु-आरोग्य की रक्षा का उपाय सफल होगा। कानूनी विवाद या मुकदमें की भी चिन्ता रहेगी। नौकरी वालों की पदोन्नति या पदच्युति, कुछ भी आकस्मिक घटना होगी। ४, ७, १४, १७, २४, २७, ३३, ३६,

४१, ४५, ४९ वर्षायु में परेशानियाँ क्रमशः घटने लगेगी। धन-लाभ, राज्य-सम्मान, अविवाहितों का विवाह, पति-पत्नी के दाम्पत्य प्रेम की वृद्धि होगी। रुचियों के अनुरूप रास्ता बनाने व सक्रियता चुनने का अवसर होगा। शत्रुनाश, व्यापार में भाग्योदय, नौकरी में उन्नति, स्थानान्तरण सन्तान-प्राप्ति आदि कई एक सुन्दर योग हैं।

५, ६, १५, १६, २५, २६, ३४, ३५, ४२, ४६, ५० वर्षायु में नियमित जीवनचर्या, आर्थिक सुव्यवस्था एवं औद्योगिक उन्नति का योग है। वसुन्धरा के गर्भ में छिपे हुए खनिज पदार्थों, रत्नों और रासायनिक द्रव्यों से यदि आप के आजीविका का सम्बन्ध बन जाय तो उस माध्यम से आप अच्छी उन्नति कर सकते हैं। परिश्रम और ईमानदारी से अपनी अगली पीढ़ी को समृद्धि का उन्नत अवलम्ब प्रदान कर सकते हैं। ब्रह्म-विद्या और ब्राह्मण की जरूरत आपको पड़ सकती है। अपने जीवन का नैतिक लक्ष्य यह रखें कि हर ऐसा काम आपको करना है, जिसमें अच्छे लोगों की संगति घुटने न पाये, स्वार्थ हेतु किसी से याचना न करना पड़े और अपने व्यवहार से दूसरों को कभी पीड़ा न हो, इसी भाँति आपका ससम्मान जीवनयापन होगा। अन्त में मोक्ष भी प्राप्त होगा।

आमतौर पर यदि आप कुम्भ राशि के (पुरुष या) महिला हैं तो आपका तेज और जिज्ञासु मस्तिष्क नित्य नई-नई चुनौतियां स्वीकार करना चाहता है। इसलिए आप कोई ऐसा कैरियर मत चुनिये जिसमें बहुत एकरसता हो। ऊबड़-खाबड़-विषम भूमि में आप अपने कार्य को बहुत अच्छी तरह कर सकती हैं, लेकिन चुनौती न होने पर आप जल्दी ही अपने काम से उब जायेंगी। यदि आप महिला हैं तो आप अपने तरीके से काम करना चाहती हैं। अपने मेकअप में यदि आप निजी पुट दे सकें तो आप भीड़ से अलग नजर आयेंगी। आप अपने आन्तरिक शुद्धि की अपेक्षा बाहरी चटक-मटक, हाव-भाव, बनावट के अन्तर्गत परिवर्तनशीलता और विशेष व्यक्तित्व को पसन्द करती हैं और चाहेंगी कि जैसी आप हैं, वैसे ही दूसरे लोग भी आपको स्वीकार करें। वैसे आप सबसे मित्रवत व्यवहार भी करेंगी, भले ही दूसरों से वह व्यवहार कदापि न मिले।

कुम्भ राशीय महिलाओं की आधुनिकतम समाज में विशेष रुचि होने के कारण उनको तर्कक्षेत्र में बहुत अधिक सफलता मिलेगी। इस राशि के पुरुष और महिला समान रूप से मस्त, निश्चिन्त, सेवाभावी, अपने तात्कालिक जरूरतों पर ध्यान देने वाले, कुछ जिद्दी और झक्की स्वभाव के होते हैं। कभी-कभी लापरवाही, आलस्य और नासमझी से बना-बनाया काम भी बिगाड़ लेते हैं। विवाहित जीवन में कुछ नई कठिनाई उठाने की विवशता रहती है। जीवन में आर्थिक आवागमन बना रहता है। भाग्य-कर्म-प्रारम्ध का सहयोग पाने वाली कुम्भ राशि की महिलाओं को बौद्धिक विचारों के आदान-प्रदान में बहुत सुख मिलता है। उच्चस्तरीय चारित्रिक और मानवीय राग बहुत अधिक होने के कारण शान्तभाव से आपको अपना कार्यक्षेत्र ऐसा चुनना चाहिये, जिसमें दूसरों को सहायता और निर्देशन देने के लिए बहुत अधिक अवसर हो। यह कटु सत्य है कि प्रायः दूसरे द्वारा निर्देशित काम करना आपको बहुत अधिक रुचिकर नहीं होगा, इसलिए ऐसा कैरियर चुनिये, जिसमें मौलिक विचारों और स्वतन्त्र कार्यों का उपयोग हो सके तथा आपको स्वयं ही आत्माभिव्यक्ति का अवसर मिलें।

कुम्भ घड़े का प्रतीक है, अतः कुम्भ राशि के व्यक्ति विशेष उपहार लेकर इस संसार में आते हैं। तेज दिमाग रहेगा। प्रयत्न करके आप अपने अन्दर की कार्यक्षमता को अधिक अविकसित मत रहने दीजिए। चातुर्य एक उपहार, बरदान और दायित्व भी है, जिसका आपको भरपूर खुलकर उपयोग करना चाहिये। वेद, शास्त्र, पुराण, ज्योतिष, धर्म, विज्ञान और कम्प्यूटर के क्षेत्र में रुचि हो तो विशेष सफलता मिल सकती है। यदि आप महिला हैं तो अवश्य आपकी मानवीयता का गुण समाज व राष्ट्र-सेविका, मनोवैज्ञानिक-शिक्षक आदि के रूप में उभड़कर मुख्य रूप से अभिव्यक्त हो सकता है। भ्रमण, चिन्तन के साथ दूरदर्शन, बीमा और फोटोग्राफी के विशाल क्षेत्र में आपकी विशेष अभिरूचि होनी चाहिये। अधिक चंचलता, खिलवाड़ और शरारत की प्रवृत्ति से बचना चाहिए।

मीन राशि का जीवनफल

पारिवारिक पालन की कमियों से उत्पन्न नकारात्मक प्रवृत्तियाँ औपचारिक, गंभीर और निषेधात्मक जीवन का ;निर्माण करती हैं। उच्छृखंल, चंचल, संगठित, एकान्तप्रिय, सुकोमल मीनराशि के प्रति महर्षि वाक्य है—

मीनोपदःस्त्री कफवारिरात्रिर्निःशब्दवभ्रु द्वितनुर्जलस्थाः।
स्निग्धोऽतिसंगप्रसवोऽपि विप्रः शुभोत्तराशेट्विषमोदयश्च ॥

मीनराशि के पुरुष अपने जीवन की सफलता का रहस्य गोपनीय रखने वाले, झूठे और कच्चे वायदों में विश्वास न करने वाले, निर्मल और निर्दोष-हृदय, दिल के गहरे और कुछ तिकड़मी स्वभाव के होते हैं। राजकीय या अराजकीय संस्थागत सेवाओं के रूप में आपकी आजीविका हो तो आप अपनी अवस्था, शैक्षणिक योग्यता, अनुभव एवं कार्यकुशलता के आधार पर नियम और निष्ठा के साथ बखूबी निर्वाह कर ले जायेंगे। विरोधीवर्ग हरदम भारीभरकम नुकशान कराने का षडयन्त्र रचते रहेंगे। अपमानित भी करायेंगे। दूसरों के व्यवहार से खुद अपना व्यावहारिक सिद्धान्त बनायेंगे। खान-पान के प्रति बहुत जागरुक रहने वाले व्यक्ति आप हैं। स्वयं को अधिक बुद्धिमान एवं चतुर समझने वाले होंगे।

आपकी पत्नी सामाजिक, पारिवारिक, धार्मिक कार्यों में कुशलतापूर्वक भाग लेने वाली होंगी। समाज-परिवार एवं पड़ोसियों को आप सदैव आगे बढ़ाने में सहायक होंगे। कई लोगों के विपरीत स्थिति में आप मदद भी करेंगे। धर्मउपदेश, नवीन खोज, साधना-आराधना आदि में आपका चित्त लगा रहेगा।

मीनराशि के पुरुषों को वृष, मिथुन, कन्या, धनु, मकर, मीनराशि वाली स्त्रीवर्ग में माता-बहन-पत्नी-पुत्री-रिश्तेदार या भागीदार हों तो उनसे समझौता-पूर्ण व्यवहार कायम रहेगा। आपकी आजीविका यदि कृषि, व्यापार, या कल-

कारखानें के स्वामित्व से जुड़ी हुई हो तो धन और सम्मान की क्षति कराने में आपके ही विश्वासपात्र सन्नद्ध दिखाई देंगे। कहीं से चैन नहीं लेने देंगे, उपायों का सहारा लेना जरूरी होगा। मीनराशि का मूलांक ३ है, तद्नुसार शान्तिप्रिय एवं मृदुभाषी स्वभाव होना सिद्ध होता है। प्रेमभाव में पूर्णतः व्यावहारिक, अनुभवी तथा अपनी बुद्धि से कठिन परिस्थितियों को पार कर लेने में दक्ष होंगे। वैवाहिक जीवन में सौभाग्यवश अनुकूल पत्नी मिलने पर सुखी दाम्पत्य जीवन हो सकता है, अन्यथा आगे चलकर सम्बन्ध-विच्छेद की अधिक सम्भावना रहेगी।

अपनी भावनाओं पर नियन्त्रण करने की ताकत आपके पास कम होगी। बड़े लोगों को प्रभावित करने की अपूर्व क्षमता आपके पास होगी। उन्मुक्त हास्य आपके व्यक्तित्व की विशेषता कही जा सकती है। मित्रों की संख्या में कमी नहीं होगी। आपमें केवल आत्मविश्वास की कमी रहेगी। स्वतः हँसेंगे और स्वतः रोयेंगे, आपको हँसाने और रुलाने में दूसरों की भूमिका कम होगी। शिक्षा के सवाल पर स्वजनों से टकराव पूर्ण सम्बन्ध रहेगा। आपके अन्दर सबके साथ घुलने-मिलने, स्वतन्त्र बनने और सबके बीच आदर पाने की चाह होती है। ऐसी चाहत पूरी न होने पर ही इच्छानुकूल स्थान पाने की कोशिश में अनुशासनहीनता और झूठी ताकत की प्रतिष्ठा का सहारा लेना पड़ता है। ऐसी स्थितियाँ बनाने में अधिक अंशों तक माता-पिता को ही जिम्मेदार ठहराया जा सकता है।

आप अपने अन्दर उत्तरदायित्व को आत्मगत किये रहते हैं, उत्साह का वातावरण चाहते हैं, श्रम और सक्रियता के संगठन को आवश्यक समझते हैं, इन्हीं उद्देश्यों से विज्ञान, वेदशास्त्र, दर्शन, धर्मशास्त्र एवं कृषि से आपका लगाव सम्भव है। जन्म से २६ वर्ष तक आप दुखी, चिन्तित, परेशान और रोगी रहेंगे। स्वामी बृहस्पति, ब्राह्मण वर्ण, जलतत्व, द्विस्वभावसंज्ञा है। शीतलस्वभाव, प्रकृति-गम्भीर एवं अन्यान्य विचारों से युक्त हैं। अत्यन्त चतुर दुश्मनों पर अपना प्रभाव जमाने वाले, कड़ी बोली और रूखा व्यवहार होगा।

क्रोधी, कंजूस, ज्ञानी-विद्वान, गुणी और पारिवारिक कलह से चिढ़ने वाले होंगे। देवाराधना में तत्पर, भोग-विलास-वृत्ति में तेज, राजनीति विद्या में निपुण होकर सौन्दर्य और लक्ष्मी से युक्त व्यक्ति आप होंगे। कभी-कभी स्त्री-पुत्र-धन-सम्मान-कीर्ति-स्वास्थ्य आदि कोई भी इष्ट पदार्थ नाश हो जाने पर आप अधिक परेशान हो सकते हैं। किसी मुकदमा की उलझन और भयानक रोग-ग्रस्तता से प्राण संकट उपस्थित हो जाने पर शरीर त्याग की दुर्भावना पैदा होते देर न लगेगी, उपायों के द्वारा यह सम्भावनायें टाली जा सकती हैं।

उत्तराधिकार में सम्पत्ति मिलने तथा सट्टा-लाटरी से अचानक धन-प्राप्ति के अवसर मिलेंगे। स्वार्थ और लालच की भावना तेज रहेगी। शारीरिक कष्ट, मनोव्यथा, व्यग्रता, सिर में चोट, रक्तचाप की वृद्धि, सन्तान की चिन्ता तथा स्त्री-कलह से आपको हमेशा चिन्तित रहना पड़ेगा। कभी-कभी शोक के मारे दिन-रात आपकी छाती जला करेगी। दिन में चैन नहीं पड़ेगा और रात में नींद नहीं आयेगी। शरीर सूखने लगेगा और खाना-पीना भी हराम प्रतीत होगा, इन आपदाओं से बचने का प्रयास करें। आपकी दिनचर्या अनियमित एवं प्रकृति विरुद्ध होने से जीवन की प्रतिकूलता बढ़ेगी। सम्भव है, पड़ी हुई कुछ बुरी आदत कभी-कभी प्राणलेवा कष्ट भी दे सकती है।

१८ से २६ वर्ष की उम्र में विवाह हो तो पति-पत्नी में प्रायः खटपट कलह बनी रहेगी। खर्च की ताकत बढ़ जायेगी। चिन्ताओं के कारण अनेक प्रकार के शारीरिक रोग उत्पन्न होंगे। रुपये-पैसों की कमी महसूस होगी, मगर २७ से ४३ वर्ष तक का समय परिश्रम पूर्वक धन-दौलत प्राप्त कराने वाला है। हर जगह आपकी इज्जत होगी, लोग वाहवाही करेंगे। निजी मकान जायदाद भी होगा, अधिकांश परेशानियाँ दूर हो जायेंगी। सतत प्रयत्न करने पर मन में सोचा हुआ अधिकांश काम पूरा होगा। ४४ से ६० वर्ष तक का समय कष्ट-कारक है। होशियारी से काम लें, वरना बहुत बड़ी मुसीबतों का सामना करना पड़ेगा। इन अवस्थाओं में आपकी निजी सम्पत्ति नष्ट भी हो सकती है। अनेक असाध्य रोगों और बीमारियों में आप फँस जायेंगे। पारिवारिक उलझनों से डटकर सामना करना पड़ेगा। कर्ज का बोझ सिर चढ़ेगा।

६१ से ६९ वर्ष तक वृद्धावस्था का समय पुनः कुछ भाग्य को बढ़ाने वाला और तकदीर को चमकाने वाला सिद्ध होगा। किसी मददगार की ओर से आपके व्यापार में ज्यादा सहायता मिलेगी। आप अपने जीवन के विविध क्षेत्रों से सन्तुष्ट होते दिखाई देंगे। अपने विविध गुरुओं में आप जिस किसी एक के प्रति सर्वाधिक आस्था रखते हों, उनसे आपका क्षणभर के लिए पृथक नहीं होना चाहिये। आपके सद्गृहस्थ विद्वान गुरु पिछले जन्मों में आपके महाजन रहे हैं। आप उनके ऋणी हैं। लगभग समान रुचि और समान स्वभाव वाले अपने उस महाजन गुरु की सही पहचान आपको हो जाय तो उनके आर्थिक उत्तरदायित्व को स्वीकार करके ऋणमुक्त हो सकते हैं। जन्म-जन्मान्तरित सम्बन्धों वाले गुरु की प्रत्यक्ष या अप्रत्यक्ष कृपा यदि आपको मिलती रहे तो आप सड़क से महलों में आ जायेंगे। प्राणघातक कुचक्रों से बचते रहेंगे, स्वावलम्बी बनकर अनमोल अनुभव संचित करेंगे। विविध दायित्व निभाते हुए दुर्लभ खोज के अभियान में सफल होंगे।

द्रव्यमय संसार कर्मवीरों का रंगस्थल है, जिसमें वे मानवता को अदम्य उत्साह और पराक्रम से विजयि बनाते हैं, आप भी उनमें से एक हैं, जो कि अपने मर्यादा व परिश्रम से समाज की विषमयी विषमता को मिटा सकते हैं। सर्वत्र देश-देशान्तर भ्रमण करेंगे। सांस्कृतिक समन्वय का सेतु स्थापित करते हुए अनोखा कीर्तिमान भी कायम कर सकते हैं। स्वदेशप्रेमी, सभ्यताभिमानी, सुसंस्कृत और लक्ष्मीपतियों की संगति कभी-कभी आपको मिलती रहेगी। देश के ऐसे धनी-मानी-सभ्य लोगों से आपको कभी वांछित सहायता मुश्किल से ही मिल पायेगी। कठोर परिश्रम करके कमाने-खाने का ससम्मान भार संभालने वालों का आत्मबल, मनोबल, विशेष सुदृढ़ रहता है। आपकी मीनराशि कर्मठ, उद्योगी, श्रमजीवी तथा सेवापरायण बनाने वाली है। यह भी सम्भव है कि सट्टा, लाटरी या जुआ से अपार धन की प्राप्ति हो जाय।

मीनराशि वाली स्त्रियाँ प्रायः पुत्रवती और धर्मपरायण होती हैं। घर-गृहस्थी के कार्य-संचालन में दक्ष, सुन्दर-स्वभाव होगा। मान-प्रतिष्ठा, धन-

दौलत प्राप्त करने वाली, मीठी वचन बोलने वाली, बुद्धिमान और पति के पहले ही मरने वाली होती हैं। इनका सौभाग्य अखण्ड होता है। मीनराशि की महिलायें अपने ही जीवन की बारीकी न समझने वाली होती हैं। स्वयं अनेक गलतफहमी का शिकार बनने वालो सीमित आमदनी में गुजर-बसर मुश्किल से ही कर पाती हैं। अन्ततः कुछ बचाने की कला भी सीखेंगी। आदर्श-पूर्ण जीवन होगा। कुशल गृहणी होंगी।

आपके हृदय में दृढ़ता और वीरता भी मौजूद रहेगी। विभिन्न विपरीत धारा में प्रवाहित जिज्ञासारूपी नदियों में डूबती और उतराती हुई आपकी जीवन नौका सदैव उनकी तलाश को व्याकुल रहेगी, लेकिन शान्ति और सन्तोष उपलब्ध नहीं हो पायेगा। तुरन्त जवाब देना अधिक बढ़-चढ़कर बात करना तथा तुरन्त निर्णय लेने की क्षमता होना आपके व्यक्तित्व की सबसे बड़ी बात है। प्रचार-प्रसार में आपका अधिक विश्वास होगा। भड़कीले वस्त्र और भारी गहने आपको पसन्द हो तो भी आपके शरीर पर शोभनीय नहीं होंगे।

मीनराशि की महिलाओं को वृष, मिथुन, कन्या, धनु, मकर, मीनराशि वाले पुरुष वर्ग में पिता-भाई, पति, पुत्र और रिश्तेदार या भागीदार हों तो उनसे समझौतापूर्ण व्यवहार, कायम रहेगा। मीनराशि का मूलांक ३ है, तद्नुसार कलाकार और साहित्यिक होने का गुण आपमें पाया जाता है। आपका विवाह कम उम्र में हो जाना ही अच्छा है, अन्यथा अधिक आयु में विवाह होने पर विवाहित जीवन की अनगिनत समस्याओं से जूझना पड़ जायेगा। अतीत की सुखद और दुखद स्मृतियों में डूबना और उतरना आपका स्वभाव है। आपका ध्यान भविष्य की ओर स्थित नहीं रहता, बस वर्तमान सुख-दुख की तुलना अतीत से किया करती हैं। विपत्तियों से घिर जाने पर स्वभाव में उत्तेजना की मात्रा अधिक हो जाती है। आप अपने सभी कार्यों को व्यवस्थित करने में तत्परता एवं रुचि रखती हैं, लेकिन मन में उठे हुए भावों को उचित-अनुचित का ध्यान रक्खे बिना स्वयं शान्त भी कर लेती हैं, बार-बार प्रवृत्ति में हीन भावना आने का डर बना रहता है।

मीनराशि वाली महिलाओं को भी विगत जन्मों से सम्बन्ध रखने वाले गुरु की कृपा मिल जाय तो इस जन्म की बहुत सारी समस्याओं पर स्वतः विजयी बनती रहेंगी। असम्भव को भी सम्भव कर दिखायेंगी। स्थितियों से डटकर मुकाबला करने का हौसला रक्खेंगी। किसी की गुलामी के नियन्त्रण में भले ही न रहें, लेकिन समुचित विकास और उन्नति के लिए अपने गुरु और पति की हर आज्ञा मानना परम आवश्यक समझें।

जीवन एक वास्तविकता है, क्रिया तत्परता है और मृत्यु उसका गन्तव्य नहीं है। इसी कारण जीवन का मूल्य है। दुख-दीनता, दाह, दुश्चिन्ता और दरिद्रता के निवारण का उपाय ईश्वरीय विधानों के आधार पर हो सकता है। स्वस्थता, सम्पन्नता और प्रसन्नता के साथ सुख-पूर्वक जीवन जीने का प्रयत्न कीजिए। यदि आपकी मीनराशि है तो अपने जीवन में अकेले प्रगति नहीं कर सकते, आपको हमेशा एक वफादार सहयोगी की जरूरत पड़ेगी। सच मानिये तो तलाश करने पर भी आपको वफादार सहयोगी नहीं मिल सकेगा। साधारणतः उभरा हुआ गौररक्त गेहूँआवर्ण है। उन्नत ललाट, उन्नत नासिका एवं सुन्दर शरीर होगा पर-धन या आकस्मिक धनप्राप्ति की जिज्ञासा रहेगी। पत्नी के वशीभूत, पशु-पक्षियों से प्रेम, सुन्दर स्त्री, सुन्दर बस्त्र और प्रिय भोजन के प्रेमी होंगे। बुद्धियोग और विद्या योग साधारण है। सन्तति सुख की लालसा और दिमागी हरकतों से लाचार रहना मीन राशि के लक्षण हैं। आपकी सहायता द्वारा अनेक प्राणियों की परवरिश होगी।

आपके जीवन में पड़नेवाले विशेष शुभाशुभ परिणामों की जबाबदेही आपकी पत्नी पर है, यद्यपि पत्नी की बुद्धि अनुभवी और उसका सिद्धान्त आपके जीवन को अनोखा प्रकाश प्रदान कर सकता है। बशर्ते की आप उसे हृदय से चाहें, मान्यता दें और उनका परामर्श ग्रहण करें। सार्वजनिक आन्दोलनों में भाग लेना, समाज की सलाहकारिता तथा नेतृत्व करना अच्छा प्रतीत होगा। स्वतन्त्र उद्योग और धन्धा संचालित करना, चतुर लोगों की अनुकूलता प्राप्त करना उत्तम रहेगा। मार्मिक रचनाओं का निर्माण करना तथा पास-पड़ोसियों का

मार्गदर्शक होना आपके लिए सम्भव है। असत्य, कपट, लोभादि का परित्याग करके न्याययुक्त व्यापार करना आपकी वास्तविक उन्नति में बहुत सहायक होगा। कर्तव्यबुद्धि से किये गये व्यापार या उद्योग द्वारा लक्ष्यपूर्ति के साथ-साथ अन्तः-करण की शुद्धि और ईश्वर की प्रसन्नता होती है। यदि आप नौकरीजीवी हों तो भी असत्य कपट, लोभ से बचें। आपके एड़ी, पंजा, कान में रोग है। स्मरण-शक्तिहीनता उदर सम्बन्धो व्याधि और मानसिक रोगों से कभी-कभी दुखी रहना पड़ेगा।

प्रतिवर्ष सितम्बर मास, प्रतिमास ३, ७, १२, १८, २८ तारीखें, शुक्रवार का दिन, मिथुन तुला कुम्भराशि वाले व्यक्ति और नीला-काला रंग के वस्त्रादि पदार्थ आपके लिए ठीक नहीं हैं। आपके स्वभाव में आत्म-निर्भर बनने की भावना कमजोर है। हमेशा परावलम्बी न बनकर स्वावलम्बी बनिये। आप अपने मानसिक तनाव द्वारा दुर्घटनाओं को आमन्त्रित न कीजिए। अनिद्रा, अकाल-मृत्यु तथा अकेलेपन की दुर्भावना छोड़कर अपने जीवन को विकसित बनाइये, क्योंकि आपमें ब्राह्मणों जैसे कर्म की प्रधानता है। सही माने में आपका जीवन संघर्षमय अवश्य है। नैतिक चेतना के जन्म और विकास में महत्वपूर्ण भूमिका अदा करना आपकी विशेषता है। चेतना और व्यवहार के सामाजिक स्वरूपों को आत्मसात् करके अनेकों व्यक्तित्व का निर्माण आप करेंगे।

आपकी बहुत सी प्रक्रिया शाब्दिक और मौखिक प्रभाव तक सीमित रह जाती है, जबकि नैतिक व्यवहार के नियमों से उसे प्रैक्टिकल होना चाहिये। मानवता, कर्मठता, कर्तव्य, उत्तरदायित्व, प्रतिष्ठा, इमानदारी और नैतिकता से भरपूर आपका व्यक्तित्व स्वयं दुर्बलताओं का शिकार है, इसलिए दिनचर्या में जीवन पूर्ण अनियमित एवं चलते-फिरते मुसाफिरों की तरह उलझनों से भरा हुआ है। कुछ सामाजिक एवं राजनीतिक प्राणियों की आपकी तत्वभेदिनी अन्तर्दृष्टि का उत्कृष्ट परिचय मिलेगा। साथ ही कुछ अधिक आयु मे आप यश का भी अर्जन करेंगे। शास्त्रीय पौराणिक और वैदिक नियमों के अनुसार अपने लिए और अगली पीढ़ी के लिए अपनी कमाई का कुछ अंश नियमपूर्वक

यज्ञ-अनुष्ठान में खर्च कर दिया करें। गोपनीयता पूर्वक तीर्थस्थानों में यज्ञ-अनुष्ठान कराना अधिक लाभकारी होता है। इस प्रकार के धन-व्यय से ही धन समृद्धि होती है।

आपकी कल्पना शक्ति बड़ी प्रबल है, आपके मन में यह सहज जिज्ञासा बनी रहेगी कि अपने स्वतन्त्र जीवन की अगोचर एवं दुर्लभ बस्तुओं को हठात्, हस्तगत कर लें। आपका परिवार एवं आपके भाईबन्धु हमेशा खिलाफ रहेंगे। आप अपनी कुछ खास आदतोंवश कभी-कभी स्वयं बदनामी, बेकारी और परवशता का सेहरा अपने सिर पर बाँध लेते हैं। आप कभी किसी बात की तह तक नहीं पहुँच पाते या स्वयं जान-बूझकर ही हर मामले में अनजान बने रह जाते हैं। कभी किसी खास मकसद में पूरी सफलता नहीं पा सकेंगे, किन्तु आवश्यकता की हर चीज सुलभ होती रहेगी। जीविकोपार्जन की दृष्टि से आपका भविष्य सुखमय रहेगा। हमेशा कुछ-न-कुछ ऐसी परेशानियाँ आपके सामने उपस्थित होती रहेंगी, जिनकी वजह से आप अपनी ताकत-व्यक्तित्व-सुख-आनन्द का सही अनुभव नहीं कर पायेंगे।

आप काफी भाग्यवान हैं, उज्ज्वल भविष्य है, ज्यादा प्रफुल्लित-रसीला मिजाज भोग-विलास की शक्ति प्रबल और वाणी की शक्ति उत्तम होगी। विश्वासी और साहसी होते हुए भी आपमें सदैव लकीर के फकीर बने रहने का व्यापक दोष होगा। मीनराशि वाले व्यक्ति ज्यादातर धर्म, शिक्षा, राजनीति और लेखन प्रकाशन से सम्बन्धित नौकरी या व्यवसाय में सफल हो सकते हैं। अनेक प्रकार से धन लाभ करने वाले आप बहुधन्धी भी हो सकते हैं। कुछ नशीले पदार्थों के सेवन करने की आदत भी हो सकती है। अपने कर्मक्षेत्र में आप ज्यादातर सफल रहेंगे। लालच, क्रोध और जल्दीबाजी आपकी विशेषतायें हैं। एक विदेशी कहावत है—"हल गॉट हल स्प्रेण्ट" स्वावलम्बन और आत्म-सम्मान के साथ यथोचित परिश्रम एवं निष्कपट भाव से कमाया धन फलीभूत और श्रेयस्कर होगा। इस यथार्थता को ध्यान में रखते हुए नीतिपूर्वक अपने धन का सदुपयोग करेंगे तो आपका सपरिवार जीवन सुन्दर, समुन्नत

और मर्यादापूर्ण बनेगा। स्त्रियों, साधु-महात्माओं तथा बड़े-बड़े उद्योग-पतियों के बीच आपका उठना-बैठना होगा।

आप पराक्रमी ज्यादा हैं, मगर आलस्य और अतिनिन्द्रा के कारण प्रायः अपना बना-बनाया काम स्वयं बिगाड़ लेते हैं। अपने परिवार वालों से आपको बहुत ज्यादा शिकायत रहेगी। गम्भीरता के साथ उदासीन विचारों से भी युक्त रहेंगे। दुश्मनों पर आपका जबरदस्त प्रभाव होगा। अत्यन्त चतुर, कड़ी बोली, रूखा व्यवहार एवं परिश्रम शक्ति श्रेष्ठ होगी। आपकी चेतना का स्तर उच्चकोटि का होगा। जो अन्तंदानी नहीं है, इनका अभिगत आपके वास्तविक आत्ममूल्यांकन की कसौटी नहीं बन सकती। अपने अत्यधिक संयम, एवं जागरूकता से आप एक आस्थावान समुन्नत समुद्राय की सृष्टि करना चाहते हैं, आपमें नियन्त्रणशक्ति हो तो सफल भी रहेंगे। आपको दुनियादारी का बहुत अधिक ज्ञान और अनुभव उत्तरोत्तर प्राप्त होता जायेगा।

आप एक ठोस, परिपक्व तथा दृढ़ पुरुष हैं, गुरु-भक्ति से चरन सिद्धि उपलब्ध कर सकते हैं। क्रोध ज्यादा है, पारिवारिक कलह से चिढ़ है, उत्तराधिकार में सम्पत्ति मिलेगी तथा सट्टा-लाटरी, जमीन जायदाद आदि से सधन प्राप्ति के अवसर भी प्राप्त होंगे। नैतिक पतन वाले व्यापारी-समुदाय की ंगति से बचना चाहिये। झूठ-कपट-छल और क्रोध का परित्याग करके नैतिक उन्नति का मार्ग अपनाना चाहिये। धन कमाने की चेष्टा में लोभ की प्रवृत्ति को बढ़ावा देना ठीक नहीं है। मन में किसी तरह का शंका का भ्रम रहने से आलस्य बढ़ता है, लाभ के बजाय हानि होती है। पुरातत्व, इतिहास, कला-संस्कृति-साहित्य-दर्शन-मनोविज्ञान और चिकित्सा में मीनराशि के स्त्री-पुरुष समर्हित होकर बहुज्ञ-बहुविद् और वाग्मी बनते हैं। पूर्व और उत्तर दिशा से सम्बन्धित काम आपके लिए ज्यादातर सफलताप्रद होगा।

जन्म के प्रथम व दूसरे वर्ष में विचित्र प्रकार का कष्टप्रद घटना सम्भावित रही है। आप अपने जीवन कल्याणार्थं एवं आर्थिक तंगी से दूर करने के लिए "धनदा कवच" को नित्य धारण करें। अपने मूल्यवान जीवन को प्रसन्न,

स्वस्थ, सुन्दर, सुखमय और शान्त बनाने के लिए स्वावलम्बन, पुरुषार्थ, हिम्मत और सबका सहयोग आवश्यक होता है, वह सब भी बिना ईश्वर कृपा के नहीं होता। नित्य आराधना, उपासना, ईष्ट देवार्चन की गुप्त क्रियायें किसी गुरु से गुरुमुख होकर प्रारम्भ कर दीजिए।

"एडीसन" के शब्दों में—"मनुष्य को इसकी बड़ी अहतियात रखनी चाहिये कि वह इतना अधिक बुद्धिमान न हो जाये कि हँसने जैसे महान खुशी से पृथक रहने लगें।" इसे गुरुमन्त्र मानकर आप अपने जीवन को संवारिये। देवगुरु-बृहस्पति ही आपकी राशि के स्वामी हैं। विद्यार्जन, सांसारिक सुख एव धर्म कार्यों पर दृहस्पति का विशेष अधिकार है। बृहस्पति की ही प्रसन्नता से आपका मनुष्य जीवन सुखी व समृद्ध बन सकता है। अपने राशि के अधिपति वृहस्पति को सदैव प्रसन्न रखने के लिए विप्रवर्ण का पुखराज अथवा "बगला-मुखा–श्रीहरिद्रा कवच" धारण करना आवश्यक है। गुरुवार का व्रत, नारायण कवच अथवा विष्णु सहस्रनाम का नित्य पाठ भी करना शुभफलदायी होगा।

४४, ४६, ४८, ५१, ५४, ५५, ५७, ५९ वर्ष की आयु में समय अशुभ होकर धन-धान्य की हानि, पति-पत्नी के दाम्पत्य जीवन में बाधा, मानसिक उन्माद का योग है। व्यवसाय में साधारण प्रगति, पुरुषार्थ की हानि, साहस की कमी रहेगी। भाग का विपरीत प्रभाव तथा अध्ययन क्षेत्र में बाधा योग होगा। ४५, ४७, ४९, ५०, ५२, ५३, ५६, ५८ वर्ष की आयु में द्रव्य, हानि, शरीर कष्ट, रोग, झंझट आदि के साथ मानसिक सन्तोष बना रहेगा। स्त्री-पुत्र के सुख की प्राप्ति, राज्य पक्ष से सहयोग एवं द्रव्य लाभ होता रहेगा। गृह-वाहन सुख, मनोरथ सिद्धि, परदेश में भाग्योदय आदि के कई सुन्दर योग है। २८, ३०, ३२, ३४, ३७, ३८, ४१, ४२, ४३ वर्ष की आयु में सन्तोषजनक अभीष्ट सिद्धि और लाभ का समय है। भविष्य भी उत्तम हैं। ६८ वर्ष की उम्र में मृत्यु के साधारण योग है, इससे बचने पर ७५ वर्ष ६ मास २३ दिन की उमर में जलोदरा रोग से मृत्यु निश्चित है। आयु के लिए जीवन में कई बार अरिष्ट दुर्घटना के साथ प्रबल मारकेश योग प्राप्त होगा। तपोबल एवं गुरु-कृपा से प्रत्येक अरिष्ट का निवारण होते हुए दीर्घायु की प्राप्ति हो सकती है। अस्तु।

आमतौर पर मीनराशि के व्यक्ति अनुकूलता पाने के योग्य, सहयोगपूर्वक सभी काम करने वाले और विवेकशील होते हैं। इसलिए आप किसी भी नौकरी या व्यापार के लिए उपयुक्त व्यक्ति साबित हो सकते हैं। आप असामंजस्यपूर्ण निजी स्थितियों एव आक्रामक मनोवृत्ति को पसन्द नहीं करती, इसलिए आपका दूसरों पर प्रभाव आश्चर्यजनक व शान्तिदायी होता है। भावनायें परिवर्तनशील होती है। संकल्पों में दृढ़ता की कमी होती है। स्वजनों से प्रतिकूलता का सामना करना होता है। स्वभाव में चंचलता, मन में कामुकता और विचारों में भावुकता का प्रभाव अधिक होता है। आपका व्यक्तित्व दूसरों के लिए आकर्षण का विषय होता है। सीमित दायरे में कार्यरत रह जाते हैं। मीन राशि के स्त्री पुरुषों में उद्देश्यों की कमी होती है प्रचुर कर्मठता के बावजूद भाग्य-भरोसे जीवन-क्रम चलता रहता है। पथभ्रष्ट करने वाली संगतियाँ भी मिलती है, बचते रहना भी जरूरी है।

राशिचक्र में संवेगों का चिह्न मीन है। इसलिए मीन राशि के व्यक्ति के अन्दर बहुत अधिक भावुकता एवं भाव-प्रवीणता होती है। वे शीघ्र ही अपनी अधिकांश शक्ति संचार एवं भावनात्मक ऊर्जा को काम में झोक देते हैं। लेकिन आपको काम से अलग हटकर आराम करने की भी आदत डालनी चाहिये।

यदि आप महिला हैं तो अवश्य ही आपके व्यक्तित्व की विशेषता है—उन अच्छे लोगों से जल्दी प्रभावित होना, जिनके साथ आप खुलकर काम करती हैं। इसलिए आपको ऐसा कार्यक्षेत्र स्वयं ही चुनना चाहिये, जहाँ काम करने वाले व्यक्तियों से आपका कोई विरोध कभी बन न सके। अक्सर दुष्टजनों के उपद्रव एवं विरोध से ही आपकी आकांक्षाओं पर आघात लगता है। शीघ्र ही आप मर्माहत होते देखे जाते हैं। आप स्त्री हों या पुरुष, नशीले पदार्थों के प्रयोग से बचना आवश्यक है। आप सबके हितैषी बने और आपमें सद्भाव का वातावरण हो। यह सत्य है कि आपमें अपनी योग्यताओं को कम करके देखने की प्रवृत्ति है, लेकिन आप अपना आत्मविश्वास मत खत्म कीजिए और अपने को सस्ता मत बनने दीजिए। आत्मविश्वास एवं आत्मसम्मान आप उसी समय

प्राप्त कर सकते हैं जब आप अपनी योग्यता के कायल हो जायें। अतः दिन-प्रतिदिन काम करने की ज्यादा प्रवृत्ति आपके अन्दर आत्मविश्वास जगायेगी और जितना ज्यादा आप सफलता प्राप्त करेंगी, उतना ही ज्यादा अपनी महत्वाकांक्षाओं को परिपूर्ण कर सकेंगे।

यदि आप महिला हैं तो आपमें कामुकता भरपूर होगी। "यौन-सम्बन्धों" में मिथुन-कन्या-धनुराशि के पुरुष को अपना अभिन्न मित्र बना सकती हैं, तदुपरान्त ही आप सजग-सचेष्ट-सक्रिय एवं सफल बनेगीं और अपनी कार्यक्षमता को पहचानेंगी। योग, व्यायाम, ध्यान, उपासना, ज्योतिष फिल्म-उद्योग, अभिनय, मंकअप, पोशाक, पत्रकारिता, डिजाईनिंग आदि कार्यक्षेत्रों में आपको रचनात्मक सिद्धि मिलेगी और प्रतिभा का उपयोग हो सकेगा। चंचल, बेचैन, अधीर रहने से आपके अन्दर सुरक्षा की आवश्यकता उत्पन्न होगी। समाजसेवा और बड़ी कम्पनियों में काम करने से मनोकामनायें पूरी होंगी। लिखने-पढ़ने और संग्रह करने का काम अधिक करना चाहिये। आपको कविता, प्रकृत्ति, छोटे बच्चों और मनमोहक छोटे पशुओं में विशेष अभिरूचि होगी। बनावट और प्रदर्शन की भावना से हानि होगी। कई बार सुदूरवर्ती यात्रायें करनी पड़ेंगी। उच्च स्तर के लोगों से मित्रता बनाकर स्थिर रखना लाभकारी होगा।

प्रश्न-शास्त्र के कुछ अनुभूत योग

ज्योतिष शास्त्र में प्रश्न तंत्र एक अजीबोगरीब (आश्चर्यजनक) मुद्दा है। जिसके जरिये तरह-तरह के सवालों के जावाब दिये जाते हैं। प्रयोगों में सिद्ध हुआ है कि ये प्रश्नोत्तर ५० से ६० प्रतिशत तक खरे उतरते हैं। प्रश्न काल से प्रश्नलग्न बनाकर प्रश्नोत्तर देने की विस्तृत प्रक्रिया अलग है, जिसका अहर्निश प्रयोग कुशल गणितज्ञ ज्योतिषवेत्ता ही करते हैं। पूज्य पितृवाद श्री १०८ स्व० पं० महादेव उपाध्याय की डायरी 'गुप्त-चिन्तन' में प्रश्नोत्तर निकालने की कुछ सरल प्रक्रिया दी हुई है, उनमें से रोजमर्रा के काम आने वाले चुनिन्दे सवालों के जवाब साधारण गुणा-भाग की शैली में प्रस्तुत किया जाता है, विश्वास है पाठक यथार्थता से परिचित हो सकेंगे। प्रश्नकर्ता स्वस्थ एवं प्रसन्न मन से इष्टदेव का ध्यान करने के पश्चात् प्रश्नोत्तर निकालें। ध्यान रखें कि प्रत्येक अर्द्ध-अक्षर को एक अक्षर के समान गणना करनी चाहिए।

१—पति-पत्नी में पहले किसकी मृत्यु होगी ? पति-पत्नी दोनों के नामाक्षर को जोड़कर आठ से गुणा करें, फिर उसमें चार घटाकर ३ से भाग दें, शेष १ या शून्य बचे तो पहले पति की मृत्यु होगी, अगर २ बचे तो पहले पत्नी की मृत्यु होगी।

२—गर्भ में पुत्र होगा या पुत्री ? पति-पत्नी के नामाक्षर को जोड़ कर ३ से गुणा करें। जिस तारीख को प्रश्न किया जावे, उस तारीख मास और सन् की चारों संख्या उसमें जोड़ दें, फिर उसमें ५ का भाग दें—एक या तीन शेष बचे तो पुत्र, दो या शून्य बचे तो कन्या का जन्म होगा। अगर ४ शेष बचे तो रोगी या मृत-सन्तान का जन्म कहना चाहिये।

३—इस यात्रा में कार्य सिद्ध होगा या नहीं ? यात्रा जिस तारीख को करनी हो उस तारीख, मास और सन् को आपस में जोड़ दें, जितने प्राणी

यात्रा में जा रहे हों, सभी का नामाक्षर उसमें जोड़कर २८ घटा दें, जितना शेष बचे, उसमें ३ से भाग दें—एक शेष बचने पर कार्य सिद्ध होगा, दो शेष बचने पर अनेक बाधाओं का सामना करना पड़ेगा, तीन या शून्य शेष बचने पर कार्य सिद्ध नहीं होगा।

४—मुकदमा में जीत होगी या हार ? मुद्दई और मुद्दालेह के नामाक्षर को आपस मे जोड़ दें, जिस तारीख को प्रश्न करें, उस तारीख, मास और सन् की सख्या क्रमशः उसी में जोढ़कर ५ से भाग दें—एक शेष बचे तो मुद्दई की जीत होगी। दो शेष बचे तो मुद्दालेह की जीत होगी। तीन शेष बचे तो आपस में सुलह और समझौता हो जायेगा। चार या शून्य बचे तो मुकदमा खारिज हो जायेगा।

५—परीक्षा में पास होंगे या फेल ? परीक्षार्थी के नामाक्षर को ३ से गुणा करके ६ घटा दें। जिस सन् में परीक्षा देना हो, उस सन् को उसमें जोड़ दें। जिस तारीख को परीक्षा प्रारम्भ हो, तारीख को उसमें घटा कर ५ से भाग दें। एक या शून्य बचने पर पास, दो या चार बचने पर फेल, तीन बचने पर परीक्षा अधूरी रह जायेगी अथवा परीक्षा नहीं दे सकेंगे।

६—परदेश गया व्यक्ति वापस कब आयेगा ? परदेश गये (या भागे हुए व्यक्ति) जितने प्राणी हों सबके नामाक्षर जोड़ लें, जिस तारीख को गया हो, उस तारीख को भी उसी में जोड़कर ४ से भाग दें। एक शेष बचें तो शीघ्र ही वापस आयेगा। दो शेष बचें तो बीमारी से लाचार है, देर से आयेगा। तीन शेष बचे तो खर्चे की कमी है, देर से आवेगा। चार या शूय शेष बचे तो किसी मुसीबत में फँस गया है, जल्दी वापस नहीं आयेगा।

७—मनोकामना पूर्ण होगी या नहीं ? प्रश्न कर्ता से १०८ के अन्दर कोई अंक बुलवाये, उसमें प्रश्न कर्ता का नामाक्षर, प्रश्न करने की तारीख, मास और सन् की चारों संख्या एक साथ जोड़कर ९ से भाग दें। १ शेष बचे तो मन की इच्छा शीघ्र पूर्ण होगी। २ शेष बचे तो किसी की मदद से कामना पूरी होगी। ३ शेष बचे तो काम बनने में काफी देर है। ४ शेष बचे तो

कार्य की सिद्धि नहीं होगी। ५ शेष बचे तो दुष्ट की संगति से काम बिगड़ जायेगा। ६ शेष बचे तो मन की बात मन में ही रह जायेगी। ७ शेष बचे तो काफी संघर्ष करना पड़ेगा, राहु-मंगल की शान्ति कराने से कार्य सिद्ध होगा। ८ शेष बचे तो काम पूरा नहीं होगा। ९ या शून्य बचे तो कार्य सिद्धि नतीजा खराब होगा।

८—अमुक रोगी का रोग ठीक होगा या नहीं ? रोगी का नामाक्षर, प्रश्न करने की तारीख + मास + सन् की चारों संख्या आपस में जोड़कर प्रश्न करने वाले दिन की संख्या से गुणा कर दें। गुणा करने के लिए रविवार को १, सोम २, मंगल ३, बुध ४, गुरु ५, शुक्र ६, शनिवार ७ की गणना करें। गुणनफल में २७ जोड़ कर, अंक नौ से भाग दें। शेषांक के अनुसार उत्तर समझें। १ शेष बचे तो रोगी १६ दिन में ठीक हो जायेगा, सूर्य की शान्ति करायें। २ शेष बचे तो रोग कठिन है, दीर्घाकाल में रोग नियंत्रित होगा, आयु की रक्षा हो जायेगी, श्रीमहामृत्युंजय मंत्र का जप करा दें। ३ शेष बचे तो रोग बढ़ेगा, आयु पर खतरा आयेगा रोग मुक्ति संभव नहीं है, मंगल की शान्ति करा दें। ४ शेष बचे तो रोग का घटना-बढ़ना जारी रहेगा, ठीक होना मुश्किल है, राहु के जपदान से राहत मिलेगी। ५ शेष बचे तो शीघ्र ही आरोग्य लाभ मिलेगा, बृहस्पति की शान्ति और गुरु सेवा से रोगों का पुनरागमन नहीं होगा। ६ शेष बचे तो पैशाचिक दोष एवं कृत्या दोष है, रोग की पकड़ नहीं होगी। डाक्टरी इलाज व्यर्थ जायेगा। ७ शेष बचे तो दृष्टि दोष, ग्रह दोष से रोगी पीड़ित है, विभिन्न उपायों से देर में ठीक होगा। ८ शेष बचे तो असाध्य रोग है, जल्दी ठीक नहीं होगा, दैविक उपाय करना होगा। ९ या शून्य शेष बचे तो रोग का लक्षण बदलता रहेगा, ४० दिन बाद ठीक होगा। देवी मंत्र के जप-पाठ-हवन से शान्ति मिलेगी।

९—अमुक का विवाह कब तक होगा ? कन्या की आयु १८ वर्ष और पुत्र की आयु २१ वर्ष से कम हो तो कृपया प्रश्नोत्तर निकालने का कष्ट न करें। विवाह योग्य लड़की या लड़के का नामाक्षर गिनकर अंक नौ से गुणा कर दें,

उसमें प्रश्न करने की तारीख + मास + सन् का पूर्णांक जोड़ दें, फिर ४ से भाग दें। १ शेष बचे तो ग्रह दोष के कारण विवाह में विलम्ब है, एक साल बाद विवाह होगा। २ शेष बचे तो मंगल और गुरु दोष के कारण विवाह का सम्बन्ध निश्चित नहीं हो पा रहा है। निश्चित समय तक विवाह टलता जायेगा। ३ शेष बचे तो इसी वर्ष विवाह होने की आशा बनती है, प्रयास जारी रक्खें। ४ या शून्य शेष बचे तो कोई ऊपर की ताकत विवाहादि मंगल कार्य के संपादन में बाधा डाल रहा है, सुयोग्य से परीक्षण कराकर उपाय कर लें।

१०—आने वाला सप्ताह मेरे लिए कैसा है ? प्रश्न चाहे जिस दिन करें, लेकिन आने वाले सोमवार से रविवार तक एक सप्ताह की गणना मानी जायेगी। सोमवार से आने वाले जिस सप्ताह के बारे में विचार करना हो, उस सोमवार की तारीख + मास + सन् आपस में जोड़कर जिस व्यक्ति, फर्म या संस्था के बारे में विचार किया जा रहा है, उस व्यक्ति, फर्म या संस्था का नामाक्षर भी उसमें जोड़ लें। ज्यादा अच्छा यह होगा कि केवल इस प्रकरण में पूरा नाम अंग्रेजी के कैपिटल लेटर में शुद्ध-शुद्ध लिखकर अक्षरों की गणना करें। तारीखादि के अंक और नामाक्षर जोड़ लेने के बाद ५ से भाग दें। १ शेष बचे तो सप्ताह निर्विघ्न लाभकारी है। २ शेष बचे तो लाभ-हानि और सुख-दुख की समानता रहेगी। ३ शेष बचे तो हैरानी-परेशानी से भरा हुआ सप्ताह समझें। ४ शेष बचे तो सुख और लाभ के सभी प्रयत्न विफल होंगे। रोग-शोक-शत्रुता और अशान्ति बढ़ेगी। ५ या शून्य शेष बचे तो चतुराई और चालाकी से काम बनेगा। जो नई समस्या आयेगी, उसका समाधान भी होगा।

११- आज का दिन कैसा बीतेगा ? विधि यह है कि आप प्रतिदिन प्रातःकाल स्नान-ध्यान करने के पश्चात् बासी मुँह किसी कागज पर १०८ के अन्दर कोई गिनती (संख्या) लिख लीजिये, उसमें ३५ और जोड़ दीजिये, तथा प्रश्न करने वाले दिन की संख्या उसमें से घटा दीजिए, फिर २१ से भाग दीजिये—जो शेष बचे उसका फल यहाँ पर देख लीजिए। दिन की संख्या इस प्रकार हैं—रविवार ५, सोमवार १, मंगलवार ३, बुधवार ४, गुरुबार

११, शुक्रवार ६ और शनिवार १३। उदाहरण—जैसे किसी व्यक्ति ने शनिवार के दिन प्रश्न करने का विचार करके कागज पर ५४ की संख्या लिख दिया, अब उसमें ३५ जोड़ा तो ८९ हुआ, फिर इसमें से शनिवार की संख्या १३ घटाकर २१ से भाग दिया तो (५४+३५-१३÷२१=१३) शेष १३ बचा, अब आगे १३ नं० का फल देखा तो यह मिला "झगड़ा-झंझट और चिन्ता युक्त दिन गुजरेगा।"

इसी प्रकार आप प्रतिदिन का देखिये; किन्तु एक दिन में एक व्यक्ति एक ही बार देखें, और यह पुस्तक हमेशा अपने पास रक्खें। संख्या का फल—१—किसी अच्छे आदमी का दर्शन पाकर लाभ होगा। २—अनेक प्रकार के विचार उठेंगे, कार्य पूर्ण होगा। ३—दिन अच्छा बीतेगा। ४—आज का दिन चिन्ता व्यथा से गुजरेगा। ५—दौड़-धूप ज्यादा करना पड़ेगा, लाभ होगा। ६—सुख और प्रसन्नता के साथ दिन बीतेगा। ७—कोई गुप्त चिन्ता सतावेगी, नुकसान होगा। ८—आज दिन भर आप चिन्तिन रहेंगे, रात को नींद नहीं आयेगी। ९—आज खर्च ज्यादा करेंगे, लाभ कम होगा। १०—चिन्ता, व्यथा और परिवार के लोग परेशान करेंगे। ११—जो काम सोचोगे, पूरा होगा। १२—काम सफल होगा, लाभ की आशा है। १३—झगड़ा-झंझट और चिन्ता युक्त दिन गुजरेगा। १४—इज्जत और धन का लाभ होगा। १५—परेशानी और खर्च ज्यादा होगा। १६—अच्छा बीतेगा। १७—बेहद खराब गुजरेगा। १८—सुख-शान्ति से गुजरेगा। १९—चिन्तित रहोगे। २०—आज का दिन शुभ और लाभ-युक्त बितेगा। २१—अथवा शून्य बचने पर पैसे की चिन्ता सतायेगी।

॥ अथ पुत्र कन्या का फल ॥

चौ०—रवी, गुरु, मंगल पूछै आई। पुत्र होय तेहि जानहु भाई॥
शुक्र, सोम अरु बुद्ध दिन जानी। कन्या होय ताहि पहिचानी॥
शनिवार नहीं जान भलाई। आपहि जाई कि पुत्र नशाई॥

मुहूर्त्त ज्योतिष की आवश्यक जानकारी

मानव मात्र के दैनिक जीवन में प्रायः हर कार्य की सफलता के लिए बड़ी श्रद्धा और तत्परता से मुहूर्त्त का उपयोग किया जाता है। यही हमारा भारतीय धर्म है, ऋषियों की वाणी है, वेद-शास्त्र पुराण का आदेश है। हम यदि मुहूर्त्त को मानते हैं तो बारीकी से उसका पालन भी करना चाहिए। यदि हम नहीं मानते तो जबरन मनाने की कोशिश कोई भी हमारे साथ नहीं कर सकता। जिन ऋषियों के वंश-परम्परा में जिस माता-पिता ने हमें जन्म दिया है उसी माता-पिता के बताये हुए मार्ग को यदि हम भूल जायें अथवा आलस्य-प्रमाद वश पालन न करें तो हमारी गुस्ताखी होगी। बहुधा हम अपने पारिवारिक जीवन में पंडित जी से विवाह का मुहूर्त्त निकलवा लेते हैं। पंडित जी ने पर्याप्त गणना करके रात्रि १० बजकर ४२ मिनट पर पाणिग्रहण या हस्तमिलाप का उत्तम मुहूर्त्त मिलाया है। लेकिन अपने इष्ट-मित्र, रिश्तेदारों और पड़ोसियों को इकट्ठा करके कन्या पक्ष के दरवाजे पर रात १० बजे बारात लेकर पहुँचते हैं। मर्यादावश कन्या पक्ष बारातियों के स्वागत-सत्कार में रात्रि के बारह-एक बजे तक व्यस्त हो जाता है। अब यहाँ उस विवाह मुहूर्त्त की क्या उपयोगिता सिद्ध हुई और विवाह के बाद परिणाम क्या होता है, वह हमारे लिए यदि सही समझ आ गयी तो जीवन पर पछतावे का कारण बनता है। अतः दिग्भ्रमित समाज से प्रार्थना है कि मुहूर्त्तों के उपयोग में केवल दिखावापन तथा औपचारिकता का पूर्णतः त्याग करें, और अपने हर कार्य के सुसम्पादन हेतु यदि मुहूर्त्त निकलवाते हैं तो उसका सही ढंग से पालन भी करें। इस प्रकरण में हम कुछ आवश्यक मुहूर्त्त की जानकारी दें रहे हैं, स्वयं पंचांग में तलाश कीजिये। जिस तारीख को निर्देशित तिथि, वार, नक्षत्र, लग्न वगैरह सही ढंग से मिल जाय तो उसी समय अपने प्रयोजनीय कार्य का सम्पादन करें।

१. नवीन वस्त्र धारण—तीनों उत्तरा, रोहिणी, पुष्य, पुनर्वसु, रेवती, अश्विनीहस्त, चित्रा, स्वाती, विशाखा, अनुराधा और धनिष्ठा, नक्षत्रों में मूंगा,

सोना, हाथी दाँत की वस्तु धारण करना शुभ है। शनि, सोम और मंगलवार एवं ४, ९, १४ तिथि मना है।

२. ऋण देना व ऋण लेना—स्वाती, पुनर्वसु, विशाखा, पुष्य, श्रवण, धनिष्ठा, शतभिषा, अश्विनी, मृगशिरा, रेवती, चित्रा, अनुराधा नक्षत्र हों, पंचम-नवम में शुभ ग्रह; किन्तु आठवें में कोई ग्रह न हों और सोम, गुरु, शुक्रवार हो तो ऋण का लेन-देन कर सकते हैं।

३. सामान खरीदना—रिक्ता तिथि न हो, वार कोई भी हो, रेवती, शतभिषा, अश्विनी, स्वाती, श्रवण और चित्रा नक्षत्र शुभ है।

४. सामान बेचना—रिक्ता तिथि न हों, तीनों पूर्वा, विशाखा, कृतिका, आश्लेषा और भरणी नक्षत्र अच्छे हैं, पर कुम्भ लग्न हो तो अच्छा है।

५. पशु-पक्षी एवं सवारी क्रय-विक्रय—हस्त, अश्विनी, पुष्य, रेवती, धनिष्ठा, मृगशिरा, स्वाती, शताभिषा, पुनवसु में मंगलवार को छोड़कर बाकी सब दिनों में ४, ९, १४ तिथि को छोड़कर बाकी तिथियों में क्रय-विक्रय अच्छा है।

६. औषधि निर्माण एवं सेवन—हस्त, अश्विनी, पुष्य, अभिजित, मृगशिरा, रेवती, चित्रा, अनुराधा, स्वाती, पुनर्वसु; श्रवण, धनिष्ठा, शतभिषा और मूल नक्षत्र हो, शुक्र, चन्द्र, गुरु, बुध और रविवार तथा द्विस्वभाव (३, ६, ९, १२) लग्न शुभ होता है। लग्न से द्वादश, सप्तम और अष्टम स्थान में कोई ग्रह न हों और जन्म नक्षत्र न हों तो दवा खाने व बनाने के लिए अच्छा होता है।

७. आरोग्य स्नान—शुक्र और सोमवार को छोड़कर अन्य वारों में, और तीनों उत्तरा-रोहिणी को छोड़कर अन्य नक्षत्रों में तथा चर लग्न में स्नान शुभ है। लग्न से केन्द्र, त्रिकोण और ग्यारहवें में पापग्रह रहना शुभ है।

८. हल चलाना—मूल स्वाती, विशाखा, मघा, पुनर्वसु, श्रवण, धनिष्ठा, शतभिषा, तीनों उत्तरा, रोहिणी, मृगशिरा, चित्रा, अनुराधा, ज्येष्ठा, आर्द्रा, आश्लेषा नक्षत्रों में, शनि-मंगल को छोड़कर बाकी दिनों में चन्द्रमा बलवान हो और लग्न में बृहस्पति हो तो हल चलाना शुभ है।

९. बीज बोना—मूल, मघा, स्वाती, धनिष्ठा, तीनों उत्तरा, रोहिणी, मृगशिरा, रेवती, चित्रा, अनुराधा, हस्त, अश्विनी और पुष्य नक्षत्र, चन्द्र, बुध, गुरु और शुक्रवार शुभ हैं।

१०. धान रोपना—रवि, चन्द्र, बुध बृहस्पति, शुक्रवार हो और विशाखा-पूर्वाभाद्रपद, मूल, रोहिणी, शतभिषा, उत्तरा फाल्गुनी हो तो धान रोपना चाहिये।

११. खेत काटना—रवि, चन्द्र, बुध, बृहस्पति, शुक्रवार हो, मूल, ज्येष्ठा, आश्लेषा, पूर्वाषाढ़ा, भरणी, चित्रा और पुष्य नक्षत्र हो तो काटने के समय का लग्न वृष, सिंह, वृश्चिक या कुम्भ होना शुभ है।

१२. खरीदना बेचना इत्यादि—हस्त, अश्विनी, पुष्य, रेवती, विशाखा, पुनर्वसु, ज्येष्ठा, शतभिषा, धनिष्ठा नक्षत्र हो, जया व पूर्णा तिथि हो तो खरीदना व बेचना शुभ होता है।

१३. पशुपालन—४, ८, ९, १४, ३० तिथि और मंगलवार न हो। श्रवण, चित्रा, तीनों उत्तरा, रोहिणी नक्षत्र हो, लग्न २, ३, ४, ६, ७, ९ या १२ हो, अष्टम में कोई ग्रह न हो तो पशुपालने का समय अति उत्तम होता है।

१४. लता वृक्ष का लगाना—विशाखा, मूल, शतभिषा, मृगशिरा, रेवती, चित्रा, अनुराधा, हस्त, अश्विनी नक्षत्र में वृक्षादि लगाना शुभ है, तिथि-वार का कोई निर्णय नहीं मिलता।

१५. बड़ों से मिलना—तीनों उत्तरा, रोहिणी, मृगशिरा, रेवती, चित्रा, अनुराधा, हस्त, अश्विनी, पुष्य, श्रवण और धनिष्ठा नक्षत्र में मंगल और शनिवार छोड़कर अन्य वारों में और २, ३, ५, ७, १२ तिथियों में अफसर या बड़े लोगों से मिलना अच्छा है।

१६. दूकान खोलना या बाजार लगाना—विशाखा, कृतिका, तीनों उत्तरा, रोहिणी, हस्त, अश्विनी, एवं पुष्य नक्षत्रों में, रिक्ता तिथि मंगलवार और कुम्भ लग्न छोड़कर शेष तिथि, वार और लग्न में दूकान खोलना व बाजार लगाना अच्छा है।

१७. नौकरी—हस्त, अश्विनी, पुष्य, मृगशिरा, रेवती, चित्रा, अनुराधा-नक्षत्रों में, बुध, शुक्र, रवि और बृहस्पतिवार में तिथि कोई भी हो, तो ऐसे

समय में नौकरी करना अच्छा है। परन्तु मालिक के नाम से योनिमैत्री-राशि मैत्री और वर्ग मैत्री मिलान कराना जरूरी है।

१८. बालक को माता का प्रथम दूध पिलाना—अश्विनी, रोहिणी, मृगशिरा, पुनर्वसु, पुष्य, तीनों उत्तरा, हस्त, चित्रा, अनुराधा, श्रवण, धनिष्ठा, शतभिषा और रेवती नक्षत्र में और शुभ दिन में बालक को माता का प्रथम दुग्धपान कराना चाहिये। ऐसा करने से बालक सदैव स्वस्थ और प्रसन्न रहेगा।

१९. अन्य संस्कार—ऋतुमति रजस्वला अर्थात् मासिकधर्मयुक्ता स्त्री को कहते हैं। धर्मशास्त्र और आयुर्वेद के अनुसार रजोदर्शन के उपरान्त तीन दिन तक स्त्री को ब्रह्मचर्य पूर्वक रहना चाहिए। पति का मुख नहीं देखना चाहिए। चटाई इत्यादि (भूमि शैय्या) पर सोना, हाथ पर अथवा कटोरे या दोने में खाना, आँसू न गिराना, नख न काटना, तेल उबटन और काजल न लगाना चाहिए। दिन को सोना, बहुत भारी शब्द का सुनना, हँसना और बोलना भी नहीं चाहिए। रजोदर्शन के उपरान्त तीन दिन तक स्त्री अपवित्र रहती है। चौथे दिन स्नान कर सुन्दर वस्त्र और आभूषण धारण कर पति का मुख और उसके अनुपस्थिति में सूर्य का दर्शन करना चाहिए। तत्पश्चात् कुटुम्बजन एवं घर की वस्तुओं का स्पर्श कर सकती हैं।

२०. प्रथम ऋतुमती स्त्री का स्नान—हस्त, स्वाती, अश्विनी, मृगशिरा, अनुराधा, धनिष्ठा, ज्येष्ठा, तीनों उत्तरा व रोहिणी नक्षत्र में और शुभ तिथि तथा शुभ दिन में स्नान शुभ है। यदि मृगशिरा; रेवती, स्वाती, हस्त, अश्विनी और रोहिणी में स्नान करें तो शीघ्र गर्भ की स्थिति होती है।

२१. प्रसूति का स्नान—रेवती, मृगशिरा, हस्त, स्वाती, अश्विनी, अनुराधा, तीनों उत्तरा और रोहिणी नक्षत्रों में तथा रवि, भौम और बृहस्पति को स्नान शुभ है। आर्द्रा, पुनर्वसु, पुष्य, श्रवण, मघा, भरणी, मूल, विशाखा, कृत्तिका, चित्रा नक्षत्र, बुध, शनिवार, अष्टमी और षष्ठी और रिक्ता में प्रसूती-स्नान शुभ नहीं है। शेष वारादिक में मध्यम है।

२२. अन्नप्राशन—लड़के का छठे महीने से सम महीने में (जैसे ८, १०, १२ इत्यादि) कन्या का पाँचवें से विषम महीने (५, ७, ९, ११) इत्यादि में

तीनों उत्तरा, रोहिणी, मृगशिरा, रेवती, चित्रा, अनुराधा, हस्त, अश्विनी, पुष्य, स्वाती, पुनर्वसु, श्रवण, धनिष्टा, शतभिषा नक्षत्र में अन्नप्राशन शुभ है।

२३. खटिया बनाने और बीनने की साइत—शुभ तिथियाँ—२, ३, ५, ७, १०, ११, १३। शुभ वार—चन्द्र, बुध, गुरु, शुक्र मतान्तर से रवि। शुभ नक्षत्र—तीनों उत्तरा, रोहिणी, अनुराधा, हस्त, आर्द्रा, पुष्य, पुनर्वसु। अशुभ-मृत-सूतक-पंचक ४, ९, १४, और ३० (अमावस्या) तिथियाँ भद्रा, वैधृति, पितृपक्ष, श्रवण, उत्तरा भाद्रपद तथा शनि, मंगलवार में खाट बनवाना या बिनवाना नहीं चाहिए।

२४. कर्ज लेने-देने का विचार—यह कर्ज लेने-देने का विचार दुकानदार तो रख नहीं सकता, परन्तु गृहस्थ को रखना चाहिए। रवि, मंगलवार, संक्रान्ति, वृद्धियोग, हस्त नक्षत्र इनमें लिया हुआ कर्ज (ऋण) उतरता नहीं। इनमें कर्ज उतारना चाहिए, लेना नहीं है और तीनों पूर्वा, मघा, भरणी, मूल, आश्लेषा, ज्येष्ठा, आर्द्रा, विशाखा, कृत्तिका इन नक्षत्रों में और भद्रा में दिया हुआ धन फिरता नहीं आता, विचार कर लेना-देना चाहिए।

२५. विषम नक्षत्र—कृतिका, मूल, मघा, विशाखा, आश्लेषा, ज्येष्ठा इनमें से किसी नक्षत्र में कुत्ता, श्रृंगाल, सर्प, चूहा आदि कोई विषैले जन्तु काटे तो जहर अधिक चढ़ता है। शुभ कार्यों में ये नक्षत्र त्याग देने चाहिए।

२६. घर के किस तरफ कुआँ है, क्या फल देता है?—घर के बीच में कुआँ बनाने से धन की हानि, ईशान कोण में पुष्टि, पूर्व में ऐश्वर्य वृद्धि, अग्नि-कोण में पुत्र-नाश, दक्षिण में स्त्री नाश, नैऋत्य में गृह-कर्ता की मृत्यु, पश्चिम में शुभ, वायव्य में शत्रु से पीड़ा और उत्तर में सुख होता है। अतः घर के उत्तर, पूर्व, पश्चिम तथा उत्तर-पूर्व कोण पर कुआँ शुभ होता है।

२७. शनिपानोति-विचार—जिसकी जन्म-राशि से शनि १, २, १२ स्थान पर हो, उसे ७॥ वर्ष की साढ़ेसाती तथा ४ या ८ स्थान पर हो उसे २॥ वर्ष की ढैया जानिए। साढ़ेसाती में प्रथम शनि पेट पर, दूसरा पैरों पर और बारहवाँ नेत्रों पर रहता है।

२८. साढ़ेसाती में शनि निवास—३ माह १० दिन मुख, १ वर्ष १ मास १० दिन दाहिनी भुजा, १० माह दाहिने पैर, १० माह बायें पैर, १ वर्ष ४ माह २० दिन हृदय, १ वर्ष १ माह १० दिन बायीं भुजा, १० माह सिर, ३ माह १० दिन बायें नेत्र, ३ माह १० दिन दायें नेत्र, ६ माह २० दिन गुदा पर शनि निवास करते हैं। मुख वास हानिप्रद, दाहिनी भूजा से विजय-लाभ, दक्षिण पाद भ्रमणकारी, हृदय-वास धन-धान्यप्रद, वाम भुजा पीड़ाप्रद, और गुदावास बहुत कष्ट कर होता है।

२९. शनि वाहन-ज्ञान—शनि नक्षत्र से अपने जन्मनक्षत्र तक गिनकर उसमें ९ का भाग दें, १ बचने से जम्बूक, २ से अश्व, ३ से गज, ४ से छाग, ५ से मूषक, ६ से सिंह, ७ से काग, ८ से मृग और ० बचे तो मयूर वाहन होगा। अश्व-गज तथा मयूर वाहन सुख कारक होते हैं।

३०. अन्नादि में पाप का वास—एकादशी को रात-दिन अन्न में पाप का वास रहता है। एकादशी को अन्न नहीं खाना चाहिए। पूर्णिमा को दिन में पाप का वास अन्न में रहता है। दिन में भोजन न कर रात्रि में १ बार करें। अमावस्या को रात में पाप का वास अन्न में रहता है। रात्रि में भोजन नहीं करना चाहिए। छठ (षष्ठी) को तैल में पाप वास रहता है। चतुर्दशी को केश में पाप का वास रहता है।

३१. शिव पूजनादि में शिव-वास-विचार—तिथि संख्या को दुगुना कर ५ मिलाओ, जोड़ में ७ का भाग दो—१ शेष रहे तो कैलाश में सुखदायक, २ शेष से पार्वती के निकट शुभदायक, ३ से वृषभ पर लक्ष्मी कारक, ४ से सभा में ताप कारक, ५ से भोजन में पीड़ा कारक, ६ से क्रीड़ा-स्थान में कष्टप्रद, रोग कारक, ७ या ० से श्मशान में शिव मृत्युकारक होते हैं। तिथि को शुक्ल प्रतिपदा सेएक और कृष्ण की अमावस्या तक ३० गिने।

३२. यात्रा करने के मुहूर्त्त में योगिनी विचार–नौमी-प्रतिपदा को योगिनी का वास पूर्व दिशा में, एकादशी तीज को अग्नि कोण में, तेरस-पञ्चमी को दक्षिण में, द्वादशी-चौथ को नैऋत्य दिशा में, षष्ठी चतुर्दशी को पश्चिम में, पूर्णमासी-सप्तमी को वायव्य दिशा में, दशमी और दूज को उत्तर में और अष्टमी अमावस्या को

ईशान कोण में योगिनी का वास रहता है। यात्रा में सन्मुख व दाहिने योगिनी अशुभ है, बायें और पीछे शुभ मानकर यात्रा करनी चाहिए।

३३. कालव्रज ज्ञान—प्रातःकाल पूर्व को, सायंकाल पश्चिम और आधी रात को उत्तर दिशा को कदापि न जाँय। अभिजित नक्षत्र सिद्धिप्रद होता है और प्रतिदिन के सोलहवें भाग का आठवाँ मुहूर्त्त 'अभिजित मुहूर्त्त' होता है, जो कि प्रतिदिन लगभग ११-१५ से १२-३० तक मध्याह्न में सूक्ष्ममानेन गणित करके प्राप्त किया जा सकता है, किसी भी दिनयात्रा के लिए सर्वश्रेष्ठ होता है।

३४. चन्द्रमा वास ज्ञान—मेष, सिंह और धन के चन्द्रमा का वास पूर्व दिशा में होता है। वृष-कन्या-मकर का चन्द्र दक्षिण में, मिथुन, तुला, कुम्भ का चन्द्र वास पश्चिम में और कर्क-वृश्चिक-मीन का चन्द्र वास उत्तर में होता है।

३५. चन्द्रमा का फल—यात्रा में सन्मुख चन्द्रमा हो तो अर्थ लाभ, दाहिने हो तो सुख सम्पदा, पीछे हो तो शोक-सन्ताप, बाँये हो तो धन का नाश होता है। चन्द्र विचार, योगिनी विचार और दिक्शूल विचार प्रत्येक महत्वपूर्ण यात्रा में अनिवार्य माना जाता है।

३६. यात्रा प्रवास में प्रस्थान ज्ञान—यदि यात्रा में देर हो तो प्रस्थान करें। प्रस्थान में ब्राह्मण वर्ण के लोग जनेऊ, क्षत्रिय हथियार, वैश्य मिठाई, एवं शूद्र किसी फल को रक्खें। दही आदि खाद्य वस्तु जिसको जो प्रिय हो, वही प्रस्थान में रक्खें। पूर्व दिशा का प्रस्थान सात दिन तक, दक्षिण का पाँच दिन तक, पश्चिम का तीन दिन तक और उत्तर का दो दिन तक रह सकता है।

३७. प्रस्थान का प्रमाण—पाँच सौ धनुष पर्य्यन्त प्रस्थान रखा जाता है। प्रमाण रूप में चार हाथ का धनुष होता है। कोई-कोई आचार्य कहते हैं कि दो सौ धनुष पर प्रस्थान रक्खें और किसी का मत है कि दश धनुष पर्यन्त ही रक्खें। अपने मकान से यात्रा करने वाली दिशा में सावधान होकर किसी के घर या दुकान पर प्रस्थान रखें।

३८. विदिक कोण का शूल ज्ञान—बृहस्पति व सोमवार को अग्नि कोण में, रविवार व शुक्रवार को नैऋत्य कोण में, बुध को ईशान कोण में और मंगल को वायव्य कोण में दिक्शूल होता है।

३९. दिक् शूल दिशा ज्ञान—पूर्व दिशा में शनिवार सोमवार को दिक्शूल

होता है, इस दिन यात्रा करना वर्जित है। दक्षिण दिशा में बृहस्पति को। रविवार, शुक्रवार को पश्चिम और बुध-मंगल को उत्तर की यात्रा वर्जित है।

४०. शूलदोष निवारण—रविवार को घी, सोमवार को दूर्वा, मंगल को गुड़, बुध को तिल, बृहस्पति को दही, शुक्र को यव, शनि को उड़द भक्षण करके यात्रा करें तो शूल दोष नहीं लगता है। मतान्तर से—रवि को पान, सोम को दर्पण, मंगल को गुड़, बुध को धनिया, बृहस्पति को जीरा, शुक्र को दही और शनिवार को अदरख प्रयोग करना चाहिए।

४१. अग्नि-वास—जिस दिन हवन करना हो, उस दिन हवन-समय की तिथि-संख्या में रव्यादिवार-संख्या के योग में १ जोड़कर ४ से भाग दें। शेष ० या ३ बचे तो अग्नि का वास पृथ्वी में रहता है, तब हवन सुखदायक होता है। १ शेष बचे तो अग्नि-देव स्वर्ग में रहते हैं, उस दिन हवन करना प्राण नाशक होता है। २ शेष बचे तो अग्नि का वास पाताल में रहता है, उस तिथि में हवन करने से धन का नाश होता है।

४२. सूर्य-नक्षत्र से होम की आहुति-चक्र—सूर्य जिस नक्षत्र पर हो उससे तीन-तीन नक्षत्र क्रमशः सूर्य, बुध, शुक्र, शनि, चन्द्र, मंगल, गुरु, राहु और केतु के होते हैं। इस प्रकार से जो नक्षत्र पाप ग्रह का हो, उसमें होमाहुति नेष्ट है। सूर्य के नक्षत्र से दिन नक्षत्र तक अभिजित को छोड़कर गिनना चाहिए।

४३. विशेष—यात्रा, विवाह, व्रत, ग्रहशान्ति, मुण्डन, उपनयन, सम्पूर्ण व्रत, दुर्गा-पूजा, पुत्र-जन्म में तथा महारुद्र व्रत, अमावस्या, सूर्य-चन्द्र-ग्रहण एवं नित्य नैमित्तिक कार्य में अग्नि-चक्र नहीं देखा जाता है।

स्पष्टार्थ चक्र निम्नांकित है।

१-२-३	४-५-६	७-८-९	१०-११-१२	नक्षत्र संख्या
सूर्य	बुध	शुक्र	शनि	ग्रह
अशुभ	शुभ	शुभ	अशुभ	शुभाशुभ

१३-१४-१५	१६-१७-१८	१९-२०-२१	२२-२३-२४	२५-२६-२७	नक्षत्र सं०
चन्द्र	मंगल	बृहस्पति	राहु	केतु	ग्रह
शुभ	अशुभ	शुभ	अशुभ	अशुभ	शुभाशुभ

दिग्दाह अथवा ग्रहों के घोर युद्धास्त, भूकम्प, केतु के उदय, एवं शान्ति-कार्य में अग्नि का यत्नपूर्वक विचार करे। लक्ष, कोटि, हवन, सम्पूर्ण यज्ञों में, अतिरुद्री आदि महान् विधिविधानों में, देवकार्य में, खात, भवन, सुरालय में सुधीजन अग्नि-चक्र का अवलोकन करें। दुर्ग भंग, गृह, विवाद, शत्रु-विग्रह, शान्ति-कार्य, राज-कोप, इन कार्यों में अग्नि-चक्र का निरीक्षण करें।

४४. हवन में शाकल्य विचार—तिल का आधा चावल, चावल का आधा यव, यव का आधा शक्कर और शक्कर का आधा घृत होना चाहिए।

४५. पापग्रह के मुख में हवन की शान्ति—भूल से पापग्रह के मुख में हवन के कारण शुभ फल का नाश होने पर उसकी शान्ति कर कुटुम्बी ब्राह्मण को गौ-दान दे। पापग्रह की लोहे की प्रतिमा बनाकर उसे अधोमुख स्थापित करें। गोमूत्र-पंचगव्य-मधु गन्धादि से पूजा करें, पश्चात् कुण्ड में रखकर हवन करे।

४६. बही खाता लिखने का प्रारम्भिक मुहूर्त्त—अश्विनी, रोहिणी, पुनर्वसु, पुष्य, तीनों उत्तरा, हस्त, चित्रा, अनुराधा, मूल, श्रवण, रेवती नक्षत्र के साथ रवि, सोम, बुध, गुरु, शुक्रवार, २, ३, ५, ६, ७, ८, १०, ११, १२, १३, १५ तिथियाँ हों तो चर लग्न एवं द्विस्वभाव लग्न में बहीखाता-लेजर लिखना आरम्भ करना चाहिए। केन्द्र-त्रिकोण में शुभग्रह रहना ठीक है।

४७. नालिश-अर्जी-दावा दायर करने का मुहूर्त्त—भद्रा, वैधृति, व्यतीपात सहित रिक्ता तिथि ४, ९, १४ हो, मंगलवार, शनिवार को भरणी, कृत्तिका, आर्द्रा, आश्लेषा, मघा, पू० फा०, विशाखा, ज्येष्ठा, पू० षा०, धनिष्ठा, शतभिषा और पू० भा० नक्षत्र मिले तो चर लग्न में नालिश-अर्जी-दावा दायर करना चाहिए।

—:०:—

लाटरी के टिकट कब खरीदें

लाटरी के टिकट खरीदते समय चार बातें ध्यान में रखिये—(१) स्व अपनी इच्छानुसार उत्साहित मन से ही टिकट खरीदें, किसी के जोर-दबाव जबरदस्ती या सलाह से लाटरी के टिकट न खरीदें। "मन के हारे हार है, मन के जीते जीत" (२) आपकी भाग्य संख्या क्या है ? किस नम्बर के टिकट आपके लिए लाभकारी हो सकते हैं ? (३) किस दिन, किस तारीख को, किस समय टिकट खरीदना चाहिए ? (४) जिस नं० का टिकट खरीदा गया है, क्या वह आपके लिए लाभकारी है ? वस्तुतः उपरोक्त चार बातों को ध्यान में रखते हुए यदि आप लाटरी के टिकट खरीदें तो सफलता मिल सकती है। यदि लगातार असफल भी होते रहे, तो भी घबड़ाना नहीं चाहिये। वक्त और तकदीर का तकाजा है कि 'हिम्मत न हारिये, बिसारिये न राम को।' धैर्य और विश्वास से ही सफलता प्राप्त होती है। पहले आप अपना नाम किसी कागज पर लिखिये, जिसमें देखिये कि कितने स्वर और कितने व्यंजन हैं ? आप अपने नाम के स्वर और व्यंजन को अलग-अलग देखिये, फिर चक्र नम्बर एक में अपने नाम के स्वर-व्यंजनों की सख्या देखकर एक तरफ क्रम से लिखकर जोड़ दीजिए। कुल जितनी संख्या जोडने पर आवे उसमें १० का भाग दीजिए, जो शेष बचे वही आप अपने भाग्य को संख्या समझिए। अगर शेष शून्य बचे तो भाग्य की संख्या १० समझें। उसके बाद चक्र नम्बर २ में अपने भाग्य संख्या के सामने लिखी हुई तारीखें, दिन-वार और समय याद कर लीजिए अथवा नोट कर लीजिए। उसका मतलब यह हुआ कि उन चारों तारीख में से किसी भी तारीख को जब उन तीनों वार में से कोई भी एक वार (दिन) पड़ जाय तो उसी दिन ठीक उसी समय टिकट खरीदिये। टिकट खरीदते समय जिस टिकट नम्बर के आखीर में (मतलब ईकाई में) आपकी भाग्य-संख्या वाला अंक हो वही टिकट खरीदिये। टिकट खरीदने पर थोड़ा और विचार कर लीजिए—जिस नम्बर का टिकट खरीदें, उस नम्बर को आपस में बराबर जोड़कर ३ से भाग दीजिए। अगर एक या शून्य बचे तो वह लाटरी का टिकट अपने लिए भाग्यशाली समझें, अगर शेष २ बचे तो भाग्य-

शाली टिकट नहीं है। एक उदाहरण—जैसे किसी का नाम 'माला' है, इसमें म+आ+ल+आ स्वर और व्यंजन हैं। चक्र नम्बर एक से देखा तो म + ७ +आ=२+ल=१० + आ=२ कुल मिलाकर २१ हुआ, इसमें १० का भाग देने पर १ शेष बचा, अतः 'माला' की भाग्य-संख्या १ हुई। अब चक्र नम्बर २ में देखा तो भाग्य-संख्या १ के सामने तारीख १-११-२१-३१, दिन रवि–सोम–मंगल और समय दिन में १ बजे तथा रात में ६ बजे' लिखा मिला, अतः उसके अनुसार ता० १ नवम्बर १९७१ सोमवार को दिन में १ बजे 'माला' ने लाटरी का टिकट खरीदा। मान लो, उस टिकट का नम्बर P. F. 755001 है, इस नम्बर के आखीर में माला की भाग्य-संख्या १ मौजूद है, अतः शुभ हैं। अब टिकट नम्बर को आपस में जोड़ा तो ७ + ५ + ५ + ० + ० + १ = कुल १८ हुआ, इसमें ३ का भाग दिया तो ० शून्य शेष बचा, अतः यह लाटरी का टिकट 'माला' के नाम से भाग्यशाली सिद्ध हुआ। 'कर्मण्येवाधिकारस्ते मा फलेषु कदाचन।' ध्यान रक्खें कि सब फलाफल ईश्वर के ही अधीन हैं।

चक्र नम्बर १		चक्र नम्बर २				
नाम के स्वर-अक्षर =	संख्या	भाग्य संख्या	तारीखें	दिन-वार	समय दिन में	समय रात में
अ, अं, झ, ध, व, A. V. W.	=१	(१)	१-११-२१-३१	र.सो.मं	१बजे	६बजे
आ, अः, ञ, न, श, N. X.	=२	(२)	२-११-१२-२२	सो.मं.बु.	२बजे	७बजे
इ, क, ट, प, ष, I. K P Q.	=३	(३)	३-१३-२१-२३	मं.बु.गु.	३बजे	८बजे
ई, ख, ठ, फ, स, F. S.	=४	(४)	४-१४-२[illegible]-२४	बु.गु.शु.	५बजे	१०बजे
उ, ग, ड, ब, ह, B. G. H	=५	(५)	५-१४-१५-२५	गु.शु.श.	५बजे	१०बजे
ऊ, घ, ढ, भ, क्ष, U. Z	=६	(६)	६-१६-२४-[illegible]६	शु.श.र.	१२बजे	१०बजे
ए, ङ, ण, म, त्र, E. M.	=७	(७)	७-१६-१७-२७	श.र.सो.	११बजे	९बजे
ऐ, च, त, य, ज्ञ, C. T. Y.	=८	(८)	८-१८-२६-२८	र.मं.गु.	१०बजे	९बजे
ओ, छ, थ, र, O. R.	=९	(९)	९-१९-२७-२९	सो.बु.शु.	९बजे	७बजे
औ, ज, द, ल, D J L.	=१०	(१०)	१०-२०-२८-३०	मं.गु.श.	८बजे	६बजे

नित्य स्वप्नविचार-फल

जिस काल में पाँचों कामेन्द्रिय, पाँचों ज्ञानेन्द्रिय और मन ये अपनी क्रिया नहीं करते, नाना प्रकार का ज्ञान भी नष्ट हो जाता है, यही स्वप्न का काल है। उस काल में जो नाना प्रकार का दृश्य दिखाई देता है, उसको स्वप्न देखा—ऐसा कहते हैं।

स्वप्न दो प्रकार का होता है एक इष्ट फल, दूसरा दुष्ट फल देने वाला। किसी नदी समुद्र में तैरना, आकाश में उडना, सूर्योदय प्रज्वलित आग, सूर्य आदि ग्रह, अश्विनी आदि नक्षत्र, ध्रुवादि तारा देखना, बड़े-बड़े महलों-देवगृह-शिवालय इत्यादि के शिखर पर चढ़ना या उतरना उत्तम फलदायी होता है।

स्वप्न में मदिरा का पीना, चरबी-मांस व कीड़ों का खाना या शरीर में लगाना या शरीर से विष्टा का लेपन होना, देह में रक्त का लगना, दही-भात खाना, श्वेतचन्दन का लगाना, नाना प्रकार का श्वेत अलङ्कार पहिरना या पहिने हुए मनुष्य को देखना, स्वप्न में देवता-ब्राह्मण-चन्द्रमा-छत्र-भूमि-राजा, श्वेत कलश, अच्छे वस्त्र-अलङ्कार से अलंकृत स्त्री बैल हिमांचलादि पर्वत और दुग्ध देखना, बटादिक वृक्ष तथा फल सहित वृक्षों पर चढ़ना और ऐनक मांस, फूलमाला आदि मिलना, जल में तैरना यह सभी स्वप्न शुभ, कल्याणकारक, द्रव्यलाभप्रद, रोगनाशक होता है।

स्वप्न में यज्ञ के खम्भे, बाल्मीक और नीम के पेड़ पर चढ़ना, तेल-कपास-रूई-लोहा का मिलना, क्रीडा करना, लाल-कपड़ा पहिनना ओढ़ना, नदी को काट कर दूसरे रास्ते से ले जाना, पकाया हुआ मांस-भोजन करना यह सब देखने से विपत्ति प्राप्त होती है।

रात के पहिले प्रहर में स्वप्न देखें तो ६ मास में शुभ या अशुभ फल होता है, द्वितीय प्रहर में देखे तो चार मास में, तृतीय प्रहर में देखे तो तीन महीने में; २ घड़ी रात रहते देखे तो एक मास में, प्रातःकाल में स्वप्न देखे तो एक सप्ताह में तत्काल फल होता है।

स्वप्न में राज्य, राजा, हाथी, घोड़ा, बैल, नेता-मन्त्री-मिनिस्टर को देखे, पुरुष-गौ-बैल-हाथी-शिवालय-पर्वत के शिखर-वृक्ष इत्यादि पर चढ़ना, सर्वाङ्ग विष्ठा का लगाना, रोना, मरना, जो स्त्री मिलने के योग्य नहीं उस स्त्री से सहबास करना, हाथ में श्वेत सर्प को काटते हुए देखना, जल के भीतर डूबना, बिच्छू-काटना, कोठा अथवा पर्वत के ऊपर चढ़कर समुद्र पार जाना, तालाब के समूचे कमल पत्र में घृत-क्षीर का भोजन, बकुला, मुर्गी तथा क्रौञ्च पक्षी को स्वप्न में देखते हुए जाग उठे, और अपने हाथों व पाँवों में जंजीर पड़ी हुई देखे तो पुत्र, भार्या, यश, धन जल्दी मिलता है।

स्वप्न में अपना आसन बिछौना-रेलगाड़ी-जहाज मोटर-नौका-पालकी, गाड़ी-इक्का-रिक्सा आदि को चलते हुए देखे या उसमें बैठे हुए देखे तो चारों ओर से लक्ष्मी प्राप्त होगी। स्वप्न में सूर्य-मण्डल को देखने से रोग दूर हो जाते हैं; यदि रोग न हो तो लक्ष्मी प्राप्त होगी। स्वप्न में रक्त या मद्य ग्रहण करें तो विद्या और धन प्राप्त होगा। स्वप्न में श्वेतवस्त्र पहिने हुए उत्तम स्त्री अपने को नहलाती हुई दिखाई दे, या खड़ाउँ-जोड़ा-छत्र, अच्छी धार की तलवार मिले और उसी समय जाग उठे तो अन्न धन की प्राप्ति होती है। बैल के रथ में अकेला बैठे, दही-घी मिले, दही-घी भक्षण करे तो यश की प्राप्त होगी।

स्वप्न में जितनी वस्तु श्वेत है, मिले या देखें तो अति शुभ फल होता है। जितनी काली वस्तु है, स्वप्न में मिले तो अति निन्दित है, इसका बुरा फल होता है। गौ हाथी देवता ब्राह्मण और घोड़ा शुभ है। स्वप्न में फेनके महित दूध दूहना, पीना, सोमपान करना एवं अमृत पान करना नाना प्रकार के उत्तम ऐश्वर्य का दाता होता है। गेहूँ जौ-चना-मटर-अरहर देखे तो धन और यश प्राप्त होगा। स्वप्न में पान का बीड़ा, कपूर, अगर, श्वेतचन्दन, श्वेत फूल मिले या तो देखे सम्पत्ति प्राप्त होगी।

स्वप्न में सूर्य-चन्द्र को निस्तेज और अश्विन्यादिक नक्षत्र या ध्रुवादि तारों का गिरना अशोक, कनेर तथा पलास का फल लगे हुए वृक्ष देखे तो शोक प्राप्त

होगा। नाव पर बैठकर नदी पार जाना, उतर जाना, लालवस्त्र पहिने लालचन्द लगाये हुए स्त्री को स्नान करती हुई देखे, स्वप्न में तेल, दूध-घी और दही इत्यादि पदार्थ को अपने सर्वाङ्ग में लगाते हुए देखे, अपना सम्पूर्ण केश गिर पड़े पथवा दांत गिरे, गदहा ऊँट और महिष के रथ में बैठा हुआ जाग उठे, अपना कान-नाक-हाथ आदि को कोई काट डाले तथा स्वयं कीच में फँस जावे, दाँत-केश दुर्बल पड़ें, भुना हुआ मांस खाय, गदहे ऊँट या भैंस पर बैठा हुआ अपने को देखे या सर्वाङ्ग में खूब तेल लगाये हुए देखे तो बीमारी शोक-चिन्ता-अपव्यय होगा।

अब स्वप्न की शान्ति कहते हैं, जिससे स्वप्न-द्रष्टा को दुख न हो। नेष्ट स्वप्नों के निवारणार्थं स्वप्न देवता का पूजन-जप-होम तथा ब्राह्मण भोजन कराने से शुभ फल होगा, इसलिये यह अवश्य करना चाहिये। यहाँ शान्तिकरण का संक्षिप्त विधान लिखते हैं। अपनी परम्परा में जिस प्रकार अग्नि स्थापना होती हो, उसी तरह से अग्नि स्थापना करके रात्रि में कालरात्रि के मन्त्र से घृत और क्षीर का होम अवश्य करना चाहिए। शूद्रादि को लौकिकादि महाहवन करना उचित है। ऋग्वेद में, रात्रिर्व्याख्यादायिनी इत्यादि प्रत्येक ऋचा से अष्टोत्तर शत (एक सौ आठ) आहुति देना अथवा ब्राह्मण के द्वारा दिलवाना चाहिये। होम के अनन्तर जो स्विष्ट कृत आहुति होती है, उसको देखकर होम समाप्त करना और ग्रह यज्ञ में अभिषेक करना, गुरु को यथाशक्ति दक्षिणा और यथा सामर्थ्य सोना देने से सब कामना पूर्ण होगी। घट के ऊपर जो प्रतिमा आदि स्थापित किये हों, वह होमकर्ता ब्राह्मण को देना चाहिये।

स्वप्न सबसे न कहना, अपने गुरु अथवा उत्तम ब्राह्मण से कहना चाहिये। उत्तम स्वप्न देखने के बाद नींद नहीं लेनी चाहिये; क्योंकि सो जाने से फल नहीं होता। दुष्ट स्वप्न देखने के पश्चात् अवश्य सोना चाहिये, जिसमें दुष्ट फल न हो। स्त्री-बालक से अथवा नीच जाति से स्वप्न कभी नहीं कहना चाहिये।

स्वप्न विचार की विशिष्ट व्याख्या

१—जिस समय पाँचों कर्मेन्द्रिय, पाँचों ज्ञानेन्द्रिय और मनःशक्ति क्रिया करने से रहित होते हैं, और ज्ञानशक्ति भी शून्य होती है, वही स्वप्न दर्शन का

काल कहलाता है। उस काल में जो नाना प्रकार के गन्धर्व नागराकार दिखाई देते हैं, उसको मैंने 'स्वप्न' देखा ऐसा लोग व्यवहार करते हैं।

२—स्वप्न दो प्रकार का होता है। एक इष्ट फल को देने वाला, दूसरा दुष्ट फल को बताने वाला, उसमें सर्व सामान्यतः इष्ट-फल-बोधक को स्वप्न कहते हैं। नदी अथवा समुद्र में तैर जाना, आकाश में उड़ना, सूर्योदय को देखना, प्रज्वलित आग को देखना, सूर्यादि ग्रहों को देखना, अश्विन्यादि नक्षत्रों को देखना, ध्रुवादि ताराओं को देखना, बड़े-बड़े महलों पर चढ़ना'यह सब दिखाई दे तो कार्य की सिद्धि होती है।

३—स्वप्न में मद्य का पीना, चरबी का खाना, मांस का खाना, कीड़ों का अथवा शिर में कीड़ों का लगाना, शरीर में बिस्ठा का लेपना, देह में उबटन लगाना, दही-भात का खाना, श्वेतचन्दन लगाना, श्वेत अलंकार पहिनना अथवा पहिने हुए देखना अच्छा है।

४—स्वप्न में देवता ब्राह्मण, चन्द्रमा, छत्र, भूमिछत्र, भूमि, काल, राजा, श्वेत कलश, श्वेत वस्त्र, अच्छे-अच्छे अलंकार युक्त स्त्री, बैल, हिमाँचलादिक पर्वत, दुग्ध, बटादिक वृक्ष, फल सहित वृक्षों पर चढ़ना, औरत, आईना, मांस, फल, माला मिलाना, अगाध जल में तैरना, यह सब देखने से द्रव्य लाभ होता है। अगर देह में रोग हो तो रोग दूर हो जायेगा।

५—स्वप्न में यज्ञ के खम्भे पर चढ़ना, पलास के वृक्ष पर चढ़ना, आम-अशोक-बालमोकि और नीम के वृक्ष पर चढ़ना, तेल, कपास, रुई, लोहा, सोना, ताम्बा, वस्तुओं का मिलना, स्वप्न में क्रीडा करना, लाल कपड़ों का पाना-पहिनना व ओढ़ना, नदी को काट कर दूसरे रास्ते से ले जाना, पकाये हुए मांस का भोजन करना, यह सब देखने से विपत्ति प्राप्त होती है।

६—यदि स्वप्न में सूर्य चन्द्र को निस्तेज देखे और अश्विन्यादिक नक्षत्र तथा ध्रुवादिक ताराओं का गिरना देखे तो मरण अथवा शोक की प्राप्ति होगी।

७—स्वप्न में यदि अशोक, कनेर, पलास आदि बृक्ष देखे तो शोक की प्राप्ति होगी।

८—स्वप्न में नाव पर बैठ कर नदी पार करे तो परदेश जाना पड़ेगा, परन्तु जल्दी ही लौट आवेगा।

९—यदि स्वप्न में लाल वस्त्र पहिने हुए तथा लाल चण्दन लगाये हुए स्त्री अपने को नहलावे, अथवा आपही स्नान करते देखे तो मृत्यु की प्राप्ति होगी।

१०—अगर स्वप्न में तेल, दूध, दही तथा घी अपने शरीर में लगा हुआ देखे तो समझ लें कि कोई रोग अवश्य होगा।

११—स्वप्न में सम्पूर्ण केश गल के गिर पड़े अथवा दाँत गिरे तो द्रव्य नाश होगा। पुत्र हो तो उसका भी नाश होगा।

१२—जो पुरुष स्वप्न में गधे, ऊँट या महिष रथ पर बैठा हुआ जाग उठे, तो मरण अथवा महारोग प्राप्त होगा।

१३—जिसको अपने कान में उँगली डालने से सुनाई न दे, आकाश का शब्द, गङ्गा का शब्द सुनाई नहीं दे और चन्द्रोदय होने से चन्द्रिका नजर नहीं आवे, वह थोड़े ही दिन जियेगा।

१४—स्वप्न में सूर्य मण्डल को देखे तो रोग से छुटकारा पावे या लक्ष्मी प्राप्त होगी।

१५—स्वप्न में जो पुरुष अपने दाहिने हाथ को श्वेत सर्प से काटता देखता है, उसको दस दिन के भीतर ही हजारों रुपये का लाभ होता है, परन्तु अच्छे स्वप्न देखने के बाद सबसे कहे नहीं। अपने गुरु से अथवा उत्तम विद्वान ब्राह्मण से कह सकता है उत्तम स्वप्न देखने के बाद नींद न ले, क्योंकि सो जाने से फल नहीं होता। दुष्ट स्वप्न देखने के बाद अवश्य सोये जिससे दुष्ट फल न होगा। स्त्री, बालक से अथवा नीच जाति से स्वप्न कभी नहीं कहना चाहिए।

जन्म राशि और नाम राशि का विचार

देशे ग्रामे गृहे युद्धे सेवायां व्यवहारके।
नामराशेः प्रधानत्वं जन्मराशि न चिन्तयेत्॥

विवाहे सर्वमांगल्ये यात्रादौ ग्रहगोचरे ।
जन्मराशेः प्रधानत्वं नामराशिं न चिन्तयेत् ॥

देश, ग्राम, गृह, युद्ध, सेवा तथा व्यवहार में नाम-राशि को प्रधान जानना चाहिये; जन्म-राशि का विचार न करना चाहिए। विवाहादि सर्व मंगलकार्य यात्रा तथा ग्रहगोचर (राशि-फल) में जन्म-राशि प्रधान है; (पुकारने के) नाम-राशि का विचार नहीं करना चाहिये ।

स्त्रीणां विधोर्वलमुशन्ति विवाहगर्भसंस्कारयोरितरकर्मसु भर्तुरेव ।
स्त्रीणां सर्वक्रियाः कार्या विशुद्धया स्वामिनः सदा ॥

स्वशुद्धया स्वामिशुद्धया च गर्भाधानादिकाः क्रिया ।
विवाहकार्य-कुसुम प्रतिष्ठा (रजो-दर्शनम्) गर्भ-प्रतिष्ठा वनिताविशुद्धौ॥
अन्यानि कार्याणि धवस्य शुद्धौ, पत्यौ विहीने प्रमदाविशुद्धया ॥

विवाह तथा गर्भाधान-संस्कार में स्त्रियों का चंद्र-बल विचारना चाहिए— शेष कामों में पति का चंद्र-बल विचारना चाहिए। स्त्रियों के सब काम पति की शुद्धि से करना चाहिए। गर्भाधानादि काम स्त्री तथा उसके पति दोनों की शुद्धि से करना चाहिए। विवाह, रजोदर्शन, सहवासादि स्त्री की शुद्धि से करने चाहिए—शेष कार्य पति की शुद्धि से करना चाहिए। यदि स्त्री का पति न हो तो स्त्री की शुद्धि से करना चाहिए।

शुभ कार्य में क्रूरयुत क्रूरान्तर्गत चन्द्र का निषेध—

शशिनि क्रूरसमेते क्रूरद्वय मध्यगते च ।
शुभकर्माणि सञ्चरतां न निर्देश्यं शुभं कर्म ॥

यदि चन्द्रमा क्रूर ग्रह से युत हो अथवा दो क्रूर ग्रहों के मध्य में हो तो शुभ कार्य न करना चाहिए।

चन्द्रमा से पापयुत सप्तम स्थान का निषेध—

रविमंदकुजाक्रान्तं शशांकात्सप्तमं त्यजेत् ।
विवाहयात्राचूडासु गृहकर्मप्रवेशने ॥

विवाह, यात्रा, चूडाकर्म तथा गृह-प्रवेश में यदि चन्द्रमा से सप्तम स्थान में सूर्य शनि अथवा मंगल हों तो वर्जित करना चाहिये। अनिष्ट स्थानगत क्रूर ग्रह भी कैसे दोषावह नहीं होता —

अनिष्टस्थानसंस्थोपि लग्नात्क्रूरो न दोषकृत्।
बुधभार्गवजीवैश्चेद् दृष्टः केंद्रत्रिकोणगैः॥ मतान्तरसे-
बुध-भार्गव-जीवैश्चेद् दृष्टाः केंद्रत्रिकोणगैः।
पापा भवन्ति सौम्याः सौम्याद् द्विगुणं फलं दद्युः॥

लग्न से अनिष्ट स्थान मे स्थित क्रूर ग्रह भी दोषकारक नहीं होता, यदि केंद्र अथवा त्रिकोण में स्थित बुध, बृहस्पति अथवा शुक्र की उस पर पूर्ण दृष्टि हो। यदि केंद्र अथवा त्रिकोण में स्थित बुध, शुक्र अथवा गुरु की दृष्टि पापग्रहों पर हों तो पापग्रहों का फल शुभद हो जाता है; शुभ ग्रहों पर दृष्टि हो तो उनका फल द्विगुणित हो जाता है।

जन्म लग्न के अनुसार जन्म समय का विचार

प्रसवदोष अरिष्ट का फल—चैत्र मे कुतिया, वैशाख में ऊँटनी, ज्येष्ठ में बिल्ली, आषाढ़ में हरिणी, श्रावण में गधी व घोड़ी, भाद्रपद में गौ, आश्विन में शेरनी, कार्तिक में स्त्री, मार्गशीर्ष में हथिनी, पौष में बकरी, माघ में भैंस और फाल्गुन में बाघिन, ये प्रसूत हों तो पिता और घरघरनी की ६ मास में मृत्यु होती है। श्रावण में दिन को घोड़ी और माघ में बुधवार को भैंस प्रसूत हो तो धरघरनी को महाभयप्रद अरिष्ट हो। इसके शान्त्यर्थ प्रसूता गौ आदि का शीघ्र दान कर, घर में हवन शान्ति-पाठ-पुण्याहवाचन, श्वेत-सर्षपहवन, व्याहृति मन्त्रों से आहुति दें, जिससे शान्ति हो।

त्रिखलजन्मफल—तीन पुत्रों के बाद कन्या हो या तीन कन्याओं के पश्चात् पुत्र हो तो त्रिखल नामक दोष होता है, इससे माता-पिता को अरिष्ट; महाभय धनहानि आदि होती है, शान्त्यर्थ त्रिखल शान्ति करें।

दन्तोत्पत्तिफल—बालक के जन्मते ही दाँत निकले हुए हों तो माता-पिता को अरिष्ट। ऊपर की पंक्ति में दाँत से जन्मे तो अधिक अरिष्ट। प्रथम ऊपर की

पंक्ति में दाँत निकलें तो मातुल पक्ष को भय हो। १ मास में दाँत निकले तो शरीर नष्ट, द्वितीय में छोटा भ्राता नष्ट, तृतीय में भगिनी नष्ट, चतुर्थ में भाईनष्ट, पाँचवें में ज्येष्ठ बन्धु नष्ट, छठे में बहुभोग, ७ वें में पितृ सुख, ८ वें में पुष्टि; ९ वें में धनी, १० वें में सुख, ११ वें में सुख, १२ वें में धनी जातक होगा।

एकनक्षत्रजातफल—पिता-पुत्र, माता-पुत्र, दो कन्या, दो भ्राता का नक्षत्र एक हो तो मृत्यु या मृत्युतुल्य कष्ट होता है। स्वर्ण दान, शान्ति-हवन आदि करने से अरिष्ट निवारण होता है।

गण्डमूल के नक्षत्र—अश्विनी, आश्लेषा, मघा, ज्येष्ठा, मूल और रेवती। ये ६ नक्षत्र 'गण्डमूल' कहलाते हैं, इन नक्षत्रों में जन्मा हुआ बालक माता-पिता कुल को नष्ट करने वाला, या कष्ट देने वाला होता है, या अपने शरीर को नष्ट करता है। स्वयं का शरीर नष्ट न हो तो धन-वैभव-सुख-सम्पत्ति-ऐश्वर्य एवं हाथी-घोड़ों का स्वामी होता है। गण्डमूल में जन्में हुए बालक का २७ दिन तक मुख न देखे! प्रसूति स्नान के पश्चात् शुभ मुहूर्त में गौ, सुवर्ण-दान आदि शान्ति करा कर शुभ वेला में पिता बालक का मुख देखे।

छींक-विचार—छींक प्रायः सब दिशाओं की खराब होती है। अपनी छींक महा अशुभ होती है। गौ की छींक मरण करती है। बायीं और पीछे की ओर छींक हो तो दोषकारक नहीं है। "सम्मुख छींक लड़ाई भाखे। छींक दाहिनी द्रव्य विनासे॥ ऊँची छींक कहै जयकारी। नीची छींक होय भयकारी॥" कन्या, विधवा, मालिन, धोबिन, रजस्वला, वेश्या, चमाइन की छींक विशेष अशुभ होती है। आसन, शयन, शौच, दान, भोजन, औषधि-सेवन, विद्यारम्भ और बीज बोने के समय युद्ध या विवाह में जाते समय छीक हो तो शुभ फल-दायक होती है। शराब, सुँघनी, पीनस-सर्दी से होने वाली छींक, बच्चे और बूढ़े की छींक तथा हठ से छींकना निष्फल होता है। कोशिश करने पर यदि छींक न रुके तो मनुष्य जिस काम के लिए जा रहा हो, उसमें विघ्न अवश्य होगा। 'एक नाक दो छींक। काम बने सब ठीक॥' यह लोकोक्ति है।

काक-स्पर्श-फल—कौआ अगर मस्तक स्पर्श करे तो धन का नाश, मरण तथा कलह होती है, कमर और कन्धे का स्पर्श भी अशुभ होता है। स्त्री के

मस्तक पर कौवे का बैठना पति एवं पुत्र का नाश करता है। वृक्ष के नीचे दही आदि के उत्तम भोजन के कारण काक का स्पर्श दोषकारक नहीं होता; किन्तु अकस्मात् स्पर्श दोष करता है। काक-मैथुन का देखना छः मास में मृत्युतुल्य कष्ट या इच्छित कार्य का नाश करता है। इसका दोष दूर करने के लिए उड़द के आटे की काक-प्रतिमा मिट्टी के बर्तन में स्थापित कर उड़द, चावल, घी, मीठा का नैवेद्य देवें।

छिपकली गिरने तथा गिरगिट चढ़ने का विचार—छिपकली सिर पर गिरने से प्रतिष्ठा-प्राप्ति, ललाट पर प्रियदर्शन, नाक पर व्याधि, दाहिने कान पर आयु वृद्धि, बायें कान पर विशेष लाभ, दाहिनी भुजा पर राज सम्मान, बायीं भुजा पर राज-भय, कंठ पर शत्रु नाश, पेट पर वस्त्र लाभ, कन्धों पर विजय, नाभि पर विशेष धन लाभ होगा! पाद जानु गुदा गुदांग पर पल्ली-पतन से मृत्यु वा मृत्यु-तुल्य कष्ट होता है। उपरोक्त फल में दाहिना व बायाँ अंग पुरुषों के लिये, उससे विपरीत याने दाहिने के स्थान पर बायाँ और बायाँ के स्थान पर दाहिना स्त्री के लिए अंग समझना चाहिए। जो फल छिपकली गिरने का होता है, वही गिरगिट [सरठ] के चढने का समझें। गिरगिट के उतरने का तथा छिपकली के चढ़ने का कुछ फल नहीं होता। छिपकली के गिरने अथवा गिरगिट के चढ़ने पर सवस्त्र स्नान का अर्थ है जो वस्त्र धारण किये रहें, उसके सहित स्नान करना। सायंकाल में शिवजी के मन्दिर में जाकर घी का दीपक जलाने तथा प्रार्थना करने से सम्पूर्ण दोषों की शान्ति होती है।

अंग फड़कने का शुभाशुभ फल—सिर फडके तो आशाएँ पूर्ण होंगी। दाहिना मत्था फडके तो यात्रा में कष्ट होगा। बायाँ मत्था फडके तो प्रसन्नता प्राप्त होगी। बीच भौंह फडके तो प्रेमी मिलेंगे। बायीं आँख ऊपर की ओर फडके तो दुःख जाल दूर होगा। बायीं आँख नीचे की तरफ फडके तो रंग में भंग होगा। दाहिनी आँख नीचे की तरफ फडके तो शुभफल और खुशी प्राप्त होगी। दाहिनी आँख ऊपर की ओर फडके तो कष्ट-दुःख-रंज बढ़ेगा। दाहिना

गाल फडके तो लाभ होगा। बायाँ गाल फडके तो धन-हानि होगी। दाहिना कान फडके तो मान-प्रतिष्ठा बढ़ेगी। बायाँ कान फड़के तो हैरानी-कष्ट होगा। ऊपर का होंठ फड़के तो मान-प्रतिष्ठा प्राप्त होगी। दाहिना कन्धा फड़के तो चिन्ता होगी। बायाँ कन्धा फड़के तो शत्रु पर विजय होगी। दाहिना बाजू फड़के तो कष्ट होगा! नाक फड़के तो प्रसन्नता होगी। पीठ फड़के तो अशुभ समाचार मिलेगा। पेट फड़के तो प्रसन्नता होगी। कमर फड़के तो यात्रा होगी। दाहिनी हथेली फड़के तो लाभ होगा। बायीं हथेली फड़के तो हानि होगी। इति शिवम् ॥ THE END.

आवश्यक धर्मशास्त्रीय विचार

१. दो सगी बहन का विवाह दो सगे भाइयों से अथवा एक लड़के से दो सगी बहन का विवाह कदापि न करें। २. पति के मरने पर उस विधवा का पुनर्विवाह दिवंगत पति के सगे भाई से कभी न करें। ३. दो सगी बहन का, दो सगे भाई का अथवा एक भाई और एक बहन का विवाह एक साथ एक मण्डप में दो कलश रखकर हो सकता है; परन्तु ६ मास के अन्दर अलग-अलग मुहूर्त्त में नहीं हो सकता। लड़की के विवाह के बाद लड़के का विवाह करना शुभ है; परन्तु लड़का के विवाह के बाद ६ मास के अन्दर लड़की का विवाह नहीं कर सकते। ४. अलग-अलग माता से उत्पन्न भाई-बहन का विवाह अलग-अलग तिथियों में करना हो तो ६ मास के अन्तराल पर एक ही मण्डप से हो सकता है। जुड़बा दो भाई, दो बहन अथवा भाई-बहन का विवाह एक मण्डप से एक तिथि में या कुछ आगे पीछे की तिथियों में हो सकता है। ५. विवाह के साथ कोई यज्ञोपवीत, मुण्डन वगैरह करना हो तो उसका मुहूर्त्त अलग से चिन्तनीय नहीं होगा। ६. विवाह के पश्चात् यज्ञोपवीत, मुण्डन वगैरह ६ मास के अन्दर लघु कार्य नहीं करना चाहिये। ७. यदि माघ-फाल्गुन में विवाह हो तो होलिका जलने के बाद चैत्र-वैशाख में अन्य विवाहादि कार्य किया जा सकता है। उपरोक्त सभी नियम ३ पीढ़ी तक विचारणीय होते हैं। ८. कोई माता-पिता कन्यादान कर देने के बाद बेटी-दामाद के घर परिस्थितिवश जलपान भोजन भले ही करके कुछ दान-दक्षिणा दे सकते हैं, परन्तु बेटी-दामाद के घर रात्रि-शयन नहीं कर सकते। किसी भी परिस्थिति में बेटी-दामाद के घर जाकर निवास करने वाले माता-पिता अनजाने में अपने क्षणिक स्वार्थ के लिए बेटी-दामाद की सुखशान्ति नष्ट करने का कार्य करते हैं। कोई भी विवाहिता लड़की पति को असन्तुष्ट करके माता-पिता की देख-भाल और सेवा-सुश्रुषा करने की अधिकारिणी नहीं होती, यदि वे सभी कार्य पति द्वारा कराये जायें या कोई दामाद स्वेच्छा से सास-ससुर की सेवा करता हो या पति के हार्दिक इच्छा से पत्नी अपने माता-पिता की सेवा केवल रुग्णावस्था में करे तो उस विवाहिता का आचरण पतिव्रतधर्म के अनुकूल कहा जायेगा।

॥ शुभम् भूयात् ॥